Benedikt Schröder

Sin Mara – Eine gnadenlose Zukunft

Meiner liebsten Freundin Britta widme
ich
meine Gedanken auf Papier.

Danke!

Sin Mara
Eine gnadenlose Zukunft

Ein Roman von Benedikt Schröder

Coverillustration: Isabelle Schmitt

Covergestaltung: Benedikt Schröder

Inhaltliches Lektorat: Britta Domas

Herstellung und Verlag: Books on Demand GmbH, Norderstedt

ISBN: 3-8334-6399-6

Inhalt

Kapitel 1   6

Kapitel 2   37

Kapitel 3   68

Kapitel 4   96

Kapitel 5   127

Kapitel 6   162

Letztes Kapitel   188

Kapitel 1

1
Die Nachzeit

Die Erde - der 'blaue Planet' im Sonnensystem.
Es war wohl einem Wunder gleichzusetzen, als sich vor aber Millionen Jahren dort Leben entwickelte.
Spezies um Spezies schritt die Evolution voran und entpuppte schließlich ihre großartigste Schöpfung: Den Menschen.
Der Mensch war eine intelligente und somit mächtige Rasse, die schon sehr bald die Oberhand über den Planeten Erde erlangte.
Siedlungen, Städte, Länder, Nationen, Gemeinden, Selbstversorgung, Forschung - der Mensch hatte sich die Erde zum Untertan gemacht.
Doch tausende Jahre erfolgreicher Nutzung der Erde waren mit einem Mal zu Nichte gemacht.
Im Jahre 2006 herrschten Krieg und Korruption. 'Den Kampf gegen das Böse' hatten *Sie* es damals genannt. Doch es war ein Kampf gegen einen Zerfall des Kapitalismus.

Heute schreiben wir das Jahr 3098 nach irdischer –christlicher Zeitrechnung.
Den Planeten Erde kennen nur noch die Wenigsten, denn er existiert schon hunderte Jahre nicht mehr.
Ein weiterer Krieg, eine weitere Schlacht und noch mehr Unheil hatten die Menschen heimgesucht.
Der Krieg hatte sich nur binnen weniger Wochen selbst über die Kolonien auf dem Mond und dem Mars ausgebreitet und im Jahr 2390 war es geschehen:
Die Erde fand ihren Untergang in einer gewaltigen atomaren Massenexplosion.
Tausende Raketen und Sprengköpfe rissen den Himmelkörper und seinen Trabanten - den Mond - in Fetzen.
Die Menschheit - obgleich noch immer den Titel Homo Sapiens Sapiens tragend - hatte sich beinahe selbst ausgerottet.
Die Fluchtschiffe, welche am Tage des jüngsten Gerichts die Erde verlassen hatten, waren nur in der Lage einige hunderttausend Überlebende zu retten.
Aus Angst verstreuten sich diese über die gesamte Galaxis.
Einem Menschen zu begegnen war in vielen Teilen des Alls einem Wunder gleichzusetzen. Sie waren heimatlos und irrten so durch das All - von Raumstation zu Raumstation.

Viele von ihnen vegetierten in kleinen Kolonien vor sich hin und hatten ihren Willen und Glauben an eine blumige Zukunft verloren.

Viele Völker, Wesen und Rassen lebten zusammen, doch eine Regierung oder ein politisches System gab es nicht. Wer außerhalb der dicken Koloniemauern lebte, war für *sich* und nur für *sich selbst* verantwortlich.
Absolute Anarchie war zum Alltag geworden und so war eine Vorstellung von Werten und Moral kaum mehr existent.

Die Kinder und Jugendlichen verloren nicht selten in jungen Jahren bereits ihre Eltern durch Ermordung oder Unfälle.
Es waren Kinder, die keine Zukunft mehr hatten, da das Leben der Völker in einem einzigen Chaos gestrandet war.

Doch die Evolution hatte genug Zeit gehabt, einen weiteren Schritt zu tun.
Einen Schritt, der die Menschheit weiter entwickelt hatte als zuvor auf der Erde.
Einige, sehr wenige junge Menschen hatten neue, übermenschliche und doch grundverschiedene Fähigkeiten entwickelt.
Es war nur noch eine Hand voll von ihnen übrig, denn solche Menschen, jene die das Potential auf mehr Macht in ihrem Körper trugen, waren die verachteten Ziele der damaligen Gesellschaft. Es waren die Siya.
Man hatten ihnen eine neue Spezies zugeordnet, obgleich es weiterhin Menschen waren. Abfinden wollten die Menschen sich mit der Tatsache nicht, dass es etwas noch 'Göttlicheres' als sie selbst gab.
Äußerlich glichen sie jedem anderen Menschen, doch aufgrund einer winzigen genetischen Veränderung des Erbmaterials – hervorgerufen durch die Evolution - hatte man ihnen selbst das Recht ein Mensch zu sein entzogen und verwehrt
Die geächtete Menschheit hatte fortan Geschöpfe gefunden, die sie selbst nun - wie in alten Zeiten - ächten konnten.

Von den übrigen Rassen wurden die Siya als 'die Anderen' bezeichnet. Keiner sprach gern' über sie, da sie als gefährlich und kriminell betrachtet wurden.
Wesen, die übermenschliche Fähigkeiten besaßen und jedem gefährlich werden konnten.
Keiner wusste wie viele es noch von ihnen gab, doch da systematisch nach ihnen gejagt wurde, verharrten die Schätzungen bei einem Restbestand von zwanzig Siya.

Das Leben der Menschheit hatte sich innerhalb einiger hundert Jahre
vollkommen gewandelt. Strukturen, Gesetze und Gemeinschaften existierten
nur noch in brüchigen Fragmenten.
Eine Evolution ist nicht aufzuhalten und so wird es geschehen:
Die Menschheit wird aussterben.

2
Ein ganz normaler Tag

Es war so schrecklich kalt in dem fensterlosen Raum, der komplett aus
verrostetem Stahl bestand.
Eigentlich war es mehr eine Kammer, in der nur eine alte Pritsche und eine
Wasserschüssel standen.
Wie konnte sie nur so schrecklich dumm gewesen sein? Sie hatte sich doch
tatsächlich von hinten überwältigen lassen. So etwas war nie zuvor geschehen.
Niemals - so etwas konnte normalerweise nicht passieren, nicht ihr.
Sie blickte sich im Raum um, was im Halbdunklen jedoch zu einem äußerst
unbefriedigenden Ergebnis führte. Die einzige Lichtquelle im Raum war der
schmale Schlitz unter der schweren Tür, durch welchen ein wenig Licht in die
Kammer fiel.
Nadia war nie zuvor in Gefangenschaft geraten. Was zum Teufel war denn nur
passiert?
Dies war wieder eine dieser Situationen, in denen sie an ihre Eltern dachte.
Jetzt könnte sie ihren Vater wirklich gebrauchen, doch das war nur ein weiterer
Punkt auf der Liste ihrer unerfüllbaren Wünsche.

Damals hatte sie mit ihren Eltern auf Valkyrium gelebt. Ein gewaltiger Planet
in der Größe des Jupiters im irdischen Sonnensystem. Es war der
Heimatplanet der Kyrianer. Eine Rasse, die über unglaubliche Intelligenz
verfügte, sie jedoch nur zum Geschäfte machen, Betrügen, den Krieg oder den
Aufbau eines neuen hochkorrupten Imperiums missbrauchte.
Valkyrium - Ein Planet, der zu einer einzigen Stadt verschmolzen war.
Der Himmel war schon seit Jahrhunderten nicht mehr zu sehen gewesen und
dunkle Wolken bedeckten alles. So kam es, dass Valkyrium in ständige
Dunkelheit getaucht war - bedrückende Dunkelheit, die das Ende einer Ära
einläutete.

Bereits mit sechs Jahren hatte sie ihre Eltern verloren. Ermordet durch einen Kopfgeldjäger. Sie hatten sich gegen eine der unzähligen neuen Verordnungen widersetzt und sich somit innerhalb von Sekunden Todfeinde geschaffen. Nadia war allein und orientierungslos durch die Straßen gerannt – hilflos und Schutz suchend. Sie hatte niemanden, an den sie sich hätte wenden können, keine Menschenseele, die für sie sorgen hätte wollen - Nadia Scarbodia war allein, vollkommen allein.

Nach Wochen der Einsamkeit, in denen sie sich von Lebensmittelresten aus dem Inneren der großen Container ernährt hatte, war sie auf ein Mädchen ihres Alters gestoßen. Sie teilten das gleiche Schicksal. Arcane le fey war die Tochter eines Bürokraten gewesen, dessen Leben ein jähes Ende genommen hatte.

Gemeinsam hatten sich die Mädchen durchgeschlagen und es irgendwie geschafft zu überleben.

Nadia lebte ganze drei Jahre auf den Straßen Valkyriums. Arcane, die sie ständig begleitete war ihr eine große Hilfe bei dem ewigen Kampf um das Überleben.

Heute war sie eine Elite Kopfgeldjägerin, die keiner Gilde und keiner Föderation angehörte. Sie war vollkommen frei und verrichtete exakte und saubere Arbeit. Nun ja, wenn man es mal außen vor ließ, dass sie gerade eine Gefangene war - Aber das würde sich bald ändern.

Wie sie zu einer Söldnerin geworden war, wusste sie noch genau. Es war immer der gleiche Weg, den die Straßenkinder Valkyriums einschlugen. Nachdem sie damals auf Valkyrium eine alte Lagerhalle zu ihrer beider zu Hause auserkoren hatten, erledigten sie verschiedene Botengänge für die Untergrundorganisationen, welche selbst keinen Mann entbehren wollten und ihn so möglicherweise verlieren konnten. Die Mädchen waren die Handlanger der Mächtigen, die dessen Drecksarbeit abzuleisten hatten.

Nadia und Arcane hatten sich Stück für Stück hochgearbeitet und genossen nun schon großes Ansehen unter den hunderten Kindern, die auf der Straße lebten.

Sie hatten sich bald eine Vormachtsstellung erarbeitet und eine kleine Gesellschaft für sich geschaffen. Die Kid-Society, wie sie in den Kreisen der wohlhabenden Bürger bekannt war, kursierte in den Tageszeitungen.

Nadia stand auf. Noch länger wollte sie nicht in diesem Drecksloch von Zelle sitzen. Langsam tastete sie sich zur Tür vor und schlug fest gegen diese, als sie das Schott erreicht hatte.

» Hallo, verdammt noch mal. Aufmachen! Ich will hier raus, kyrianische

Dreckschweine! «

Doch auf eine Antwort wartete sie vergebens. Die kyrainischen Wächter waren wohl grade in ihren siebenstündigen Verdauungsprozess vertieft, der alle drei Tage von Nöten war.

Damals war es schon hart, dachte sich Nadia, als sie langsam wieder zu Boden glitt.

Während eines Botenganges in einer kalten Novembernacht rannte Nadia allein und in ihre schwarze Kutte gehüllt durch die dunklen Straßen, während der Regen laut zu Boden ging und ihren Körper und ihre Kleidung völlig durchnässte. Sie hasste es, wenn der Umhang an ihrer Haut klebte und doch musste sie diesen Botengang erledigen.

Sie wusste, dass es ein Auftrag war, der sie ihr Leben kosten konnte. Gerade heute, wo die Patrouille verstärkt worden waren, war es schwer unbemerkt zu ihrem Ziel zu gelangen.

Nadia, das kleine braunhaarige Mädchen, war beinahe an ihrem Ziel angelangt, als eine Einheit bewaffneter Soldaten ihr den Weg versperrte. Die Kyrianer waren einfach vor ihr aufgetaucht. Hochgewachsene Kolosse mit schweren Brustpanzern.

Sie sah keinen Ausweg - Die Versorgungstunnel, in welchen sich die Kinder für üblich von Ort zu Ort bewegten, waren mit Wasser gefüllt und so hatte sie keine Möglichkeit den Fängen der Häscher zu entkommen.

Sie stand stumm im strömenden Regen und blickte einem Dutzend bewaffneter Männer entgegen, die sie genau musterten. Nadia wusste, dass wenn sie jetzt von ihnen gefasst werden würde, ihr Leben beendet wäre. Sie würde in eine der Anstalten kommen und danach, wie schon so viele ihrer Freunde, verschwinden. Sich einfach in Luft auflösen und nie mehr gesehen werden.

Ihre Kutte klebte nass an ihrem jungen Körper und sie zitterte vor Kälte. Links und Rechts waren hohe Häuserschluchten, die ihr den letzten Fluchtweg raubten. Sie war gefangen - inmitten dieser unüberwindbaren Wände aus Stahlbeton.

Sie dachte an Arcane und das Leben, welches sie bisher gemeinsam gefristet hatten. Eigentlich hatte sie nichts mehr zu verlieren. Sollte ihrem Leben nun ein Ende gesetzt werden, so war sie von ihrem Leid und den Qualen erlöst, die bisher ihr Herz zerfressen hatten. Arcane würde auch ohne sie zurechtkommen.

Langsam ging ihr kleiner Körper zu Boden und fiel auf die Knie. Sie ergab sich ihrem Schicksal und wollte nun nicht länger daran denken, was nun mit ihr geschehen sollte. Nadia wollte es hinter sich bringen und endlich ihre Erlösung finden.

Ihr Kopf hob sich ein letztes Mal um die Männer, die inzwischen auf sie zuschritten, zu erkennen, doch als sie aufsah, war es urplötzlich still um sie herum geworden.

Zunächst pulsierte die Umgebung leise. Die Bilder vor ihren Augen verschwommen und in den Mauern der Häuser schien ein Herz zu schlagen.

Die unzähligen Regentropfen waren mitten in der Luft - im Nichts - zum Stehen gekommen und verharrten dort ohne jede Bewegung.

Ein Mann stand vor ihr und schien nach ihr greifen zu wollen, doch war er wie versteinert. In seinen Augen lag ein leerer Ausdruck, der nichts erahnen ließ.

Es herrschte vollkommene Stille, die nicht gebrochen werden sollte.

Die Zeit war zum Stillstand gekommen.

Zitternd stand die Braunhaarige auf und zog ihre Arme fest an ihren Körper.

Sie sah sich um, erkannte jedoch nur dunkle Schatten, die bewegungslosen Wassertropfen und die Soldaten.

Immer wieder drehte sie sich um ihre eigene Achse um irgendein Lebenszeichen erhaschen zu können, doch sie wurde erneut enttäuscht.

Nichts.

Plötzlich erklang ein leises Geräusch aus einer der dunklen Ecken zwischen den Häusern. Sofort wirbelte Nadia herum und versuchte mit zusammengekniffnen Augen jemanden auszumachen. Ein kleiner Schatten löste sich langsam aus der Dunkelheit und trat auf sie zu.

Ängstlich wich das Mädchen einige Schritte zurück, als die kleine, in einen Umhang gehüllte Gestalt auf sie zu trat.

Die Person war nicht viel größer als sie selbst und doch erschütterte eine düstere Angst Mark und Bein Nadias.

Schließlich stand die Gestalt unmittelbar vor ihr.

Sofort schossen wirre Bilder durch den Kopf der kleinen Nadia, die sie zunächst verwirrten, dann jedoch langsam zu Ruhe kommen ließen.

Grüne Augen lugten unter der Kapuze hervor. Die Gestalt hob ihre Hände und zog vorsichtig die Kopfbedeckung herunter.

Ein Junge, vielleicht ein Jahr älter als sie selbst, stand vor ihr. Er hatte zottelige, schwarze Haare und war, eben wie sie selbst, in einen dünnen Umhang gehüllt, den sich die Straßenkinder aus alten Stofffetzen zusammengeflickt hatten.

» Hallo, ich bin Noa. «, erklang eine helle Stimme.

» Noa a Zee, ich weiß. «, beendete Nadia den Satz.

» Aber woher weißt du ... «

» Ich weiß es eben aus dem gleichen Grund, aus dem du in der Lage warst mich zu retten. «, antwortete sie leise und doch voller Stolz.

Der Junge war verwirrt. Was meinte das Mädchen? Er war nur aus einem Grund in der Lage gewesen sie zu retten. Er war ein Siya und fähig in die Zeit einzugreifen - Es war ihm erlaubt sie gänzlich anzuhalten. Aber woher kannte sie nur seinen Namen - Niemand kannte seinen Namen.

» Ich kenne ihn, aus dem gleichen Grund, warum du mich retten konntest. «, wiederholte Nadia.

Warum sagte sie das? Er hatte doch nicht einmal gesprochen, lediglich gedacht. Noa hatte darüber nachgedacht. Doch - Endlich verstand er.

» Dann bist du auch eine Andere? «, fragte die Stimme des Jungen vorsichtig.
» Ja, ich bin Nadira Scarbodia, aber nenn mich ruhig Nadia. Ich bin ebenfalls, genau wie du, eine Siya – Keine Andere.
Ich sehe Bilder, ich sehe Taten und Geschehnisse bevor sie stattfinden. Ich sehe und höre Gedanken und Gefühle. Ich kann mit dir sprechen ohne meine Lippen zu benutzen. Ich kann in meinen Gedanken an jeden Ort reisen und dir berichten was dort geschieht. Ich bin Telepath und Empath. Das ist meine Fähigkeit. «, erklärte Nadia.
Sie hatte die Bilder gesehen, sie hatte seine Gedanken lesen können und so verstanden wer er war und warum die Zeit in ihren Augen zum Stillstand gekommen war.
Ein Lächeln zog sich über die Lippen des Jungen.
Noch nie zuvor hatte er einen anderen Siya getroffen. Es war sein bestgehütetes Geheimnis, dass er selbst einer der Siya war und er hatte sich geschworen es niemals jemandem preiszugeben.

» Danke. «, flüstere das braunhaarige Mädchen.
Sie war ihrem Schicksal ein weiteres Mal entkommen und ihrem Gegenüber dankbar.

Damals wusste Nadia noch lange nicht, dass die Telepathie nicht ihre einzige Fähigkeit war, doch sie war schon immer anders als alle anderen gewesen.
Niemand außer Arcane und fortan Noa wusste, dass sie eine der Siya war - schließlich war die Ausrottung ihrer Spezies das *größte Vergnügen* der Menschen.

Plötzlich vernahm Nadia dumpfe Schritte auf dem Gang hinter der Tür.
Sofort sprang sie auf. Es musste einer der Kyrianer sein.
Die Schritte verstummten und einige Sekunden später würde der schwere Stahlriegel bewegt und die Tür geöffnet.

Nadia blickte in den hell erleuchteten Gang und stemmte ihre Hände wütend in ihre Hüfte.

» Sag mal, was fällt dir eigentlich ein du kyrianischer Schleimbolzen? Du lässt mich sofort hier raus oder ich werde mal andere Seiten aufziehen! «

Man musste dazu sagen: Die von Nadia gewählte Bezeichnung war nicht gerade unpassend, da Kyrianer schon sehr seltsame Wesen abgaben. An die zwei Meter fünfzig groß, anderthalb Meter breit und aus einer gallertartigen Masse bestehend glichen sie mehr einem überdimensionalen Haufen von Unrat als einer humanuiden Lebensform.

Der Wächter beäugte Nadia genau. Sie war eindeutig ein Mensch. Etwa einen Meter siebzig groß, braunes, langes Haar, bräunliche Haut und Augen. Sie trug ein schwarzes Top, eine ebenso schwarze Hose und schwere Stiefel mit silbern glänzenden Schnallen. Um ihre Hüfte war schräg ein Waffengürtel gebunden. Eine ungewöhnliche Gestalt für einen Menschen, doch für einen Kopfgeldjäger eher üblich.

» Basak ibudschga! «, sagte der Größere grollend

Nadia zog eine Augenbraue hoch. » Sprich vernünftig - Schleimbolzen und nein, bin ich nicht! «, brüllte das Mädchen.

Der Kyrianer bewegte sich näher an Nadia heran. Nach einer längeren Pause und einigen Blickwechseln meldete er sich erneut zu Wort. » Natürlich bist du zu jung für diesen Job. Kopfgeldjägerin. Wolltest unseren Admiral ermorden. Jung. Du bist noch viel zu jung. Höchstens fünfzehn - in Menschenjahren. «

Nadia verdrehte genervt ihre Augen. Das war doch alles nur zeitraubender Firlefanz. Was fiel diesem Kerl eigentlich ein - falls es überhaupt ein Mann war; bei Kyrianern konnte man sich da nie so sicher sein.

» Jetzt pass mal auf, Schleimbolzen ... «

Der Kyrianer schien sich an dieser Form der Anrede nicht zu stören.

» Erstens bin ich sechzehn und damit eindeutig alt genug. Zweitens, dass ich den Admiral am Leben gelassen habe war natürlich pure Absicht, denn - ich wollte mich natürlich gefangen nehmen lassen und drittens, lass mich sofort hier raus! «, sagte sie gereizt.

Nadia wusste immer noch nicht, warum sie sich hatte überwältigen lassen. Normalerweise sah sie Hinterhalte oder sonstige Gefahren immer Minuten vorher - mit Hilfe ihrer Siya Fähigkeit.

Der Kyrianer begann in einem grollenden Ton zu glucksen und zu lachen, wobei ihm zähflüssiger Schleim aus der Öffnung, die wohl ein Maul darstellen sollte, tropfte.

Er drehte sich um und schloss wieder die schwere Stahltür.

» Kleiner Mensch wirst hier bleiben bis der Admiral Strafe

hat «, drang es hallend durch die massive Tür.

Nadia drehte sich um und verschränkte ihre Arme vor der Brust, während sie
wütend durch die kleine Zelle stapfte.
Was dachte sich dieser Einfallspinsel wohl von ihr?
Sie wollte nur noch hier raus und zurück nach New Berlin - einer der
Kolonien, auf welcher sie mit ihren zwei einzigen Freunden lebte.
Nach einigen Sekunden drehte sich die Sechzehnjährige, wohlgemerkt
stinkwütende Kopfgeldjägerin zur Tür um.
Sie streckte ihren Arm in Richtung der Tür aus, obwohl sie wohl knapp zwei
Meter von dieser entfernt stand.
Sie richtete ihre flache Hand auf, sodass sie nun in einem neunzig Grad Winkel
zum Arm stand und die Handfläche zur Tür wies.
Mit einem Male begannen Nadias Augen zu blitzen. Das tiefe Braun wandelte
sich zu einem Orange, das die Iris des Auges in Flammen zu tauchen schien.
Ohne dass irgendetwas, irgendeine Bewegung stattgefunden hätte, bebte die
schwere Stahltür und wurde nur einen Wimpernschlag später aus der
Verankerung gerissen.
Innerhalb eines Sekundenbruchteils wurde sie wie aus dem Nichts gegen die
gegenüberliegende Wand des Ganges geschleudert und riss selbst dort noch
ein tiefes Loch in den Stahl.
Nadia senkte langsam wieder ihre Hand und ihre Augen waren tiefbraun wie
zuvor; ihre Haare, die wie durch einen leichten Windstoß nach oben gewirbelt
waren, sanken still nieder.
Das Mädchen konnte sich ein Grinsen nicht verkneifen.

Ja, im Gegensatz zu damals, als sie Noa begegnet war, hatte sie sich weiter
entwickelt. Telepathie und Empathie waren schon lang nicht mehr ihre stärkste
Waffe.
Die Menschen würden ihre Siya-Kraft wohl als eine Art der Telekinese
bezeichnen - die Kraft Gegenstände mit reiner Geisteskraft zu bewegen.
Nadia beherrschte diese Macht jedoch in einer besonders mächtigen Form,
was ihr das Leben als Elite Jägerin deutlich erleichterte.

Nadia setzte sich langsam und doch lässig in Bewegung und verließ ihre kleine
Zelle. Sie trat auf den Gang und sah sich um. Der Kyrianer lag auf dem Boden
- wohl von der heraus gesprengten Tür getroffen und somit bewegungsunfähig
gemacht.
Nadia ging einige Schritte den Gang entlang.
Es war ein hell erleuchteter Flur, der kein Ende zu haben schien.

Da war *Sie* ja. Genau *Sie* hatte Nadia gesucht. Die Kopfgeldjägerin lehnte sich vor und griff nach Wynona.

Mit einem schnellen Wirbeln hatte sie diese in ihrem Gürtel versenkt.

Nadia war sich nicht sicher, ob sie ihren Auftrag noch ausführen oder sofort die Flucht antreten sollte.

Doch es wäre nur ein einziger präziser Schuss Wynonas nötig um den kyrianischen Admiral zu töten.

Wynona - ihre Ionen Handfeuerwaffe, die sie vor einigen Jahren auf einem Bazar auf Boktuum erstanden hatte.

Nadia folgte dem Verlauf des Ganges weiter. Wenn es eins gab, was sie noch mehr hasste als das kyrianische Essen, dann waren es die kyrianischen Raumkreuzer. Wofür in Gottes Namen waren diese Raumschiffe wie ein Labyrinth aufgebaut?

Sie blickte einige Male auf ihre kleine Computerkonsole, welche um ihr Handgelenk gebunden war und glaubte den richtigen Weg endlich gefunden zu haben.

Doch als ihr nach einer Minute noch immer kein Kyrianer begegnet war, wurde sie langsam stutzig. Die Explosion, welche die Tür herausgesprengt hatte, musste doch von irgendjemandem gehört worden sein. Zumindest hätte das schiffsinterne Alarmsystem etwas von sich geben müssen.

Nadia blieb an einer Ecke stehen. Für einen winzigen Moment, es war mehr ein Wimpernschlag, schloss sie ihre Augen.

In ihren Gedanken sah sie die Biegung im Korridor und auch was sich hinter dieser befand - Stille. Dort waren absolut niemand und nichts.

Das Quartier des Admirals war nur noch wenige Schritte entfernt und diesmal hatte sie eindeutig den Überraschungsvorteil auf ihrer Seite. Schließlich mussten die Kyrianer denken, dass sie noch immer in Gewahrsam war.

Sie wollte jetzt nur noch so schnell wie möglich den Admiral liquidieren, dann ihren Raumjäger finden, der wohl mittlerweile in der Shuttlerampe sein müsste und von hier verschwinden. Arcane würde sich sicher schon Sorgen machen.

Sie trat um die Ecke und rannte los - Wynona immer fest mit der rechten Hand umschlossen.

Dieser Gang lag wohl weit außerhalb - Fenster gaben die Sicht auf Valkyrium frei, der in einigen Millionen Kilometern strahlte.

Sie hasste diesen Planeten. Sie hasste ihn einfach nur abgrundtief.

Im Augenwinkel sah das Mädchen, dass sie soeben an der Tür mit der Aufschrift 'Admiral Beserek' vorbei gerannt war. Sofort stoppte sie, drehte um und stand schließlich vor der mechanisch öffnenden Pforte.

Sie musterte das Spracherkennungssystem, doch für diesen unnötigen Schnickschnack hatte sie jetzt einfach keine Zeit mehr, denn das Kopfgeld wartete.

Nadia griff nach ihrer Waffe, zielte auf das elektronische Schloss und drückte ab.

Mit einem leisen Zischen gab das Schott nach und öffnete sich langsam.

Kaum hatte Nadia den Raum betreten rasten Bilder durch ihren Kopf. Zehn Kyrianer zielten auf die Tür, die sich gerade nach einem von außen abgegebenen Schuss öffnete. Der Admiral saß inmitten von ihnen.

Sofort verstand Nadia, warum ihr auf dem gesamten Weg niemand begegnet war. Obwohl es für Kyrianer ungewöhnlich war, hatten sie ihr eine simple Falle gestellt. Doch noch bevor sie das Feuer eröffnen konnten, sprang Nadia in die Höhe und drückte sich dabei fest mit beiden Füßen vom Boden ab.

In der Luft drehte sie sich, sodass sie mit den schweren Stiefeln wieder an der Decke des Raumes aufkam, nur um sich dort ein weiteres Mal abzustoßen.

Die zu langsame Reaktion der Kyrianer ausnutzend stieß Nadia sich von der Decke ab, zog im Flug einen Dolch aus ihren Stiefeln und raste auf den erschrocken dreinblickenden Admiral zu.

Nur wenige Sekunden waren seit des Öffnens der Tür vergangen, doch schon hatte Nadia den Dolch in der Brust des Admirals versenkt.

Sie stand nun wieder auf dem Boden und hatte den kyrianischen Soldaten, welche für den Schutz des Offiziers verantwortlich waren, den Rücken zugedreht. Stille.

Sie drehte sich langsam um und legte den Kopf auf die Seite. » Lasst ihr mich gehen oder muss ich auch erst bei euch Hand anlegen? «, fragte sie in ruhiger Stimmlage.

Die Kyrianer realisierten noch immer nicht, was soeben geschehen war, richteten jedoch zittrig und verwirrt ihre Waffen auf Nadia.

» Das verstehe ich als 'Nein'! «

Erneut sprang Nadia in die Luft, zog jedoch nur die Beine an, um so lang wie möglich in der Luft verharren zu können.

Während des nur wenige Sekunden langen Aufenthalts ohne Boden unter den Füßen zog sie Wynona aus ihrem Gürtel und verteilte unglaublich schnelle und präzise Schüsse im gesamten Raum - Zehn an der Zahl.

Die anwesenden Kyrianer gingen mit dumpfen Schlägen auf dem Stahl zu Boden und Nadia lächelte zufrieden und doch gehässig. Sie war in Topform. Wohl kein anderer Kopfgeldjäger arbeitete so schnell und sauber wie sie.

Doch nun tat sie besser daran, so schnell wie möglich von hier zu verschwinden. Die Kyrianer würden ziemlich ungehalten darüber sein, dass sie einen ihrer Führungsoffiziere und zehn weitere Soldaten umgebracht hatte.

Die Shuttlerampe lag nur einige Gänge entfernt und wenn sie sich beeilte, konnte sie in einigen Augenblicken bereits dort sein.

Schnell griff sie nach dem Dolch, zog ihn aus dem leblosen Körper und verließ sprintend den Raum, sie rannte weiter, an unzähligen Türen vorbei, durch einige Versorgungstunnel bis sie schließlich die Shuttleabteilung des Kreuzers erreicht hatte.

Kaum hatte sie die Tür geöffnet sah sie schon ihren Wave-Fighter - einen Raumjäger der von den Menschen entwickelt wurde.

Die Menschheit besaß so gut wie keine eigene Technologie mehr. Die Raumschiffe der Erde waren schon Jahrhunderte lang veraltet und neue Technologie wurde nur noch in seltensten Fällen entwickelt.

Menschen benutzten für üblich Raumschiffe der anderen Rassen um sich im All fort zu bewegen oder auf solchen zu leben.

Vor einigen Monaten jedoch hatte ein befreundeter Wissenschaftler Nadias einen neuen Jäger entwickelt. Klein, Furcht einflößend, schnell und bis an die Zähne bewaffnet. Er verfügte über einen neuartigen Antrieb den Dr.Fluxx den Wave-Antrieb getauft hatte.

Der Flyer surfte über eine Energiewelle durch den Raum und erreichte so eine recht passable Geschwindigkeit.

Nadia hatte sofort den Prototypen für sich selbst beansprucht - Natürlich nur zu Testzwecken wie sie beteuert hatte.

Der Jäger war durchgehend schwarz - Selbst die Scheiben waren getönt. Tarnung war in den harten Zeiten ein gewaltiger Vorteil anderen Piloten gegenüber. Vorn, links und rechts waren zwei lange Spitzen, die bis zum Heck verliefen und eine Art Bogen darstellten.

Sie ging zu ihrem Flyer und öffnete die getönte Glaskuppel. Mit einem Satz, sich mit der Hand an der Außenhaut abstützend war sie auch schon herein gesprungen und startete den Antrieb.

Die Kopfgeldjägerin setzte ihr Headset auf und schloss die Kuppel. Mit einer Hand umschloss sie fest den Joystick, mit der anderen berührte sie einige Male den Touchscreen.

Das Tor, hinter welchem das All lag, war geschlossen. Demnach gab es wohl nur eine Möglichkeit aus dem Schiff zu entkommen.

» Computer, Polarongeschoss laden. «, sagte sie angespannt.

» Polarontorpedo einsatzbereit. «, sagte die weibliche, anmutige und beinahe aphrodisische Computerstimme, während Nadia den Joystick nach links drückte und so den Jäger im Schwebezustand herumdrehte.

Sie war in Angriffsstellung - Das Heck des Flyers höher als der Bug und jederzeit bereit den Wave-Antrieb zu starten.

Das Mädchen drückte einen violetten Knopf neben dem Joystick und ein Projektil verließ den Jäger in Richtung des Schotts zum Weltraum, wo es auch umgehend detonierte und ein gewaltiges Loch in die Außenhülle riss.

Sofort schob Nadia den Joystick von sich weg und verließ mit rasanter Geschwindigkeit den kyrianischen Kreuzer.

Dem Sperrfeuer, welches von dem Schlachtschiff ausging, als sie bemerkt hatten, dass Nadia die Shuttlerampe nicht gerade vorschriftsmäßig verlassen hatte, wich sie mit einiger Mühe aus. Die Wendigkeit dieses Jägers hatte sich schon oft bewehrt gemacht, doch solche Situationen waren immer wieder Proben für ihre Fertigkeiten.

Einige Kilometer vom Kreuzer entfernt sah sie, wie einige Abfangjäger das zerstörte Schott der Shuttleabteilung verließen und den Verfolgungskurs aufnahmen, doch sie hatten bereits die berechneten Wegpunkte für den Wave-Antrieb herauf geladen und startete diesen.

Der Flyer machte einen Satz, die Sterne verschwommen kurz in ihren Augen und schon war sie im Hyperraum.

In zwanzig Minuten würde sie vermutlich ihr Ziel erreichen.

Nadia drückte einen Knopf über ihrem Kopf. Zunächst zierte sie sich, doch es musste wohl sein. »Hier violet Moon - blue Fox, bitte kommen. «, sagte sie und schüttelte entnervt den Kopf.

Ein kurzes Rauschen im Headset. » Nadia, wir müssen Noa unbedingt mal sagen, dass diese Codenamen absolut lächerlich und unprofessionell sind. «, erklang eine Stimme, die ein Lächeln in Nadias Gesicht zauberte

» Ich weiß, ich weiß, aber du kennst ihn ja. Also blue

Fox … «, lachte sie, » Ich bin in einer halben Stunde da. «

» Wo warst du überhaupt? Wir haben uns Sorgen gemacht. Du hättest schon vor zwei Stunden wieder zurück sein

sollen. «, mahnte Arcane.

» Ach nichts Besonderes. Die Kyrianer haben mich gepackt, diese Schleimbolzen, einfach widerlich diese Kerle. Dann hab ich einen mit 'ner Tür in die ewigen Jagdgründe geschickt. Dank den Siya-Fähigkeiten! Dem Admiral blieb nicht mehr viel Zeit – habe ihn ebenfalls sauber erledigt. Reicht das? «, zeterte sie.

» Schon verstanden, also ein ganz normaler Tag? «, fragte ihre Freundin.

» Japp, ein ganz normaler Tag. Ich verlasse gleich den Hyperraum, melde mich gleich «, sprach das Mädchen und schaltete eine kleine Lampe im Himmel des Flyers aus.

» Alles klar, Arcane over! «, sagte Nadias Gefährtin.

» Roger, Roger. «

Nadia umfasste den Joystick wieder fester und der Raumjäger machte einen weiteren Satz. Allmählich verlangsamte sie das Tempo, bis sie schließlich wieder den Normalraum erreichte.

Kaum hatte sie den Hyperraum verlassen, tauchte auch schon ein riesiger Koloss aus Stahl vor ihr auf.

Er driftete in etwa fünfzig Kilometern Entfernung starr im Raum.

Nadia steuerte exakt auf diesen zu und drückte den Knopf über ihr erneut.

» Anflugkontrolle, bitte kommen. Hier Raumjäger Foxtrott, Alpha, Alpha. Erbitte Landeerlaubnis. «, sagte sie und begutachtete die Landekorridore auf ihrem Scanner.

Wieder ein Knistern im Headset. » Hier Anflugkontrolle der von Menschen verwalteten Weltraumkolonie New Berlin. Identifiziert als Nadia Scarbodia. Landeerlaubnis erteilt. Bitte fliegen sie zu Gate dreiundneunzig. Willkommen Zuhause! «

Nadia blieb stumm und antwortete nicht, doch riss sie den Joystick herum und steuerte eines der unzähligen Schotts an. Hunderte von Schiffen starteten und landeten hier gleichzeitig. Da war es schon praktisch einen recht kleinen Raumjäger zu besitzen um sich zwischen den größeren Schiffen vorbeirollen zu können.

Eben *das* tat die Braunhaarige nämlich just in diesem Moment.

Nadia ließ einige Transporter hinter sich und steuerte auf eine kleine Plattform im Inneren der Shuttleabteilung dreiundneunzig zu, die direkt vor ihr lag. Unmittelbar über der besagten Plattform brachte sie den Jäger zum Stehen und setzte langsam auf.

'Zuhause', dachte Nadia. Auch wenn man einen großen Haufen Altmetall der durchs All trieb ja nicht gerade als die gepriesene Heimat bezeichnen konnte Um das gelobte Land handelte es sich zwar nicht, doch als Heimat hatte sie Valkyrium damals auch nicht bezeichnet. Vor allem nicht mehr, nachdem sie dazu verurteilt war ihr Leben auf der Straße zu fristen.

Die Botengänge hatten schon bald nicht mehr genügend Reiz für die drei Kinder. Arcane, Noa und Nadia wollten mehr. Sie wollten immer mehr.

Arcane war die Erste der drei Kinder, die einen Auftrag annahm, welcher von ihr verlangte zu töten.

Damals waren Nadia und Noa so geschockt, dass sie sich zunächst von Arcane abwandten. Wie konnte ein kleines Mädchen nur in der Lage zu Etwas sein, das ihre Eltern das Leben gekostet hatte und sie somit zu einem Straßenkind gemacht hatte?

Doch schnell verstanden auch *die* Beiden, welche Möglichkeiten ihnen ein Leben als ein so genannter `Kid-Killer´ bot.

`Kid-Killer´ - Eine Bezeichnung, die aus den Medien geboren worden war. Sie bezeichnete jene Straßenkinder, die angehende Kopfgeldjäger waren und durch Morde ihr Dasein finanzierten.

Sie waren in der Lage sich endlich Kleidung und Nahrung zu kaufen, woran sie zuvor nicht einmal gedacht hatten.
Die `Kid-Killer´ waren auf den Straßen Valkyriums geradezu berühmt-berüchtigt.
Kleine Kinder, gerade einmal zehn Jahre alt und doch präzise Waffen der Kopfgeld-Gilden.
Ein schnelles Anrempeln im Vorbeirennen und schon hatten sie eine winzige und giftige Nadel im Bein oder Arm des Opfers versenkt. Innerhalb weniger Stunden ging die Zielperson elendig zu Grunde.
Die Kinder arbeiteten alle nach dem gleichen Muster und ihr Weg war ohnehin vorgezeichnet.

Das Leben eines jeden Straßenkindes verlief gleich.
Zunächst wurden dessen Eltern meist ermordet oder inhaftiert - Schon kurz darauf begann das Straßenleben.
Zu Beginn suchten sich die kleinen, hilflosen Geschöpfe ihre Nahrung aus dem Abfall und Unrat der korrupten Gesellschaft zusammen bis sie sich allmählich zurechtfanden und zur zweiten Stufe gelangten.
Die ersten Botengänge wurden erledigt.
Langsam etablierten sich die Kinder in der `Kid-Society´ und wurden in die feste Rangordnung eingegliedert, bis sie die dritte Stufe erreichten.
Sie wurden zu den gefürchteten, sowie schnell und sauber arbeitenden `Kid-Killern´ - Mordende Kinder, die für den Erhalt ihres eigenen Lebens töteten.
Keine Fragen und keine Antworten - Schnelle Arbeit und es gab ein Honorar, welches gerade zum Überleben reichte.
Die Straßenkinder fristeten nun ihr Leben bis in ihr Jugendalter hinein.
Von nun an gab es zwei Wege, welche sie gehen konnten. Es gab die Chance in ein normales Leben zurückzukehren und einer normalen Arbeit nachzugehen, was jedoch äußerst selten mit Erfolg belohnt wurde oder die Möglichkeit zu einem vollwertigen Kopfgeldjäger zu werden.
Natürlich versuchten die meisten zunächst ein ehrenwertes und bürgerliches Leben zu beginnen, scheiterten jedoch in den meisten der Fälle.
Die Anderen, welche sich einem der hunderten Kopfgeldjäger anvertrauten, sich ihm hingaben, sich zu deren Leibeigenen machten um sich von einem Solchen auszubilden lassen, wurden zwar mit mehr Erfolg belohnt, hatten jedoch ebenfalls keine guten Aussichten für ihr weiteres Leben.
Viele der Anwärter scheiterten schon in den ersten Wochen oder Monaten ihrer Ausbildung, wurden nicht selten bei einem der ersten Einsätze getötet.
Mädchen, die es tatsächlich geschafft hatten, trugen jedoch nach der Ausbildung Wunden an ihren Körpern. Nicht selten wurden sie von ihren

Ausbildern brutal vergewaltigt um deren Gelüste zu stillen. Sie verloren ihre Unschuld für eine Ausbildung zu einem menschenunwürdigen Leben.

Nadia schüttelte den Kopf, während sie aus dem Jagdflieger stieg.
Zu schwer war es damals und wenn sie eine Sache in den vielen Jahren im Kopfgeldjäger Dasein gelernt hatte, dann war es, dass man nie und wirklich nie an Vergangenes zurückdenken sollte.
Sie drehte sich ein letztes Mal um und schloss die Kuppel des Jägers, bevor sie sich endgültig auf den Weg zum anderen Ende der Plattform machte.
Sie musste zum nächsten Aufzug, der auf die Wohnebene führte und dieser war etwa hundert Meter vom Standplatz ihres Wave-Fighters entfernt.
Eine Raumkolonie wie New Berlin war ein Koloss aus Stahl.
Es gab fünf dieser Kolonien verstreut in der gesamten Galaxie und geschützt durch zweihundert Meter dicke Außenmauern und ein übermächtiges Schutzschild waren die Kolonien uneinnehmbare Festungen – zumindest den bekannten Spezies gegenüber. Innerhalb der Mauern herrschte noch ein letzter Überbleibsel der von den Menschen so sehr geliebten Ordnung.
Eine Kolonie war in mehrere Ebenen aufgeteilt. Die unterste von ihnen war das Versorgungsstockwerk, welches sich aus Landerampe, Energieversorgung, Lager, Entsorgung, Schwerkrafterzeugung und Atmosphärensynthese zusammensetze. Gleich darüber begann die Wohnebene auf welcher unzählige Quartiere, öffentliche Einrichtungen, Geschäfte, künstliche Gärten und Vergnügungseinrichtungen angesiedelt waren.
Die oberste Ebene war zugleich die Kleinste. Die Kommandobrücke beherbergte die Anflugkontrolle, Teile des menschlichen Senats und die Verwaltung der Kolonie.
Eine Kolonie konnte bei voller Auslastung fünfhunderttausend Menschen Lebensraum bieten – auch wenn es nicht gerade komfortabel auf den Stahlkolossen zuging.
Jedoch gab es neben New Berlin, New Tokio, New Rio und New Kairo eine Kolonie, die die Grenzen der Vorstellungskraft eines jeden Menschen sprengte.
Angel's Gate war eine Kolonie, die mehr als vier Millionen Menschen und dem Großteil des Senats Platz bot.
Zuvor hieß die Kolonie noch New Los Angeles, wurde jedoch als Zukunft der Menschheit präsentiert und deshalb einem anderen Namen verschrieben.
Angepriesen als ein Neuanfang war sie zum Mittelpunkt der Verwaltung geworden.
Absoluter Schwachsinn. Die Menschheit besaß keine Zukunft - Schon wieder schüttelte Nadia stumm den Kopf. Mittlerweile hatte sie den Aufzug erreicht.

Die meisten der Menschen mochte sie nicht und mied sie. Selbstverliebte, von Hormonen geleitete Wesen - basierend auf Kohlenstoff. Wenn sie gewusst hätten, dass Nadia eine Andere war, dann hätten sie das Mädchen wahrscheinlich gelyncht und an den Pranger gestellt.

Die Türen des gläsernen Liftes schlossen sich. » Wohndeck, Ebene 76, Sektion Omega «, sagte sie genervt.

Der Lift setzte sich mit rasender Geschwindigkeit in Bewegung und schoss in die Höhe bis er schließlich in der Decke der Shuttlerampe verschwand und von dort aus waagerecht seinen Weg fortsetzte.

Nach einigen Minuten stoppte der Aufzug langsam und öffnete seine Türen wieder.

Nadia betrat den breiten Gang auf dem geschäftiges Treiben herrschte. Ihre Wohneinheit lag nur noch wenige Schritte von dem Hauptkorridor, in dem sie sich befand, entfernt. Manchmal war es recht laut und beinahe unerträglich, doch wann war sie schon mal auf New Berlin? Den größten Teil ihres Lebens nahm die Arbeit als Kopfgeldjägerin in Anspruch — Und es war ein verdammt nervenaufreibender Job.

Nadia ging einige Schritte den Gang hinab und sah nach einigen Sekunden schon die Tür zu ihrem Quartier.

» Nadia, auch mal wieder auf der Station? Du lässt nichts mehr von dir hören, außer in den Nachrichten, wenn du mal wieder jemanden umgebracht hast. «, sagte ein plötzlich vor ihr aufgetauchter Mann mit kalter Stimme.

» Halt die Klappe Zais, denn sonst bist *du* der Nächste! «, antwortete sie und wich ihm aus.

» Du würdest deinen Lehrer umbringen? «, hakte er gehässig nach.

Nadia rollte mit den Augen. Zais war zwar damals, vor Urzeiten, ihr Lehrer gewesen und hatte sie zu einer Kopfgeldjägerin ausgebildet, doch nun wollte sie nichts mehr mit ihm zu tun haben, denn er war ihr mehr als zuwider.

» Zais, du bist schon lange keine Gefahr mehr für mich. Meine Fähigkeiten übersteigen deine bei Weitem. Also tu dir etwas Gutes und verlass' New Berlin! «, sagte sie und ging schnellen Schrittes weiter bis sie ihr Quartier erreichte. Zais hatte sie ohne auf eine Antwort gewartet zu haben einfach stehen lassen.

» Nadia Scarbodia. «, sagte sie langsam und die Stahltür öffnete sich mit einem Zischen.

Die Söldnerin betrat den Raum und die Tür schloss sich hinter ihr. Ein lautes Seufzen entwich dem Mädchen und sie schloss für einige Sekunden die Augen. Als sie diese wieder öffnete, blickte sie sich im Quartier um.

In der linken Ecke des Raumes war ein hochmodernes und doch schlichtes Computerterminal mit unzähligen Monitoren aufgebaut, vor welchem eine

junge Frau mit einem Headset saß und angespannt die Anzeigen kontrollierte.
» Ich habe verstanden Noa. Guten Heimflug. Wir sehen uns heute Abend. «,
sagte sie.
Die junge Frau setzte das Headset ab, drehte sich auf dem Stuhl um und stand
schließlich auf.
Als Nadia in ihr Blickfeld rückte lächelte sie sanft und doch tough.
» Nadia, da bist du ja. Die Credits wurden schon auf dein Konto geladen.
Dreißigtausend. Nicht gerade viel, aber immerhin. «, sprach sie und schüttelte
kurz ihr Haar.
» So wenig? Was soll der Scheiß? Wofür reiß ich mir dann den Arsch auf?
Arcane, das musst du noch mal checken, ob wir nicht mehr aus diesem
verfluchtem Auftrag rausholen
können! «, raunte Nadia genervt.
Arcane lächelte erneut und besah sich kurz ihre Freundin.
Sie war ein Jahr älter als Nadia und stand ihr stets zur Seite. Flammend rote
Haare fielen beinahe bis zu ihren Hüften kraus über die Schultern.
Seit die drei Freunde nun im Kopfgeldjägergeschäft waren, hatten sie eine klare
Rollenverteilung. Nadia und Noa erledigten die Aufträge, mochte es auch noch
so aufreibend sein und Arcane war ihr Operator und koordinierte alles von der
Kolonie aus. Sie war der einzige normale Mensch, der wusste, dass Nadia und
Noa zwei der letzten Siya waren.
» Ich werde jetzt erstmal ganz in Ruhe duschen und später noch mal bei Faris
vorbeisehen «; sagte Nadia und löste den strengen Knoten aus ihrem Haar.
» Nadia, du weißt, dass er gesagt hat, dass du dich von der Kommandoebene
fernhalten sollst! «, mahnte Arcane und zog ihre Augenbrauen hoch.
» Mir egal. Ich brauche Infos über eine gewisse Person. Ich hatte letzte Nacht,
nun ja, eigentlich die ganzen letzten Nächte immer denselben Traum. Immer
und immer wieder die gleiche Person, die ich sah. Ich denke es war 'ne
Vorahnung. Wird sicher ein Auftrag. Mal sehen was Faris zu sagen hat. «
» Er ist Abgeordneter. Faris hat sicher keine Zeit für dich. «, führte das
Mädchen mit den hellroten Haaren weiter aus.
Nadia schlug mit der Hand auf den Tisch » Es ist aber wichtig verdammt noch
mal! Ich hatte noch nie zuvor Träume, die so oft wiederkehrten. Du weißt
genau was meine Träume für mich bedeuten. Vielleicht wird *das* das große
Geld für uns. Und jetzt nerv nicht. Ich geh duschen. «, raunte Nadia sie an und
verließ den Raum in Richtung der Nasszelle.

Die Kopfgeldjägerin wusste genau, dass irgendetwas mit ihr nicht stimmte.
Diese Träume und dann noch ihre Gefangennahme. So etwas hätte nicht
passieren dürfen. Sie fragte sich ob dies vielleicht mit jenem Jungen aus ihrem

Traum zusammenhing?
Nadia streifte sich ihre Kleidung vom Körper und trat in die kleine
Duschkabine.
Das heiße Wasser war jedes Mal - jedes Mal wenn sie zurückkehrte - jedes Mal
wenn sie gemordet hatte - eine reinigende Quelle für sie.
Nadia war eine Kopfgeldjägerin, eine der Besten - vielleicht die Beste - und
doch war es nicht immer leicht einen solchen Job zu erledigen.

Das Wasser wusch ihr die Sünden von der Seele und das Blut ihrer Opfer vom
Körper.
Dampf füllte allmählich den Raum und Nadia vermochte schon nicht mehr ihr
eigenes Spiegelbild zu erkennen.
Manchmal fragte sie sich, was ihre Eltern wohl von ihr denken würden, wenn
diese sie jetzt sehen könnten - Doch es war absurd - Absolut irrelevant. Ihre
Eltern waren tot - umgebracht - umgebracht von einem Kopfgeldjäger - von
einem Kopfgeldjäger wie sie selbst einer war.

3
Traumdeuter

Nadia verließ das kleine Badezimmer und kehrte in den Wohnraum zurück.
Mittlerweile hatte sie ein kurzes, schwarzes Top und eine dunkle, hautenge
Hose angezogen. Darüber trug sie einen sehr knappen Faltenrock.
Solche Kleidung war das Einzige womit man es auf New Berlin aushalten
konnte, denn die Klimageneratoren waren schon längst veraltet und in der
Kolonie herrschten nicht selten tropische Temperaturen, die nicht nur die
Körper, sondern auch die Gemüter überkochen ließen.
Nadias Freundin Arcane lag inzwischen auf ihrem Bett und starrte regungslos
die Decke an.
» Ich werde dann gleich mal zu Faris gehen. «, sagte Nadia und klang etwas
wehmütig. War jene kalte Art, die sie an den Tag gelegt hatte, doch nie ihre
Absicht. Das Geschäft machte sie zu einer kalten Person, die den Bezug zum
Grausamen verloren hätte.
» Tu was du nicht lassen kannst, aber sei vorsichtig. Irgendwann wird er noch
herausfinden, dass du eine Andere bist. «, sagte Arcane besorgt und zugleich
überlegen.
» Siya! Ich bin eine Siya! Nenn mich nicht so! «

Arcane antwortete nicht, zuckte stattdessen nur mit den Schultern.

Ohne ihre Freundin eines weiteren Blickes zu würdigen ging Nadia zur Tür und verließ schweigend das gemeinsame Quartier.

Nadia wollte endlich in Erfahrung bringen, ob ihr Traum etwas zu bedeuten hatte und der einzige Weg an weitere Informationen zu gelangen war es, sich in die Hauptrechner der Kolonie Einblick zu verschaffen. *Das* allerdings war nur mit Hilfe von Faris möglich.

Sean Gabriel Faris war ein alter Freund der Mädchen und Noas. *Er* war es, der sie damals von Valkyrium nach New Berlin geholt hatte. Schon damals war Sean ein Abgeordneter des Senats - Heute schon der Kommandant der Kolonie.

Nadia drängte durch die Menschenmengen auf den Fluren, grüßte hier und dort abwesend einige Bekannte und erreichte schließlich einen Aufzug, der wenige Sekunden später seine Türen öffnete.

Wieder erklang die markante und doch so unglaublich schwammige Computerstimme. » Sie haben den Lift des Captain betreten. Autorisierung erforderlich um die Kommandoebene zu erreichen. «

» Kommandoebene, Autorisierung Nadia Scarbodia «, antwortete die Kopfgeldjägerin.

» Zugriff leider verweigert. Bitte gültigen Kommandocode einlesen. «, antworteten die Stahlwände.

Nadia war genervt. » Autorisierung Sean Faris, drei vier Omega sieben «, sprach sie und lehnte dich erschöpft gegen die Flanke der Stahlkammer.

» Zugriff gewehrt. Kommandoebene. «, erklang es ein letztes Mal aphrodisisch. Endlich setzte sich der Lift in Bewegung und schoss durch die Ebenen. Faris hatte dem Mädchen schon vor einigen Monaten versprochen ihr endlich einen eigenen Kommandocode zuzuteilen. Aber nein - Natürlich musste sie wieder illegaler Weise den seinen benutzen um sich überhaupt erstmal Zutritt zum Kommandodeck zu verschaffen. Schlamperei, dachte sie und starrte wütend die flackernde Decke an.

Heute war wirklich nicht ihr Tag und doch war er wie jeder andere auch.

Der Lift stoppte und die Türen öffneten sich. Nadia betrat das Kommandodeck.

Es war ein überdimensionaler Raum, mehr eine Halle, denn von hier aus wurde alles überwacht, was in der gesamten Kolonie geschah.

Rechts befand sich die Anflugkontrolle, mit welcher sie noch zuvor kommuniziert hatte. Dort saßen unzählige Fluglotsinnen vor Monitoren und waren in ein wildes Stimmen-Wirrwarr vertieft, durch das wohl niemand mehr durchblicken konnte.

Weiter links waren unzählige Computerterminals, die die Kolonie am Leben erhielten. Servicetechniker, Netzwerkspezialisten und Versorgungsbeauftragte hatten dort ihren Arbeitsplatz und ließen das überaus komplexe System nicht eine Sekunde aus den Augen.

» Nadia, was machst du denn hier? «, rief ein Mann mittleren Alters und sah sie durchdringend an.

Nadia ging schnellen Schrittes auf ihn zu. » Faris, ich muss unbedingt mit dir sprechen. «, sagte sie und blieb stehen.

» Ich habe dir gesagt, dass du nicht hier her kommen sollst. Ich habe jetzt wirklich keine Zeit für dich. «, sagte er und wandte sich wieder von dem Mädchen ab.

» Es ist aber wichtig, verdammt noch mal! «, brüllte die Kopfgeldjägerin zornig. Sie raunte nicht selten andere Menschen an, war es doch ein wichtiger Punkt des Images einer Söldnerin. Noch waren sie geachtet und respektiert, doch dies würde sich bei der steigenden Zahl ihres Gleichen bald ändern. Ob es nun ein Reisender oder ein Koloniekommandant war; sie bestand auf ihr Anrecht angehört zu werden.

Einige Offiziere hatten sich umgedreht, musterten Nadia und beobachteten sie genau.

Faris war über einen Computer gebeugt und unterhielt sich mit einer jungen Frau der Anflugkontrolle.

» Also gut, ich komme sofort «, bluffte er Nadia an.

Nadia drehte sich erneut um und ging auf ein Terminal zu, das etwas weiter abseits lag. Dort angekommen ließ sie sich auf den Stuhl fallen und schwang ihre Beine über eine der Armlehnen.

Wenn sie Faris schon dazu bringen musste ihr keine Informationen vorzuenthalten, warum dann nicht mit ihren weiblichen Reizen der ganzen Sache Nachdruck verleihen? Verhalten schmunzelte die Braunhaarige und strich abwesend durch ihr Haar.

Nadia hatte das Bild des jungen Mannes aus ihren Träumen noch genau vor Augen. Mittlerweile war sie sich so gut wie sicher, dass es sich dabei um den Auftakt eines Auftrags handeln musste.

Endlich kam Faris zu ihr, blieb jedoch vor ihr stehen. Er war ein unauffälliger Mann, hatte keine besonderen Merkmale - der Durchschnittstyp eben.

Er griff einmal fest in seine Haare und seufzte laut; ließ sich dann aber doch in den Stuhl neben Nadia sinken. Sie hatte ihn noch nie so ausgebrannt gesehen.

» Nadia, was gibt's denn jetzt schon wieder? «, fragte er dem Stress vollkommen erlegen.

» Erstens, was ist hier los und macht dich so fertig. Zweitens, ich habe da rein zufällig etwas von einem Auftrag *gehört,* ein Mann - ein sehr junger Mann, vielleicht achtzehn Jahre alt. Gibt es irgendwelche Informationen, die du mir geben kannst? «, sagte das Mädchen und blinzelte verführerisch mit den Augen.

Faris sah Nadia missmutig an, hob jedoch eine Augenbraue und musterte sie genau. » In der Tat hätte ich einen Auftrag für dich, allerdings kannst du ganz sicher nicht von ihm gehört haben. Er unterliegt der absoluten Geheimhaltung und wurde noch an keiner Stelle veröffentlicht – schließlich wollen wir unser Gesicht wahren. «, sprach Sean während sich sein Gesicht merklich verfinsterte.

Nadia wurde hellhörig. Also doch - ihre Träume behielten mal wieder Recht und hatten auf Wahrheiten basiert. Natürlich durfte Faris nicht wissen, woher ihre Kenntnisse über diesen Auftrag stammten.

» Dann erzähl mal Faris. «, sagte sie neugierig und lächelte sanftmütig.

Faris beugte sich vor und drückte einige Tasten des Terminals. Kurz darauf erschien eine Datei die fortwährend abgespielt wurde.

» Es handelt sich um diesen Jungen. «, sagte er und verzog keine Miene.

Nadia riss die Augen weit auf. Endlich sah sie ihn klar - das war er also, den sie in den letzten Nächten stetig gesehen hatte. Jedoch war es, entgegen ihrer Erwartungen, eher ein Junge als ein Mann, da er deutlich jünger schien als in ihrem Traum und doch hatte sie ein sehr merkwürdiges Gefühl bei dem Anblick dieses Kerls.

» Harry, er heißt Harry. Den Rest seines Namens, seine Herkunft oder Sonstiges wissen wir über ihn nicht. Nach den Angaben unserer Informanten ist er fünfzehn Jahre alt. «, erklärte der Koloniekommandant.

Nadia stützte ihr Kinn auf ihren aufgerichteten Arm und musterte ihn genau. Was war nur mit ihm los? Was war es nur, dass sie so ungemein faszinierte und in ihren Bann zog?

» So und nun pass auf Nadia, dieser Auftrag ist kein normaler Auftrag. «, mahnte der Ältere.

» Und das heißt? «, bohrte Nadia nach.

» Sagt dir *Sin Mara* etwas? Nein, wahrscheinlich nicht. Wie sollte es auch. - Der Sin Mara, auch als der Sin Mara Graben bekannt, ist eine abgelegene Region unserer Nachbargalaxie. Eine normale Reise dorthin ist nicht möglich, da sie Jahrhunderte dauern würde - Ja, auch mit deinem Wave-Antrieb. Vor vielen Jahren hatten wir einige Handelsbeziehungen zu wenigen Rassen im Sin Mara. Bei *Angel's Gate* wurde ein Sprungtor errichtet, mit dem man in wenigen Minuten dort sein konnte.

Doch immer mehr Schiffe von uns verschwanden dort, möglicherweise durch

Piraterie - man weiß es nicht. Zwielichtige Gestalten - dort muss ein Nest von ihnen sein.

Nun ja, lange Rede – kurzer Sinn. Die Beziehungen und der Kontakt wurden vollständig abgebrochen. Das Sprungtor wurde von Angel's Gate weggeschleppt und liegt jetzt einige Quats von hier entfernt. Wenn ein Schiff sich ohne militärische Sondervollmacht nähert, wird es sofort von den Verteidigungsplattformen abgeschossen. «

Nadia sah Faris ungläubig an. Obgleich sie dies alles noch nicht gewusst hatte, sie es wohl mehr faszinierend als beängstigend fand, wusste sie nicht genau was sie ihm entgegenbringen sollte.

» Also Nadia, dort - Im Sin Mara - Dort hält sich unser Mann auf. Dein Auftrag wird es sein dich auf die Reise zum Sin Mara Graben zu machen und die Zielperson zu liquidieren. Wir wollen *keine* Gefangennahme. Sein Tod ist für uns zwingend. «, erklärte der Abgeordnete.

Nadia nickte. Es würde wohl ein Abenteuer werden. Sie würde in eine Region vorstoßen, dessen Bewohner mehr als zwielichtig waren und sie würde reichlich Honorar abkassieren. Vielleicht würde es endlich reichen um aus dem Geschäft auszusteigen und in ein friedliches Leben zurückzukehren, denn dies war ihr wohl größter Wunsch.

» Ich bin dabei, Faris. Jetzt sag mir nur noch eins: Was hat er verbrochen? «, fragte die Kopfgeldjägerin und grinste frech.

Faris lächelte ebenfalls und schüttelte den Kopf. » Wie immer zu neugierig, aber nun gut. Es ist nichts Besonderes: Er ist ein Anderer! Ein Siya. Also somit nicht lebenswürdig. «, sagte er ohne mit der Wimper zu zucken.

Nadia traf es wie ein Blitz und in der linken Hälfte ihrer Brust machte sich ein unglaublich starker Schmerz breit, den sie kaum ertragen konnte. Ihre Umgebung begann flackernd zu pulsieren und verschwamm allmählich.

Sie hatte also den Auftrag einen Siya zu ermorden. Einen Siya, wie sie selbst einer war..

Noch nie zuvor war sie auf einen anderen außer Noa getroffen und doch hatte das Mädchen immer gehofft einem Gleichgesinnten zu begegnen. Was hatte Harry wohl für eine Fähigkeit? Warum war ein so junger Mensch überhaupt soweit abgeschlagen vom Rest seiner Spezies? Versteckte er sich vielleicht dort? War er sich seiner Gefahr, in der er schwebte, bewusst? Noch immer hatte sie das Gefühl, dass sie den Jungen bereits kannte, konnte sie doch durch ihre Telepathie eine gewisse Anziehung, die von jenem Siya ausging, spüren.

Eins war Nadia klar - Sie würde ihn finden. Sie würde Harry im Sin Mara

finden, auch wenn es Jahre dauern sollte. Und wenn sie ihn erst gefunden hatte, würde sie ihn warnen, ihn vielleicht verstecken - sie würde alles tun nur um endlich diese Missgunst und den tiefen Hass gegen die Siya zu beenden. Was hatten sie denn nur verbrochen, dass die Menschen sie ohne Grund brutal ermordeten?
Nadia hatte Bilder gesehen, auf denen ermordete Siya zu erkennen waren. Die Soldaten und Kopfgeldjäger schienen einen unglaublichen Spaß daran gehabt zu haben junge Kinder zu Tode zu quälen. Mit einem breiten Lachen und einem Messer in der Hand hatte man die Kopfgeldjäger neben den blutigen und geschundenen Leichen abgelichtet.
Andere Bilder zeigten die bulligen Körper der Söldner, die sich gerade an einem kleinen Mädchen und selbst an den minderjährigen Jungen vergingen. Bewundert und geachtet - als Kunst hatte man diese Bilder tituliert. Heute jedoch wurden sie nicht mehr zur Belustigung zur Schau gestellt. Ein Funken Ethik war der Menschheit doch geblieben.

Eine Träne rann Nadias Wange hinunter.

Ich selbst – Teil 1

Mein Leben war wirklich härter als das Leben der meisten Kinder, doch mittlerweile habe ich mich damit abgefunden.
Manchmal denke ich darüber nach, wie mein Leben abgelaufen wäre, wenn ich meine Eltern nicht verloren hätte.
Straßenkinder gab es schon immer, doch seit die Kyrianer gegen solche systematisch vorgingen, hatte sich das Leben auf Valkyriums Straßen sehr verändert.
Es war ein ständiger Kampf um Leben und Tod geworden. Auch dies war ein Grund dafür, dass unglaubliche viele der Kinder eine Ausbildung zum Kopfgeldjäger begannen.
Ich hatte schon hunderte Jungen und Mädchen gesehen, die vor ihren Lehrern geflohen sind und mit ihren missbrauchten und geschundenen Körpern Schutz im Untergrund Valkyriums gesucht hatten.

Heute möchte ich nicht länger über die Vergangenheit nachdenken, sondern möchte mir eine Zukunft aufbauen.
Ich möchte den Siya aus ihrer Misere heraushelfen und ihnen ein neues Leben

ermöglichen.

Mein Auftrag, viel mehr meine Bestimmung sollte es sein jenen Jungen zu
finden und ihn in Sicherheit zu bringen.
Schließlich bin auch ich eine Siya.

4

Siebzehn Doppelnull ab New Berlin

Nadia hatte dem Auftrag zugestimmt und einen Datenchip erhalten, auf
welchem alle Eckdaten und Informationen verzeichnet waren.
Auf ihrem Weg zurück zu ihrem Quartier kam sie sich ungewohnt leer vor. Sie
nahm nicht einen Funken ihrer Umgebung wahr und ging, nein sie schlich, die
Gänge entlang.
Diesmal hatte sie auf den Aufzug verzichtet und ging die abertausend Stufen
hinab. Das Mädchen wusste nicht genau, wie lange sie unterwegs gewesen war
als sie das Wohndeck endlich erreichte, aber einige Stunden waren bei weitem
vergangen.
Sie wollte jetzt keinen sehen und mit niemandem reden. Nadia wollte einfach
mit sich selbst *Nadia sein* und nachdenken. Sie wollte mit niemandem darüber
sprechen, traurig oder glücklich sein. Nadia wollte einfach nur Nadia sein.

Ob wohl noch andere Kopfgeldjäger diesen Auftrag erhalten hatten? So
musste es wohl sein, da Siya für gewöhnlich immer zu zweit gejagt wurden.
Doch allein dieser Ausdruck fühlte sich an, wie ein kräftiger Hieb in die
Magengegend. Siya wurden von den Menschen wie wilde Tiere behandelt. Sie
wurden gejagt.

Arcane saß schon wieder am Terminal und hatte ihr Headset aufgesetzt, als
Nadia das gemeinsame Quartier betrat.
Jetzt jedoch war noch eine weitere Person im Raum.
Ein junger Mann mit braunen, zotteligen Haaren und in Pilotenkleidung stand
hinter Arcane. Er drehte sich um, als er Nadia bemerkte.
» Nadia, da bist du ja. «, sagte er und lachte freudig.
Für einen kurzen Moment nahm es Nadia die Schwere, die in ihrem Inneren
lag. Sie lächelte ebenfalls und fiel ihm um den Hals. » Noa, wo warst du denn
zum Teufel? Du warst doch bestimmt 'ne Woche unterwegs. «
» Ja, ich habe sofort Anschlussaufträge bekommen. Hat alles etwas länger

gedauert als erwartet. Wie sieht's aus? Arcane hat mir erzählt, dass du bei Faris warst und was war da mit dem Traum? «, fragte er neugierig.
Sofort verfinsterte sich wieder Nadias Gesicht.
» Ja, also ich hatte diesen Traum. Ich habe *Ihn* immer wieder in meinen Träumen gesehen und als ich gerade bei Faris war, da hat er mir gesagt, dass er einen Auftrag für mich hat. Ich soll diesen Jungen liquidieren. Allerdings liegt das Einsatzgebiet im Sin Mara. «, erklärte die Kopfgeldjägerin.
Noa sah sie ungläubig an. » Im Sin Mara Graben?«
» Du kennst ihn? Ich wusste vorher nichts über diese Region. «
» Klar, heute kommst du nur noch mit militärischer Genehmigung durch das Sprungtor. Und was ist das für ein Typ? «, fragte der Ältere weiter.
Nadia senkte den Kopf und wieder begann eine Mischung aus Trauer und Angst ihr Herz zu zerfressen. » Es … es, er ist ein Siya. «
Stille.
Nun drehte sich selbst Arcane um und blickte Nadia an.
Noas Mund stand weit auf. » Er ist ein Siya? Deshalb sollst du ihn umbringen nehme ich an? «
Nadia nickte stumm. Sie war froh Noa und Arcane in diesem Moment bei sich zu haben.
»Aber, ich werde es natürlich nicht tun. Da ist irgendetwas, was ich noch nicht weiß, aber auch wenn ich meine Kraft einsetze kann ich es einfach nicht sehen. Irgendetwas ist mit Harry - so heißt er übrigens.
Ich werde dort hinfliegen und mit ihm sprechen. Wenn es notwendig ist, werde ich ihn verteidigen und vor anderen Übergriffen schützen. Das ist meine Pflicht als Siya. «
Noa legte seine Hand auf Nadias Schulter. Er lächelte. » Ja, natürlich Nadia und ich werde dich begleiten, dann werde ich dich … «
Nadia schüttelte heftig ihren Kopf: » Nein Noa, das ist meine Sache. Ich kann es dir nicht erklären, aber ich muss dort alleine hin. Bei dem was ich dort herausfinden werde, würdest du nur stören. Wenn ich doch nur wüsste was es ist, aber dafür ist meine Kraft nicht stark genug. Ich spüre nur eine Unwegsamkeit. «
» Also gut Nadia, aber ich will, dass du dich sofort per Langstreckentransponder bei uns meldest, wenn du da bist. Arcane, melde Nadia bei der Sprungaufsicht an. «
Arcane reagierte sofort und drehte sich wieder zum Terminal. » Roger, Roger. «, sagte sie und setzte schließlich wieder das Headset auf.
» Ach und Nadia, beim Sprung musst du dich konzentrieren - Ein so weiter Raumsprung ist ein sehr schwieriges Unterfangen. Arcane wird dir alle Daten

ständig per Telemetrie übermitteln. «

Doch obgleich das Mädchen dankbar für die Unterstützung war, die ihre Freunde ihr boten, antwortete sie nicht.

Stattdessen wandte sie sich ab und schloss ihre Arme fest um ihren zierlichen Oberkörper.

Nadia verließ den Wohnraum und ging in ihr Zimmer, welches nur mit einem Bett und einem Kleiderschrank bestückt war. Dort angekommen zog sich langsam aus und ging zu ihrem Kleiderschrank. Nadia brauchte etwas, was sowohl für die Reise, den Kampf, als auch einen standesgemäßen Kopfgeldjägerauftritt gut genug war. Bei ihrem Gedankengang konnte sie sich ein Schmunzeln nicht verkneifen.

Schließlich entschied Nadia sich für ein schwarzes, schlichtes Top, das unterhalb ihrer Brust endete, die schwarze Pilotenhose, eine enge Pilotenweste und die schweren Stiefel.

Im kleinen Badezimmer blickte Nadia in den Spiegel. Als sie ihr Äußeres betrachtete, fragte sie sich, ob es wirklich das Richtige war, das sie tat.

Sie zog die feinen, schwarzen Striche mit ruhiger Hand über die Augenlieder, weiter, bis zu den Schläfen. Ihre dunkelbraunen Haare kämmte sie nur kurz durch und verließ schließlich mit Wynona im Waffengürtel die Nasszelle. Erneut dachte sie an jenes Bild, das sie zu verkörpern hatte. Es war eine nie ausgesprochene Vereinbarung der Kopfgeldjäger, sich niemals in der Öffentlichkeit gehen zu lassen oder nicht standesgemäß gekleidet zu sein.

» Ich wäre dann soweit. «, sagte sie und blickte ihre Freunde ausgebrannt an. Arcane und Noa drehte sich um und vor allem Noa musterte Nadia so gut es ihm nur irgendwie möglich war. Schon vor Jahren hatte Nadia aus seinen tiefsten Gedanken erfahren, dass in seinem Herzen mehr für Nadia war, als es ihm lieb war, denn er wusste, dass seine Gefühle für Nadia nur einseitig waren. Nadia liebte Noa, doch war er ihr mehr ein großer Bruder als alles andere. Manchmal tat es ihr Leid, dass sie seine Gedanken gelesen hatte und es erfahren hatte.

» Dein Sprung ist um siebzehn Doppelnull angesetzt. Also in einer guten Stunde etwa - Das müsstest du schaffen, wenn du jetzt aufbrichst. Ich habe alle Dateien vom Datenchip kopiert und schon in deinen Flyer geladen. Dein Operator ist bereit und wünscht dir viel Glück. «, sagte Arcane, kniff ein Auge zu und streckte ihren Daumen in die Höhe.

Nadia lachte. » Danke Arcane - Ich zähle auf dich. Ich … ich werd dann mal. «, sagte sie und blickte etwas missmutig drein.

Diesmal war es ein anderer Abschied als die Abschiede zuvor, die beinahe

jeden Tag auf der Tagesordnung standen. Nadia fühlte, dass es das letzte Mal sein könnte, an dem sie sich verabschiedeten. Sie würde nun in eine Entfernung starten, die für menschliche Verhältnisse kaum vorstellbar war.
Der Sin Mara Graben war eine Region, die ihrer Galaxie in fast nichts glich, denn dort gab es kaum Himmelskörper - Stattdessen Annommalien, schwarze Löcher, Asteroiden-Gürtel und Nebel, in denen die elektromagnetischen Kräfte so stark waren, dass ein Raumschiff sofort unbrauchbar gemacht wurde.
Doch - *Sie* würde es schaffen. *Sie* war Nadia Scarbodia. *Sie* war eine mächtige Siya und eine Elite-Kopfgeldjägerin noch dazu.

Nadia drehte sich ein letztes Mal um und lächelte ihren Freunden zu. » Wenn du Im Flyer sitzt, bin ich sofort da. Bis gleich, Nadia. «, munterte Arcane sie auf.
Noas Gesicht war alles andere als glücklich oder zufrieden. Nadia wusste, dass es ihm unheimlich schwer fiel sie ziehen zu lassen, doch eine Alternative gab es nicht.
Die Tür hinter Nadia schloss sich und sie machte sich schnellen Schrittes auf den Weg zum Hangardeck - zur Shuttelabteilung, wo sie früher am Tage gelandet war. Sie wusste nicht, warum sie ihre Waffe Wynona so fest umklammert hielt, aber Angst hatte sie bestimmt nicht. Kopfgeldjäger hatten keine Angst - Vor gar nichts.

Der schwarze Flugjäger kam immer näher und schließlich hatte sie das düstere Meisterwerk der menschlichen Technik erreicht.
Nadia öffnete die dunkle Glaskuppel, zog die schwere Pilotenjacke mit dem großen Pelzkragen aus und warf sie auf den Rücksitz des Jägers.
Mit einem Satz sprang sie in den Jäger und schloss die Kuppel. Das Mädchen ließ alle Systeme anlaufen, machte schnelle Systemcheck-Ups und setzte schließlich ihr Headset auf.
Für einen kurzen Moment ließ Nadia Ruhe einkehren und schloss ihre Augen. Sie versuchte so ruhig, wie nur irgendwie möglich, zu atmen.
» Kopfgeldjäger Nadia Scarbodia - Alle Systeme
online. «, sagte sie anmutig und unbewusst merkte sie, dass sie kerzengerade auf dem Pilotensessel saß.
Zunächst herrschte Stille, doch dann …
» Hier Operator Arcane le fey. Flyer startklar. Alle Daten ins Neuralnetz hoch geladen. «
» Hier Anflugkontrolle und Sprungaufsicht New Berlin - Starterlaubnis erteilt. Sprung-Code wird übermittelt. Guten Sprung in den Sin Mara, Miss

Scarbodia.«, meldete sich plötzlich auch noch die Kommandobrücke zu Wort.

Nadia umfasste den Joystick und der Wave - Fighter hob langsam ab.
Mit einem Mal drückte sie den Stick fest nach vorn. Sofort schoss der Flyer los
und Nadia verließ mit einigen Schrauben um die eigene Achse, die dicken
Mauern der Kolonie New Berlin.
Nach wenigen Sekunden hatte Nadia die Kolonie einige Kilometer hinter sich
gelassen und aktivierte den Navigationsbot. » Operator, ich starte den Navbot.
Sind alle Wegpunkte hoch geladen? «, fragte sie aufgeregt.
» Roger - Der Navbot bringt dich zu den Koordinaten des alten Sprungtores.
Wenn du dort bist musst du dich sofort autorisieren lassen. Dazu musst du
einfach die Kommandocodes übermitteln, die ich ebenfalls hoch geladen habe.
«, antwortete Arcane, deren Stimme mit einem beständigen Rauschen unterlegt
war.
Nadia nickte, obwohl sie wusste, dass ihre Freundin sie nicht sehen konnte.
Letztendlich startete sie den Autopiloten und der Raumjäger drehte ab und
schaltete auf Wave-Antrieb um.
In einer halben Stunde etwa würde sie das Sprungtor erreichen und dann, ja
dann würde ihre Reise beginnen. Wie lange würde sie die Kolonien, die
Kyrianer, ihre Galaxie und ihre Freunde nicht mehr sehen?
Vielleicht einige Monate lang. Dorthin, wo sie hinflog, würde sie sehr lange
keinen anderen Menschen sehen, woran ihr nach kurzer Überlegung jedoch
nichts Negatives auffiel.

Auf dem Weg zu den Koordinaten kamen Nadia einige kyrianischen Kreuzer
und Schlachtschiffe der Omat entgegen. Obgleich es sie brennend interessiert
hätte, hatte sie keine Zeit bei Arcane nachzufragen, ob es etwas Neues im
menschlichen-kyrianischen Konflikt gab.

Normalerweise machte sie das beständige Summen ihres Jägers schläfrig, doch
dieses Mal war es alles andere als das. Je näher sie dem Sprungtor kam, umso
mehr kam ihr die Umgebung fremd vor.
New Berlin war die menschliche Kolonie, die am weitesten von Valkyrium,
also dem Zentrum der Galaxie, entfernt war. Hinter New Berlin gab es
eigentlich nichts mehr, das zur Erkundung sich gelohnt hätte.
Das alte Sprungtor lag weit hinter der Kolonie und somit war hier draußen nur
noch absolute Leere.

Ein anderes Schiff hatte sie schon seit annähernd zwanzig Minuten nicht mehr gesehen.

» Wave-Antrieb wird deaktiviert. Du hast die Koordinaten des Sprungtores erreicht, Nadia. «, drang es plötzlich aus dem Headset.

» Alles klar, danke Arcane. «

Der Jäger stotterte kurz, reduzierte dann stark sein Tempo und schaltete schließlich auf Normalgeschwindigkeit um.

Nadia umfasste erneut den Joystick, betätigte noch einige Felder auf den Touchscreens und sah dann schließlich auf.

Vor ihr lag in einiger Entfernung das alte Sprungtor.

Ein stählerner Tunnel, in dem ein ständiges Wurmloch in ruhigem Takt pulsierte.

Umringt von einigen militärischen Abwehrbojen begann Nadia sofort die Kommandosequenz und übermittelte ihre Codes.

Wenn *die* nun mal stimmen, dachte sie und übermittelte die letzte Sequenz.

Falls die Codes nicht akzeptiert werden sollten, so hätte Nadia ein mittelschweres Problem, hätte sie sich doch mit ihrem recht kleinen Raumjäger gegen eine Unzahl von Geschützplattformen verteidigen müssen. Wenn man mal davon absah, dass eine solche Plattform einen kyrianischen Kreuzer mühelos vernichten konnte, so standen ihre Chancen doch recht passabel.

Nun gab es kein Zurück mehr, denn die Sequenzen waren übermittelt und in einigen Minuten würde sie sich im Inneren des Sprungtores auf dem Weg in eine andere Galaxie befinden.

Sie drückte ein letztes Mal den COM-Knopf an ihrem Headset. » Alles hat geklappt. Na ja, das war's dann wohl. Die Sprungsequenz wird eingeleitet. Arcane, wünsch mir Glück. Ich werde an dich denken und sag Noa, dass er sich keine Sorgen machen soll. «, sprach Nadia und umklammerte mit aller Kraft den Joystick, brauchte sie doch eine letzte Hoffnung, an die sie sich klammern konnte.

» Wenn sich einer Sorgen macht, dann bin ich das, Nadia. Versprich mir, dass du auf dich aufpasst und so schnell wie möglich zurückkehrst. Lange halt ich es doch ohne dich nicht aus!

Ach, und wenn du da bist, orientiere dich am Bookliner. Ich habe mal alte Archive durchforscht und bin dabei auf eine schon ewig existierende Handelsroute gestoßen, von der du eigentlich überall hingelangen solltest. Wie gesagt, ihr Name ist 'der Bookliner'. «, erklärte Arcane.

Während Nadia ihrer Freundin zugehört hatte, hatte sich das Sprungtor in Rotation versetzt und begann nun eine langsame, aber stetig rasanter werdende Drehung.

Den Joystick fest in der Hand steuerte Nadia so langsam sie nur konnte auf
das Zentrum des violetten Tunnels zu, der mittlerweile durch die
Strudelförmige Rotation ebenfalls eine Anziehungskraft auf den Raumjäger
ausübte.
» Arcane, ich werde jeden Moment hineingezogen. Der Sprung ist gleich ... «

Doch mit einem Mal beschleunigte der Flyer auf eine Geschwindigkeit, die
Nadia mit roher Gewalt in ihren Sitz presste und wohl durch übliche Skalen
und Messwerte nicht auszudrücken war. Der Flyer rotierte und raste auf das
Loch zu, in welchem er auch sogleich verschwand.
Der Funkkontakt war abgebrochen. Nun war Nadia vollkommen auf sich
allein gestellt.
Sie befand sich immer hoch im Inneren der violetten Röhre, doch sah es so
aus, als würde sie sich keinen einzigen Zentimeter fortbewegen, waren doch
weit und breit keinerlei Orientierungspunkte vorhanden. Nadia hörte nicht
einmal mehr ein Rauschen aus dem Headset.
Sie war gefangen im Tunnel, der sie wohl gerade an das andere Ende des
Universums beförderte.
Höhere Quantenphysik war nun wirklich nicht ihr Fachgebiet und eigentlich
wollte sie auch gar nicht wissen, was gerade mit ihr geschah.
Wie weit sie wohl schon von New Berlin entfernt war?
Doch was war das? Konnte dieser Fleck denn schon ...
Ein Ruck, ein lauter Knall - Alles wurde schwarz.

Kapitel 2

1
Der Bookliner

Es herrschte absolute Stille. Nadia öffnete langsam ihre Augen und versuchte sich aufzurichten, doch ihr Kopf schmerzte so schrecklich, dass sie dazu kaum in der Lage war. Nach einigen tiefen Atemzügen kam sie langsam wieder zu klarem Verstand.

Schnell rappelte Nadia sich auf und blickte durch die Glaskuppel heraus. Dort war das All - Sterne waren kaum zu sehen und hinter ihr befand sich das Sprungtor.

Endlich erinnerte sie sich wieder. Das Mädchen war durch das Tor geflogen und nun wohl im Sin Mara Graben angekommen.

Schnell drückte sie einige Knöpfe im Cockpit und betrachtete Scanner und Radar; doch dort draußen war nichts. Sie konnte weder einen Planeten, noch eine Raumstation oder ein anderes Schiff ausmachen.

Einige Asteroidengürtel und Nebel waren das Einzige, was auf den Scannern auftauchte.

Was hatte Arcane ihr doch gleich gesagt? Sie musste die Handelsroute, den Bookliner, finden. Von dort aus würde sie sich sicherlich weiter durchschlagen können.

» Nun gut, dann wollen wir mal «, murmelte Nadia in die Stille und startete die Triebwerke.

Der Raumjäger setzte sich in Bewegung und steuerte in das 'Nichts'.

Wohin sollte sie auch Kurs setzen? Sie wusste ja rein gar nichts über diese Region.

Nach einigen Minuten des Fluges scannte Nadia die Umgebung erneut und diesmal tauchte ein kleiner Punkt auf dem Radar auf.

Am äußersten Rand ihres Scanners bewegte er sich langsam auf einem parallelen Kurs zu ihr selbst.

Sofort setzte sie ihr Headset auf und drückte den Com-Knopf.

» Unidentifiziertes Schiff, bitte kommen. Ich benötige
Hilfe. «, sagte sie höflich.

Es folgte ein lautes Rauschen, das schon nach wenigen Sekunden begann einen unangenehmen Schmerz in Nadias Ohr entstehen zu lassen.

» Hier Brell Frachter Voltan. Womit können wir behilflich sein? «, dröhnte es im Headset, immer noch mit dem Rauschen unterlegt

» Ich suche den Bookliner. Komme gerade durch das Sprungtor aus dem
Valkyrium System. «
Die nächste Pause war verdächtig lang und Nadia wollte ihren letzten Kontakt
schon wiederholen, als sich der Frachter erneut meldete. » Der Bookliner
beginnt in 23 Quats von deiner Position entfernt, Mädchen. Kurs 44 Alpha. «
» Danke. «, sagte Nadia etwas verwirrt.
 Es war das Einzige, was Nadia auf die Schnelle einfiel, da sie gerade daran
gedacht hatte, ob der Funkkontakt zu anderen Spezies in diesem System
überhaupt von Vorteil wäre.
» Roger, Roger. «.
Die prädestinierte Kopfgeldjägerin lud die neuen Wegpunkte in den
Navigationsbot herauf und startete ihn sofort darauf.
Sie wusste nicht warum, aber es war ihr unheimlich und sie fröstelte kurz.
Nadia wollte so schnell es nur möglich war den Bookliner und eine Station
erreichen um sich erst einmal ein Zimmer zu nehmen und sich auszuschlafen.
Credits hatte sie genügend auf ihrem Konto.
Vielleicht konnte sie schon in einer Stunde in einer Kolonie oder einer
Handelsbasis andocken und sich nach weiteren Wegpunkten erkundigen.
Irgendwo musste man schon mal etwas von Harry gehört haben, soweit es hier
bekannt war, dass er einer der Siya war.

Nach einer kurzen Berechnung der Daten und der Kartenaktualisierung
schaltete der Fighter auf Wave-Antrieb um und steuerte so die Koordinaten
an.
Zu Arcane und Noa konnte sie keinen Kontakt mehr aufnehmen, da die
Entfernung einfach zu unüberschaubar war. Sie musste wohl abwarten, bis sie
eine Langstrecken-COM-Basis erreichte.

Als nach einer halben Stunde noch immer keine Anhaltspunkte für ein baldiges
Auftauchen einer Raumstation vorlagen, begann Nadia schließlich aus ihrer
üblichen Langeweile heraus die internen Schiffssysteme einzeln
durchzuchecken.
Dies konnte schließlich immer hilfreich sein, vor allem, wenn man sich in einer
fremden Galaxie befand.
Die Waffensysteme hatten nach schnellen Überlegungen Vorrang und so ließ
Nadia eine Computeranalyse nach der anderen durchlaufen.
Die Zeit verrann, im wahrsten Sinne des Wortes, wie im Fluge und mittlerweile
war sie schon über eine Stunde, wohlgemerkt *mit* zugeschaltetem Wave-
Antrieb, unterwegs.
Nadia lehnte sich zurück und verschränkte die Arme hinter ihrem Kopf.

Auch wenn sie es gewohnt war, stundenlang in ihrem Fighter auszuharren,
dauerte ihr dieser Flug eindeutig zu lange.
Doch plötzlich begannen die Scanner einen hellen Ton von sich zu geben.
Nadia schrak auf und besah sich die Anzeigen. In etwa einem halben Quat
Entfernung waren vier Punkte zu sehen - Sehr kleine Punkte - Drei von ihnen
waren grün und der Vierte leuchteten blau.
Wenn sie die Anzeigen richtig deutete, dann wurde der blaue Punkt eindeutig
von den Grünen gejagt, manchmal eingekesselt, dann doch wieder verloren.
Der Einzelkämpfer war eindeutig der geschickteste Pilot der Vier.
Nadia deaktivierte sofort den Antrieb, setzte ihr Headset auf und umfasste den
Joystick. Mit aller Kraft drückte sie ihn nach vorn und schoss so auf die
anderen Fighter zu, die sie wohl in weniger als einer Minute erreichen würde.
Solch eine Schlacht konnte sie sich doch nicht entgehen lassen. Es diente
selbstverständlich nicht ihrem Vergnügen oder dem Kampf gegen ihre
Langeweile - Nein, schließlich musste sie über Kampftechniken der Sin Mara
Bewohner informiert sein. Sie grinste verschmitzt.
In einiger Entfernung sah Nadia bereits verschiedenfarbige Lichtblitze, die
wohl aus den Impulskanonen der Jäger stammten und obgleich sie wusste, dass
es unmöglich war, versuchte sie ihr Tempo um ein weiteres Mal zu
beschleunigen.

Nadia näherte sich immer weiter und sah nun wie ein schwarzer Fighter, wohl
der Einzelkämpfer, waghalsige Flugmanöver vollführte und seinen
Opponenten immer wieder aufs Neue auswich.
Langsam begann sie ihr Tempo zu drosseln und beugte sich vor, um der Lage
Herr zu werden.
Doch - was war das? Nein das konnte unmöglich ein...
Nadia traf es wie ein harter Schlag, als sie den Raumjäger genauer erkannte.
Es war ein Wave-Fighter, der von den anderen Jägern, älterer Generation,
gejagt wurde. Das konnte doch nicht wahr sein, denn schließlich wurden die
Wave-Fighter ausschließlich von den Menschen hergestellt. Kurz kniff das
Mädchen ihre Augen fest zusammen, doch als sie diese wieder öffnete, war die
Lage unverändert.
Diese Tatsache ließ nur einen logischen Schluss zu: Im Inneren des Jägers
musste sich ein Mensch befinden.
Nadia drückte einige Knöpfe und aktivierte den Kampfmodus ihres Fighters.
Sie umfasste den Joystick und drückte ihn von sich weg. Warum sie sich so
entschieden hatte, wusste sie selbst nicht, aber innerhalb weniger Sekunden
war sie inmitten des Geschehens und machte die Jäger schnell zu Gejagten
ihrerseits.

Zunächst schien sie niemand zu bemerken, als sie jedoch ein rasantes Sperrfeuer eröffnete, wurden sich die anderen Jäger schnell ihrer Anwesenheit bewusst.

» Wave-Fighter bitte kommen. Brauchst du Hilfe? «, fragte sie.

Auf eine Antwort wartete sie jedoch vergebens. Stattdessen raste der andere Wave-Fighter mit einigen Drehungen gefährlich nah an ihr vorbei. Die drei älteren Raumjäger folgten ihm und eröffneten im Vorbeiflug ebenfalls das Feuer auf Nadia.

» Nein Danke. Das schaffe ich auch alleine. «, kam eine eiskalte und ruhige Antwort, die doch unwahrscheinlich markant und rau geklungen hatte.

Nadia riss ihre Augen weit auf. Diese Stimme hatte etwas in ihr bewegt.

Diese Stimme - Der Pilot des Fighters hatte ihr geantwortet. Es war eine jugendliche und doch männliche Stimme, in der etwas Bedrohliches lag und doch war sie vollkommen ruhig und gelassen. Es war also ein männlicher Pilot - Vielleicht Anfang zwanzig.

» Wie du meinst. Aber da sie mich nun auch angegriffen haben, sind es auch meine Gegner. «, sagte Nadia und versuchte so lässig wie möglich zu klingen.

Sie drehte ab, nahm einen Fighter erneut ins Visier und drückte ab. Treffer. Der Fighter loderte auf, schleuderte einige Male herum und explodierte schließlich in einem hellen Funkenregen, der sich schnell verflüchtigte.

Nadia flog eine enge Schleife um die zwei anderen Gegner angreifen zu können, wurde in diesem Moment jedoch Zeuge davon, wie der Pilot des anderen Wave-Fighters ein Polarontorpedo abschoss und dieser jene beiden Jäger durchbohrte, die noch übrig geblieben waren.

Sie entluden sich, ihre Positionsleuchten erloschen und fortan trieben sie bewegungslos im Raum.

Nadia lächelte glücklich - Also gab es doch einen anderen Menschen im Sin Mara Graben und vielleicht konnte sie den anderen Piloten erneut nach dem Weg fragen. Möglicherweise würde er sie auch begleiten - Schließlich war es ein Mensch und wo wollte dieser schon hin, wenn nicht zur großen Handelsroute dieser unglaublichen Region.

» Komm nicht noch mal auf solch eine Idee! Halt dich gefälligst da raus! «, dröhnte es mit kalter Stimme aus dem Headset.

Nadia fühlte sich überrannt, schließlich wollte sie nur helfen und das war der Dank?

Es dauerte einige Sekunden, bis sie wieder in Lage war zu antworten.

» Ich wollte nur helfen. «, sagte sie mit erhobener Stimme.

Auf eine schnelle Antwort wartete sie vergebens. Stattdessen drehte der

Fighter ab und setzte einen schnellen Kurs, der ihn in rasanter
Geschwindigkeit von Nadia weg führte.
Als er schon außer Sichtweite war, erreichte Nadia endlich eine kurze Antwort.
» Man sieht sich. «
Die zurückgelassene Kopfgeldjägerin war sprachlos und der blaue Punkt
verschwand allmählich von ihren Scannern.
Nun denn: Sie hatte ja im Grunde nichts anderes von den Bewohnern dieser
Regien erwarten dürfen.
Dieser Kampf würde ihr mir großer Sicherheit eine Lehre sein: Hier, im Sin
Mara Graben, war sich jeder selbst der Nächste und in einen weiteren Kampf
würde sie sich nicht mehr einmischen. Zudem hatte sie Wichtigeres zu
erledigen – Ein Siya wartete auf sie und auch die Kopfgeldjägerin selbst war
schon ganz begierig darauf ihren Gleichgesinnten treffen zu können.

Bei einem weiteren, kurzen Blick auf den Scanner fiel ihr auf, dass mittlerweile
ein weiterer Punkt aufgetaucht war. Er war deutlich größer als die Vorherigen
und lag in einiger Entfernung bewegungslos inmitten eines Trümmerfeldes.
Vielleicht war es sogar ein Raumschiff, an welchem sie andocken und weitere
Informationen beschaffen könnte – Zumindest wäre dies, die wohl eleganteste
und einfachste Variante.
Schnell errechnete sie einen Kurs und schaltete den Antrieb zu.
Der Fighter setzte sich ein weiteres Mal in Bewegung und steuerte den Punkt
auf dem Scanner an, der in einigen Minuten Entfernung noch immer ohne
jegliche Bewegung verharrte.

Sie musste jetzt an ihr primäres Ziel denken: Nadia hatte einfach diesen
Jungen zu finden, bevor es ein Anderer tat. Sie musste sich seiner Sicherheit
überzeugen, oder notfalls für diese eintreten.

» Hier Anflugkontrolle der Bookliner-Station Sin Mara. Unbekannter
Raumjäger, bitte um Identifikation! «, drang es urplötzlich aus dem Headset,
sodass Nadia kurzer Hand zusammenschrak.
Hatte man etwa sie gemeint? Welche Station meinte die Anflugkontrolle?
Angestrengt sah die Jägerin sich um und versuchte krampfhaft eine Solche
ausfindig zu machen. Als ihr dies jedoch nicht gelang, machte sie sich rasch
daran der Aufforderung Folge zu leisten.
» Hier Wave-Fighter Alpha Alpha 2 nach Sin Mara Codierung. «
Es folgte kurzes Rauschen. » Wave-Fighter. Willkommen im Sin Mara Graben!
Sie befinden sich im Anflug auf eine Eintrittsstation der Bookliner
Handelsroute. Von unserem Standort aus haben sie Zugang zum Bookliner,

der sich durch die gesamte Region des Sternensystems erstreckt. Durch die Entrichtung einer geringen Gebühr erhalten sie die Zugangsberechtigung und um Piraterie brauchen sie sich keine Sorgen mehr machen. Wünschen sie anzudocken? «, fragte die Stimme freundlich.

Schnell überlegte Nadia, entschied sich dann jedoch dem Angebot Folge zu leisten, obwohl sie selbst dazu in der Lage gewesen wäre sich gegen lästigen Weltraumpiraten zu verteidigen. » Erbitte Landeerlaubnis. Wobei handelt es sich bei der Station? «, fügte sie neugierig hinzu und schaltete ihre Positionsleuchten ein.

» Landeerlaubnis gewährt. Dock zwei steht zu ihrer Verfügung bereit. Sie finden uns im alten Trümmerfeld. Unsere Station ist ein umgerüsteter Asteroid. «

» Roger, Roger. «, sagte Nadia und schüttelte kurz den Kopf. Obgleich sie gewarnt worden war, so hatte sie bisher noch keine besonders zwielichtigen Gestalten angetroffen.

Doch war sie über die schnelle Wendung ihrer Situation verwundert. Das Mädchen sah das ganze Vorhaben sowohl mit Freude, als auch mit Misstrauen und Sorge. Sie hatte stets mit großer Vorsicht zu handeln und sollte nichts überstürzt angehen.

Nach wenigen Minuten kam bereits ein großer Asteroid in Sichtweite, der durch unzählige Öffnungen Licht in das dunkle All abgab. Er war wohl ausgehöhlt und nun bewohnbar gemacht worden.

Je näher sie dem kleinen Himmelskörper kam, desto mehr drosselte sie ihr Tempo. Auf einer der Seiten war ein großes Tor mit der Nummer *Zwei* zu sehen. Dies musste das Gate sein, an dem sie andocken sollte, dachte sie und umfasste den Joystick.

Endlich hatte sie also die erste Etappe ihrer langen Reise geschafft und diese Tatsache kam ihr gerade recht, da sie ohnehin hundemüde war.

Die Kopfgeldjägerin steuerte die Rampe an und wartete bis sich das Schott vollständig geöffnet hatte - Langsam und vorsichtig lenkte Nadia den Wave-Fighter in das Innere der Raumstation, in welcher die meisten Landeboxen bereits belegt waren, doch in einer der hinteren Ecken fand sich unerwartet noch ein freier Platz, den sie auch sogleich in Anspruch nahm und den dunklen Raumjäger dort zu einer sanften Landung zwang.

» Geschafft ... «, schnaubte das Mädchen und riss ihre Arme in die Höhe um sich erst einmal ausgiebig zu strecken.

Sie beugte sich nach hinten, griff nach der Pilotenjacke, zog sie sich über und verließ den Fighter durch die sich öffnende Glaskuppel.

Die Luft im Inneren des Asteroiden war mit einem modrigen Geruch durchzogen. Eigentlich hatte sie gedacht, dass die Luft an keinem gottverlassenem Ort im Universum schlimmer als auf New Berlin sein konnte, doch anscheinend hatte sie sich, wie so oft, getäuscht.
Nadia vermied ein tiefes Einatmen, da ihr wohl sonst das kurze Mahl, das sie auf New Berlin zu sich genommen hatte, wieder hochgekommen wäre.
Nach wenigen Schritten traf sie bereits auf einige andere Piloten, die sie misstrauisch musterten, doch irritieren ließ sie sich davon nicht.
Sie hatte nicht gedacht, nicht einmal gewagt sich überhaupt auszumalen, dass es solche Wesen, wie sie gerade in ihr Blickfeld traten, im Universum gab.
Die Palette war von mehrbeinigen, grauen Wesen bis zu verschiedenfarbigen, hoch gewachsenen Reptilien breit gefächert.
Zwanghaft versuchte sie ihren Blick nach vorn zu richten, was ihr allerdings nicht immer gelang, so unverstellbar gierig, wie ihr manche dieser Geschöpfe nachstarrten.
Menschen sah man hier wohl nicht oft oder eher nie. Nadia schien für die anderen Piloten ein gefangenes Fressen zu sein, das nur noch zu verspeisen war.
Endlich konnte die Kopfgeldjägerin eine Tür erspähen, die am Ende einer der Plattformen lag. Während sie auf diese zuschritt, sah sie aus den Augenwinkeln wie ein kleiner Marianer, menschenähnliche Wesen mit breiten Stirnwülsten, auf sie zu gerannt kam. Er trug einen Overall und war im Gesicht dreckverschmiert.
» Oh, H … Hallo u … u … und Willkommen. S … Sind sie n … neu hier? «, stotterte er aufgeregt und tippelte dabei vom einen zum anderen Bein.
Nadia zog eine Augenbraue hoch und sah die Gestalt an.
» Sieht wohl so aus. «, antwortete sie verächtlich, auch wenn dies keinesfalls ihre Absicht gewesen war.
Der Marianer lächelte freundlich und seine blonden, fettigen Haare hingen ihm wild im Gesicht. » D … Dann besuchen sie d … doch erst einmal die B … Bar. Dort entlang! «, erklärte er weiterhin hastig stotternd und wies auf die Tür.
» Ehm, ja. Danke. «

Sie schüttelte den Kopf und setzte ihren Weg schnellen Schrittes fort. Schon seltsam diese Leute hier, dachte sich die Braunhaarige. Soweit sie niemand mehr ansprechen würde, hatte sie kein Verlangen mehr danach mit einem dieser Wesen in näheren Kontakt zu treten.
Sie würde für einige Sekunden in ihren Gedanken herumgeistern und sich ihre Informationen schon beschaffen - Ein einfaches Spiel und ein Alltägliches noch dazu.

Die Tür öffnete sich und Nadia blickte in einen Raum im Halbdunklen.

2

Feueraugen

Im Raum befanden sich ungefähr dreißig Personen, die entweder zu zweit oder allein an den kleinen Tischen saßen. Sie waren allesamt von unterschiedlichen Rassen. Einige hatten vor sich ein Glas stehen, in denen verschieden farbige Flüssigkeiten brodelten. Auf der Bühne im hinteren Teil des Raumes spielte ein kleines Quartett von Marianern und eine Frau, deren Körper mit Schuppen bedeckt war, sang einen Song, der Nadia schon wieder Kopfschmerzen bereitete – Als hätte der Rauschton, welcher aus ihrem Headset gedröhnt gekommen war, nicht gereicht.
Hinter einer Theke stand ein groß gewachsener Kyrianer, der damit beschäftigt war, einige Gefäße mit einem Lumpen zu polieren - Falls dies überhaupt möglich war, da der Lappen schon so dreckbesetzt war, dass Nadia sich schwor keinen Tropfen in der Bar zu trinken.

Als sie den Raum betrat, drehten sich einige der Piloten um und sahen sie an. Was zum Teufel war denn so besonders an ihr, dass sie von allen so angestarrt wurde?
Nadia schlängelte sich zwischen den Tischen hindurch und ging, so unauffällig es ihr eben als Mensch möglich war, zum Tresen, der im Gegensatz zum Rest des Raumes heller erleuchtet war.
Mit ihrem Rücken lehnte sie sich gegen die Theke und stützte sich mit den Ellbogen ab.
Sie ließ ihren Blick über alle Geschöpfe wandern.
Noch immer wurde sie von vereinzelten Piloten gierig beäugt. Frauen waren hier wohl eine Seltenheit - Zumindest hatte sie noch keine andere gesehen, wenn man mal die Sängerin auf der Bühne außen vor ließ.

Nadia schloss die Augen und begann sich zu konzentrieren. Vor ihrem inneren Auge manifestierten sich langsam unzählige Bilder und sie versuchte diese zu ordnen und sich einen Überblick zu verschaffen.
Einige Sekunden vergangen, doch dann - Sie drang in die Geister der Anwesenden ein. Nadia musste einen Hinweis auf Harry finden. Irgendjemand musste ihn doch kennen oder zumindest schon einmal gesehen haben.
Die wirren Bilder setzten sich allmählich zu einem Gefüge zusammen, dass

einen Sinn ergab. Sie ordnete die vielen Eindrücke den verschiedenen Piloten zu und durchsuchte sie nun gezielt.
Nach einigen Minuten jedoch hatte sie noch immer keinen einzigen Anhaltspunkt gefunden.
Sie öffnete vorsichtig ihre Augen und blickte sich erneut im Raum um. Keiner schien etwas bemerkt zu haben.

Plötzlich öffnete sich die Tür mit einem Zischen und eine weitere Person trat ins Halbdunkle der Bar. Sie ging, nein schlich wohl mehr, durch den Raum und bewegte sich zu der gegenüberliegenden Wand.
Als die Peron dort in Licht trat, riss Nadia ihre Augen weit auf.
Es war - Ein Mensch.
Nadia fokussierte den Piloten, musterte ihn von oben bis unten. Es war etwas an ihm, dass sie nicht erklären konnte.
Es war das gleiche Gefühl, welches in ihrem Inneren ruhte, das sie bereits beim Funkkontakt mit dem anderen Wave-Fighter gespürt hatte. Doch war es ebenfalls diese Ungewissheit, welche den Piloten umgab, die sie aus ihren Träumen kannte.
Der Pilot war ein junger Mann, vielleicht zwanzig Jahre alt. Er hatte schwarze, mittellange Haare, die glatt herunterfielen. Er trug ein schwarzes, enges und ärmelloses Shirt, dessen Stehkragen den gesamten Hals bedeckte und bis zum Kinn verlief.
Eine schwarze Lederhose und die schweren Pilotenstiefel machten das düstere Auftreten außergewöhnlich.
Das Ungewöhnlichste an der Gestalt war jedoch der Schmuck: Über seine Stirn verlief ein silberner Stirnreif, in welchen unentzifferbare Zeichen eingekerbt waren.
Die gleichen Reifen waren in dreifacher Ausführung an seinem rechten Oberarm zu finden.
Nadia konnte ihre Blicke einfach nicht von ihm lösen. Diese Erscheinung verschlug ihr den Atem, denn es war etwas Göttliches an ihm, dass sie zu Boden blicken ließ.
Ein Mensch im Sin Mara Graben - Zumindest *Er* musste etwas über Harry wissen.

Nadia fokussierte und sammelte ihren Geist erneut und setzte ihre Telepathie ein weiteres Mal ein um sich einen Zutritt zum Geist des Mannes zu verschaffen.
Doch obgleich sie all ihre Kraft auf ihn richtete, war sie seltsamer Weise nicht in der Lage seine Gedanken lesen zu können.

Nadia bemerkte, wie er sie anstarrte. Er richtete seine Augen nur auf sie. Hatte er etwas gemerkt? Nadia wollte ihren sündigen Blick abwenden, war jedoch von diesen Augen, die sie zu durchbohren schienen, wie versteinert. Sie waren von einem Eisblau, das aus der Dunkelheit hervorstach.

» Na, du kleiner, süßer Mensch? Willst du nicht mal in mein Quartier kommen und mir etwas Gutes tun? «, grunzte ein Sebastianer und schlug dem Mädchen dabei auf ihr Hinterteil.
Nadia wurde aus dem Blickkontakt herausgerissen und zuckte zusammen.
Andere Barbesucher fingen ebenfalls grunzend und grollend an zu lachen als der Sebastianer, der wohl ein Schmuggler war, seine Schulter an Nadia rieb und sie dabei immer wieder provozierend ansah.
Seelenruhig drehte sie sich um und blickte dem, wohl drei Köpfe größerem Mann in sein Gesicht.
Er stand ihr so nah gegenüber, dass sie seinen feuchten und übel riechenden Atem im Gesicht spüren konnte.
» Was hast du eben gesagt? «, flüsterte sie beinahe und lächelte dabei.
Keine Antwort. Der Sebastianer ließ sich nicht beirren.
» Was hast du eben gesagt? «, fragte Nadia erneut, steigerte jedoch die Lautstärke um ein Vielfaches.
Endlich verstand der Sebastianer, wie Nadia die Situation interpretierte.
Übermächtig baute er sich vor ihr auf und umfasste Nadias Kinn mit Daumen und Zeigefinger.
» Ich möchte nicht ungehalten werden, Kleine. Also pass auf dich auf! «, knurrte er.
Das ging nun eindeutig zu weit. Was fiel diesem Widerling überhaupt ein sie anzufassen?
» Erstens, ich bin nicht deine Kleine, zweitens, solltest du mich noch einmal ansprechen, so werde ich dich umbringen und drittens, fass mich nie wieder an! «, sagte Nadia mit gekünsteltem Lächeln.
Der Sebastianer wich kurz zurück und sah sie verdattert an. Eine Ader an seiner Stirn trat hervor und Nadia realisierte, dass er zunehmend wütender wurde. Typisch Sebastianer und ihre Ehre, die ihnen ach so wertvoll war.
» Nun, wenn du mich nicht loslassen willst, muss ich wohl selbst Hand anlegen. «, führte Nadia weiter aus und umfasste den Arm, mit welchem der Schmuggler ihr Kinn umfasst hielt.
Sie drehte kurz ihre Hand und der Raum wurde von einem lauten Splittern, einem Knacken und schließlich von einem lauten Schrei des Sebastianers erfüllt.
Alle starrten die junge Kopfgeldjägerin an. Doch Nadia zuckte nicht einmal

mit der Wimper - Dieser Widerling hatte nichts anderes verdient.

» Das wirst du bereuen ... Mensch! «, sagte er mit schmerzverzerrtem und zugleich wütendem Gesicht, während sich Schaum an seinem Mund bildete. Andere Piloten zogen sofort ihre Waffen und richteten sie auf Nadia. Auch der Sebastianer zückte sein Gewehr und zielte auf sie. Nadia hatte nur wenige Sekunden um zu handeln, stützte sich dann schnell am Tresen ab, sprang in die Luft, stand nun senkrecht, jedoch mit den Füßen in der Luft auf dem Tresen und schwang sich dann jedoch hinüber. Kaum hatte sie den Boden verlassen, eröffneten die Piloten das Feuer auf sie.

Nadia war schon fast hinter der Theke, als sie sah, wie sich der Mann, dessen blaue Augen sie zuvor noch genau gemustert hatte, ebenfalls vom Boden abstieß und sich in der Luft drehte. Es sah so aus, als würde er schweben, so grazil bewegte er sich durch die Luft. Schnell überschlug er sich ohne jegliche Anstrengung und schoss rasant auf sie zu. Was wollte er denn nur?

Nadia landete hinter der Theke und duckte sich. Den Bruchteil einer Sekunde später rauschte eine dunkle Gestalt neben ihr nieder. Erschrocken wirbelte die zum Kampf bereite Kopfgeldjägerin herum, hatte mittlerweile Wynona fest umschlossen in der Hand und sah die Person, die nun bedrohlich neben ihr kniete, an.

Es war der Pilot. Wie hatte er es geschafft in so kurzer Zeit vom anderen Ende des Raumes hierher zu gelangen? Eine Gänsehaut überkam das Mädchen, als sie die verrucht dreinblickende Gestalt ansah.

» Was ... «

» Sei ruhig und kämpfe lieber. «, sagte er bestimmt, stand auf und gab einige Schüsse in den Raum ab. Er duckte sich wieder und sah Nadia an.

Es war doch tatsächlich *dieser* Pilot. Sofort hatte sie seine Stimme wieder erkannt.

» Na los! «, raunte er sie erneut an.

» Ja, ja sofort. «, gehorchte Nadia, stand ebenfalls auf und drehte sich um. Sie feuerte einige Male, traf zwei Sebastianer und duckte sich erneut.

Sie blickte zu ihrem neuen Mitstreiter hinüber. Mittlerweile atmete er schnell und sein Brustkorb hob und senkte sich regelmäßig.

» Wer zum Teufel bist du eigentlich? «, fragte Nadia und beide standen wieder auf, schossen einige Male und duckten sich wieder.

» Finn. « knurrte er.

» Was? «

» Finn, ich heiße Finn, Finn D'Arc. «

» Ah, ich bin Nadia, Nadia Scarbodia. «

» Eine Kopfgeldjägerin also. «, sagte der Pilot abfällig.

» Ja, woher weißt du ... «, fragte Nadia verblüfft.
» Deine Kleidung. Typisch. «
Wieder stand er auf und gab einige Schüsse ab, jedoch wurde ihm nur Sekundenbruchteile später die Waffe aus der Hand geschossen.
Nadia sah auf. Sie musste etwas tun, sonst würde es für sie beide nicht gut enden.
» Wir sollten fliehen. Kannst du es bis zur Tür schaffen, Nadia? «
Doch Nadia antwortete nicht - Ihre Augen waren geschlossen. Obwohl kein Kontakt zur Außenwelt bestand kam plötzlich ein Wind, nein vielmehr ein Sturm auf, der Nadias Haare wild nach oben riss.
Sie öffnete ihre Augen. Wieder hatte sich ihre Augenfarbe von dem tiefen Braun in ein glühendes Orange verändert - Flammen standen in ihren Augen.
Nadia stand auf, drehte sich um und blickte in den Raum.
Die Piloten, welche noch soeben auf sie geschossen hatten, blickten sie ebenfalls an und stellten für kurze Zeit das Feuer ein.
In Nadias Gesicht lag purer Zorn, doch sie musste sich konzentrieren um den Kampf schnell zu beenden.
Sie streckte ihre Arme weit zu beiden Seiten aus und richtete ihre Hände auf. Noch immer sahen sie die Piloten an und wagten es nicht sich zu bewegen.
Mit einem Mal brach eine gewaltige Druckwelle heran, welche die Gläser von den Tischen und die Stühle vom Boden riss. Das Licht flackerte und alle Gegner der jungen Kopfgeldjägerin wurden sogleich von den Füßen gerissen, stießen gegen Wände und Tische, worauf sie sofort zu Boden gingen und dort bewegungslos liegen blieben.

Nadia begann ruhiger zu werden und senkte ihre Arme. Sie lächelte. Dieses Mal hatte sie sich wirklich selbst übertroffen.
» Was fällt dir eigentlich ein?! «, wurde sie angeschrieen.
Nadia drehte sich verblüfft um. Dort stand Finn und funkelte sie wütend an.
» Was, was ... wie meinst du das? «
Finn schritt langsam auf sie zu, wich den ohnmächtigen Piloten aus und sah sich ab und an um.
» Was soll das? «, wiederholte er, diesmal jedoch wieder beinahe flüsternd.
» Wenn du deine Kraft hier einsetzt, weiß jeder, dass du eine Siya bist. Du solltest vorsichtiger damit umgehen. «
Woher wusste er, dass sie eine Siya war? Das konnte doch nicht...
Außerdem hasste Nadia es, wie Finn mit ihr umging. Er behandelte sie wie unwissendes Kind. Schließlich war sie es, die ihnen soeben das Leben gerettet hatte.
» Halt dich zurück! Das geht dich nichts an! «

» Meinst du also? Wenn hier jemand erfährt, dass du eine Andere bist, dann bekommst du gewaltige Probleme. «

Nadia wusste nicht wie sie reagieren sollte, schließlich war noch niemals zuvor jemand so mit ihr umgesprungen. Niemand hatte ihr jemals widersprochen. Sie ließ sich auf einen der wenigen Stühle, die noch standen, sinken und sah Finn an.

Vielleicht hatte er ja Recht und sie sollte nicht so leichtfertig mit ihren Fähigkeiten umgehen.

Woher wusste er überhaupt, dass sie eine Siya war?

» Lassen wir das. Immerhin sind wir diese Taugenichtse jetzt los. «, sagte er und ließ sich ebenfalls auf einen Stuhl sinken.

Finn fuhr sich kurz durch seine pechschwarzen Haare und seufzte leise.

Nadia hingegen blickte ihn an und lächelte kurz. » Nein, du hast schon Recht. Ich, ich sollte zurückhaltender sein. «

Finn schüttelte den Kopf. » Warum bist du überhaupt hier, soweit vom Valkyrium System entfernt? Die meisten Siya tarnen sich doch als Menschen und leben dort unter

ihnen. «, sprach er mit eben derselben Stimme, die Nadia noch vor einigen Stunden so in ihren Bann gezogen hatte.

» Ich habe hier einen Auftrag zu erledigen. Kopfgeldjägerin - wie du schon erkannt hast. «, erklärte sie stolz.

» Interessant. Na ja, ich habe gemerkt, dass du jemanden suchst. Aber ich hab dich nicht 'rein gelassen'. «

Nadia war verwirrt. Was meinte er? Warum unterhielt sie sich überhaupt mit ihm? Schließlich konnte es gefährlich sein, sich auf einen Bewohner dieser Region einzulassen.

» Wie meinst du das, Finn? Darf ich dich überhaupt Finn nennen? «

Er lächelte und sah auf den Tisch. » Warum nicht. Nadia, ich weiß, dass du vorhin versucht hast meine Gedanken zu

lesen. «

Nadia nickte. » Stimmt, ich habe es nicht geschafft. «

» Richtig. Dann ... «

Endlich verstand Nadia. Es konnte nur eine einzige Möglichkeit geben, die dies alles erklären konnte. » Du - du bist ein Siya. «

Erneut begann er zu lächeln, schüttelte dann jedoch wieder den Kopf. » Nein Nadia - Ich bin kein Siya. «

» Aber Finn, wie ist es dann möglich, dass du dich meiner Telepathie widersetzen kannst? Das hat bisher noch nie jemand geschafft. «

» Nadia, es gibt auch noch andere Möglichkeiten, die du jetzt vielleicht nicht bedenkst. Es existieren auch noch andere Rassen im Universum. Ich bin ein

Nox. «

Nadia seufzte. Es ging alles eindeutig zu schnell für Sie.

» Eine andere Rasse? Nox? «, fragte sie und zog eine Augenbraue hoch.

» Die Nox sind eine uralte Rasse, die schon seit Abermillionen von Jahren das All bevölkert. Unsere Anatomie ist den Menschen sehr ähnlich, unsere Fähigkeiten sind den Siya sehr ähnlich, auch wenn sie diese nicht selten übertreffen. Dies ist der Grund, warum du nicht in der Lage dazu warst meine Gedanken zu lesen, Nadia. Ich bin ebenfalls der Telepathie mächtig. «

Nadia sah Finn an und verstand nicht. Warum erzählte er ihr das alles überhaupt?

Zudem war sie noch immer ziemlich müde und das Einsetzen ihrer Kräfte hatte sie aufgezehrt.

» Finn, das wusste ich nicht, aber ich muss jemanden finden, wie du mittlerweile weißt. Ich hab keine Zeit mehr. «

» So wie du aussiehst, solltest du erstmal eine Nacht schlafen und dich morgen wieder auf die Suche machen. Meinst du nicht? «

Wo er Recht hatte, hatte er Recht. »Ja, schon … aber… «

» Keine Sorge. Hier auf dem Asteroiden gibt es Schlafquartiere zur Miete. Sie kosten nur ein paar Credits. «

» Ja, das wäre wirklich gut. «

Sie war etwas verlegen. Es kam ihr beinahe so vor, als hätte sie in Finn jemanden gefunden, der ihr helfen könnte.

Obwohl sie nicht verstand, warum er ihr beigestanden hatte, war es doch ein beruhigendes Gefühl für sie.

Finn stand auf und ging zu einer Tür im Raum. Er drehte sich um und wartete.

» Los komm endlich! «

Nadia verdrehte ihre Augen und erhob sich nun ebenfalls.

» Mach mich nicht so an! Das kann ich nicht haben, klar? «

Finn hob eine Augenbraue und blickte sie an. » Jetzt stell dich mal nicht so an. Schließlich habe ich hier die

Verantwortung. «

» Du hast die Verantwortung? «, raunte Nadia.

» Ja! So sieht's aus! «, sagte er kalt.

Jetzt reichte es. Nadia konnte mit solchen Kerlen einfach nicht umgehen. Sie war eine Elite Kopfgeldjägerin und ihr hatte niemand etwas zu sagen.

Schließlich war sie zudem eine Siya, die wusste mit ihren Fertigkeiten gekonnt umzugehen.

» Ich brauche deine Hilfe nicht! Vergiss es! «, schrie sie und ging stumm an

Finn vorbei durch die Tür. Sie folgte dem Gang, welcher sich hinter der Tür verbarg.

Was fiel Finn eigentlich ein? Sie kannten sich gerade einmal seit einer Stunde, er hatte ihr all diese Sachen erzählt und nun benahm er sich wie Zais, ihr damaliger Lehrer. Sie hasste Männer wie diese. Sie hasste sie so abgrundtief.

Schnell hatte sie sich ein kleines Zimmer genommen und war in diesem verschwunden. Bezahlen hatte sie sofort müssen, doch das Quartier genügte ihren Ansprüchen und eine Nacht ließ es sich hier ganz bestimmt aushalten. Nadia legte sich in das kleine Bett und zog sich die Bettdecke bis über den Kopf.

Als das Mädchen am nächsten Morgen erwachte, öffnete sie langsam ihre Augen. Ihr Kopf tat so schrecklich weh, denn schlafen hatte sie kaum können. Anders als erwartet, hatte sich die Konsistenz der Matratze als äußerst unzulänglich herausgestellt.
Sie fuhr fest durch ihre Haare und versuchte dabei ihre Kopfhaut, so gut es eben ging, zu massieren.
Langsam setzte Nadia sich auf und schob die Decke zurück. Sie glaubte nie zuvor solch einen Kopfschmerz verspürt zu haben und von Schmerzen konnte sie nach all den Jahren nun wirklich ein Lied singen.
Als sie sich gemächlich herumdrehte und ihre Füße seitlich auf den Boden setzte, merkte sie, dass dort doch tatsächlich jemand in der Tür stand.
Sofort stand sie auf, griff nach Wynona und richtete sie auf die Person in der Tür, obwohl sie nicht einmal wusste um wen es dabei eigentlich handelte.
Als ihr Blickfeld allmählich schärfer wurde erkannte Nadia, dass es sich bei dem Eindringling um Niemand anderen als Finn D'Arc handelte - der Pilot vom Vorabend.
Er stand in der Tür, sich seitlich im Rahmen abstützend und Nadia beobachtend.
» Schlaft ihr immer so lang? «
Nadia war so perplex, dass sie nicht einmal abdrücken konnte, auch wenn es in diesem Moment ihr sehnlichster Wunsch war. Was fiel diesem Kerl eigentlich ein? Sie hatte geschlafen und überhaupt, wie lange stand er dort schon?
Das Mädchen wollte gerade los schreien und all ihre Wut an ihm auslassen, da griff Finn nach ihrer Kleidung und warf sie ihr zu.
Nur mit Mühe und Not war Nadia in der Lage ihre Uniform zu erwischen. Wynona jedoch fiel ihr bei dieser Aktion aus der Hand und landete scheppernd auf dem kalten Stahlboden.
» Am Besten du ziehst noch irgendetwas anderes an. Es muss dich nicht jeder

auf den ersten Blick erkennen. «, sagte er kalt.

Nadia rappelte sich auf und die Wut kochte förmlich in ihr hoch. Schon wieder stellte er es so dar, als wäre sie - eine Kopfgeldjägerin - nicht in der Lage dazu sich selbst durchzuschlagen.

» Sag mal, was fällt dir eigentlich ein, du verdammter Dreckskerl?! «

Doch der Schwarzhaarige hatte den kleinen Raum bereits verlassen und die Tür hatte sich mit einem leisen Rattern selbständig geschlossen.

Nadia griff nach ihrer Kleidung - Sie sollte etwas anderes anziehen, doch sie hatte außer den zuvor getragenen Sachen nur noch ein weiteres Outfit zum Wechseln mit auf ihre Reise genommen.

Nach einigen Überlegungen und einer kurzen, überdurchschnittlich kalten Dusche, stieg Nadia in ihre schwarze, enge Lederhose, band sich ein trägerloses, schwarzes Wickeltop um, das gerade einmal das Nötigste bedeckte und stieg in die schweren Pilotenstiefel.

Ihre Haare strich sie fest zurück und band sie zu einem einfachen, langen Zopf zusammen.

Schnellen Schrittes verließ die Kopfgeldjägerin ihr Quartier der letzten Nacht und lief den langen Gang hinab, den sie am Abend zuvor von der Bar gekommen war.

Die Stahlschleuse öffnete sich und gab den Blick auf den Austragungsort der Schießerei frei. Heute Morgen jedoch war es hier absolut ruhig. Niemand befand sich im Inneren, bis auf eine Person. Finn saß inmitten einer der Tische und hatte es sich der Tischplatte bequem gemacht.

Nadias Augen waren heute besonders stark schwarz umrandet, da schließlich nicht jeder gleich bemerken sollte, wie schlecht sie geschlafen hatte.

Sie stützte eine Hand in die Hüfte und verlagerte ihr Gewicht auf das gleichseitige Bein. » Sag mal, wofür hältst du dich eigentlich? Kannst du dich nicht einfach aus meinem Leben verpissen? «, schrie sie den Piloten zornig an.

Dieser jedoch sah sie nicht einmal an. Sein Gesicht blieb regungslos und kalt.

» Halt den Mund und setz dich hin! «, entwich es ihm auffordernd.

Nadia hatte nicht mit einer solchen Reaktion gerechnet. Man gab ihr für üblich keine Widerworte - Nein, ganz im Gegenteil.

Trotzdem tat sie wie ihr geheißen und nahm ebenfalls auf einem Tisch platz, sich dessen bewusst, dass dieser in einiger Entfernung zu dem Finns stand.

» Was willst du?! «

Finn senkte den Kopf. » Ich sagte du sollst den Mund halten. «, wiederholte er.

Nadia war absolut sprachlos. Im Valkyrium System wagte es sich niemand die Elite der Kopfgeldjäger mit solcher Dreistigkeit zu behandeln. Sie allein war zu jeder Zeit der dominante Part.

» Nadia, ich werde dir nun eine Geschichte erzählen, meine Geschichte. Ob du mir glaubst, bleibt dir überlassen, doch es ist mir wichtig, dass du die Wahrheit kennen lernst.

Ich weiß alles über dich Nadia. Wie ich dir schon gestern Abend erzählt habe, gehöre ich einer Rasse an, die sich die Nox nennt. Wir sind eine Spezies, die schon seit Urzeiten das Universum bevölkert. Die Nox sind logische und berechnende Wesen. Gefühle und Moral sind schon lange, lange Zeit Fremdwörter für die Unseren.

Wir sind Geschöpfe, die über Mächte verfügen, welche von vielen Rassen nicht verstanden werden. Die Siya sind wohl die Einzigen, die dem Empfinden der Nox am nächsten kommen.

Nun denn. Vor einigen Millionen Jahren, die Nox hatten sich einen großen Teil des Universums zum Untertan gemacht, suchten sie neue Ziele, die sie verfolgen konnten. Die Nox zogen sich weit zurück und entschieden sich auf einem unbewohnten, sehr jungen Planeten Leben zu schaffen. Die Nox spielten 'Gott', wie die Menschen es bezeichnen

würden. «

Nadia hörte aufmerksam zu, auch wenn sie nicht verstand, warum sie diese Geschichte, dessen Wahrheitsgehalt sie nicht einschätzen konnte, zu hören bekam.

» Die Nox selektierten einige ihrer DNA-Stämme und setzten sie auf dem Planeten Erde aus. Von nun an sollte die Evolution den Rest für sie erledigen. Nach unendlich langer Zeit warf ihre Arbeit tatsächlich Früchte ab und unzählige Spezies entwickelten sich auf der Erde.

Letztendlich entpuppte die Evolution den vollendeten Menschen.

Die Nox beobachteten gespannt das Geschehen, griffen manchmal ein und schlossen zu ihrem Vergnügen Wetten darüber ab, was wohl bei Naturkatastrophen oder Kriegen geschehen würde.

Die Menschheit war zu einem vergnüglichen Spiel geworden und die Nox begriffen, welches Potential sie ihnen bot.

Doch vor einigen Jahrhunderten geschah etwas, mit dem niemand im Rat der Nox gerechnet hatte. Die Menschheit entwickelte sich immer weiter und eroberte schließlich das All. Man zog sich weiter zurück, wollte nichts riskieren, doch bald erkannte man, dass die eigene Schöpfung zu einer Bedrohung werden konnte. Die Menschen waren in der Lage die Nox zu vernichten. Obgleich sie nicht einmal von ihnen wussten, waren die Menschen mächtig und unabhängig geworden.

Den letzten Hieb gaben jedoch erst die ersten Siya. Als die Nox von einem weiteren Sprung der Evolution erfuhren und die Siya studierten, erkannte man, dass diese ihnen beinahe das Wasser reichen konnten.

Schnell wurde ein Notfallplan erarbeitet, der die Aufgabe hatte die Menschen und hauptsächlich die Siya auszurotten.

Nun also war es die Aufgabe der mächtigen Krieger der Nox die Siya zu jagen und ihnen das Leben zur Hölle zu machen. Vor Jahren gab es noch Hunderte von ihnen, doch sowohl Menschen, als auch Nox machten nun systematisch Jagd auf die neue Spezies. Bis heute glauben die Menschen es wäre ausschließlich ihr Werk, dass die Siya so gut wie ausgerottet sind. «

Nadia hielt die Luft an und ihr Herz begann wild zu schlagen. Sie war nicht in der Lage all diese Informationen, die auf sie einregneten, zu ordnen.

» Finn, warum erzählst du mir das alles? «, fragte Nadia langsam und mit einigen Pausen.

Er lächelte und sah zu Boden.

In der einen Sekunde war er unausstehlich und trieb Nadia in den Wahnsinn und einige Sekunden später, war er so voller Ruhe und Verständnis.

» Ich erzähle dir das alles, weil es von großer Bedeutung für dich ist. Nun, wie gesagt ist es die Aufgabe der Noxkrieger, die Siya zu töten. Ich bin einer von ihnen und ich bin aus dem selbigen Grund hier wie du. «

Zunächst verstand Nadia nicht, wurde jedoch dann wie aus den Wolken gerissen. Er wollte Harry umbringen. Er wollte einen weiteren Siya ermorden. Sofort griff Nadia nach ihrer Waffe. » Nein! Das werde ich nicht ... Nein! Nicht noch einen von Uns! Nein! Nein, verdammt! «, schrie sie und eine Träne rann ihre Wange herunter.

Erneut lächelte Finn. » Mach dir keine Sorgen, Nadia. Höre dir bitte zunächst die ganze Geschichte an. «

Obwohl Nadia noch immer ihre Waffe auf ihren Gegenüber gerichtet hielt, ließ sich Finn nicht beirren.

» Der Rat der Nox und ihrer oberster Führer hat mich ausgesandt um Harry zu töten. Wenn ich eins erledigt habe, soll ich dich liquidieren. Du bist die Nächste auf der Liste, doch was der Nox Führer nicht weiß, dann ist es das, dass ich meiner eigenen Rasse schon vor Jahren den Rücken gekehrt habe. Ich kann sie nicht ausstehen, ich schäme mich meiner Herkunft, ich finde sie alle abstoßend. «

Die letzten Worte hatte Finn mit unglaublichem Hass in seiner Stimme ausgesprochen. Nadia hatte keinen Grund an ihm zu zweifeln, schließlich hatte sie selbst der Menschheit den Rücken gekehrt, obwohl sie mitten unter ihnen aufgewachsen war.

Langsam ließ sie ihre Waffe sinken. » Bitte erzähl weiter, Finn. «, stotterte Nadia leise.

Er hatte wohl nicht erwartet dies von ihr zu hören, denn für einen kurzen

Moment sah er auf.

» Meine Schwester Lexa und ich sind nun seit geraumer Zeit auf der Suche nach den letzten lebenden Siya um sie in Sicherheit zu bringen. Anders als erwartet, schaffen wir sie jedoch nicht von den Nox weg, sondern bringen sie auf unsere Heimatwelt. Da sie ähnliche Fähigkeiten besitzen, fallen sie dort am wenigsten auf und können sich, falls sie sich nicht zu auffällig verhalten, in Sicherheit wiegen.

Natürlich weiß ich, dass auch du auf der Suche nach anderen Siya oder zumindest auf der Suche nach Harry bist. Nadia, nun komme ich zu dem Grund der Geschichte. Ich habe herausgefunden, dass du eine der unglaublichsten Siya bist. Kein anderer hat solche Fähigkeiten wie du. Lexa und ich brauchen unbedingt Unterstützung und ... und ich möchte, dass du uns bei unserem Vorhaben unterstützt. «

Stille.

Nadia hatte es die Sprache verschlagen. Die letzten Worte hatte Finn in einem Ton von sich gegeben, den Nadia nie von ihm erwartet hatte. Es war mehr flehend als bittend.

» Woher weißt du das alles über mich? «

Finn sah auf, hob dann einen Finger, berührte mit diesem den seinen Kopf und wies dann auf den Ihren.

Nadia schüttelte den Kopf. Das konnte alles nicht real sein. Wie konnte Finn nur so etwas von ihr verlangen? Wie konnte er nur erwarten, dass sie alles aufgab und sich seinen irrealen Zielen hingab? Konnte sie sich denn überhaupt sicher sein, dass es nicht eine Falle war um sie unschädlich zu machen?

» Vertrau mir Nadia. Wenn ich könnte, würde ich dich in meine Gedanken vordringen lassen, doch der Verstand eines Nox ist zu komplex für dich, du könntest dir selbst Schaden zufügen.

Wir brauchen dich. Unsere Aufgabe ist bald erfüllt. Unser Vorhaben tritt nun in die Endphase ein und ich bin fest entschlossen es zu vollenden. Bitte Nadia, vertrau' mir. «

Nadia hörte schon gar nicht mehr hin. Sie war dabei ihre Gedanken zu ordnen, sah dann jedoch zu Finn auf.

» Also gut. Nehmen wir mal an, all das entspräche der Wahrheit und ich würde dir tatsächlich helfen. Was würde nun passieren? «

Finn setzte sich auf und rückte näher zur Tischkante. » Wir würden uns gemeinsam auf die Suche nach deinem Harry machen und ihn, wenn wir ihn gefunden haben, in die Brax bringen, wo er dann ... «

» Die Brax? «, unterbrach Nadia ihn.

» Ja. Die Brax ist der Ort, an dem die Nox leben. Die Brax ist eine künstliche Sphäre, die der Größe der alten, menschlichen Sonne entspricht, jedoch ist sie von den Nox erschaffen worden. Eine große, synthetische und geometrisch perfekte Kugel, in deren Inneren die Nox leben. Sie ist gut versteckt und kaum bekannt. Niemand, der die Nox kennt, wagt sich in ihre Nähe. Die Brax ist absolut uneinnehmbar. Selbst Gott wäre machtlos, denn die Nox sind Gott. Wenn wir dort sind, wirst du meine Schwester Lexa kennen lernen, die dich dann in alles einweisen wird. Sie ist übrigens zwei Jahre älter als ich; ich denke, dass ihr euch gut verstehen werdet. Wenn man sie näher kennen lernt, ist sie genauso aufbrausend wie du. «

» Ich bin nicht aufbrausend! Verstanden?! «

Finn antwortete nicht.

»Also, sie ist 2 Jahre älter als du. Normalerweise wüsste ich wie alt du bist, doch du willst mich ja nicht in deinen Geist sehen lassen. «

Erneut lächelte Finn, blickte auf den Tisch, wobei eine seiner schwarzen Strähnen in sein Gesicht fiel, die er jedoch schnell wieder beiseite strich.

»Ich bin Finn D ‘Arc, ein Nox imperiales und wurde vor 19 Jahren auf der Brax geboren. Ich bin der Sohn von 1.2.4.5.6 D ‘Arc und meinem Vater, der keinen eigenen Namen mehr besitzt. Meine Schwester ist Lexa D ‘Arc und meine Lebensaufgabe ist es, die Siya und nach Vollendung dieser Mission, die Menschheit zu retten. «, sagte er.

Nadia konnte sich ein Schmunzeln nicht verkneifen, als Finn ihr sein Leben in Kürze erzählt hatte.

» Deine Mutter hat eine Nummer als Namen? «

» Sie *hatte*. Alle Nox Frauen tragen Nummern als Namen, außer drei besonderen Frauen. Dabei handelt es sich um die Gattin des Führers, der Tochter des Führers und der Verlobten, Frau oder sogar Lebensgefährtin des Sohnes des Führers. «

» Komische Gestalten seit ihr. «, sagte Nadia und versuchte Finns Andeutung über den Tod seiner Mutter zu überspielen.

» Wem sagst du das? «

Erstmals begannen die beiden gemeinsam verhalten zu lachen, obgleich Finns Gesicht schnell wieder die kargen und kalten Züge annahm.

» Aber was bitte ist ein Nox imperiales? «

» Es gibt drei verschiedene Arten der Nox. Zunächst wären da einmal die Nox spiriti - Nox, die ihre Fähigkeiten aus der Geisteskraft ziehen. Dann wären dort die Nox physicales, die körperliche Kräfte ihr Eigen nennen können. Die dritte Art sind die Nox energetis. Diese sind in der Lage Energiedruckwellen zu erzeugen, Elektrizität oder Energieschilde zu erschaffen.

Die Nox imperiales sind die seltensten, da sie alle diese Fähigkeiten in einem

Körper bündeln. Ich bin einer von ihnen. «
» Und warum hat dein Vater keinen Namen mehr? «
Finns Lachen verstummte urplötzlich. » Das werde ich dir später erklären. «
» Also ... Finn, ich denke, dass ich auf dein Angebot eingehen werde. Was
bleibt mir auch schon anderes übrig? Du wirst mir dabei helfen Harry zu
finden und ich kann endlich anderen Siya helfen. Ich bin dabei. «
Nadia hatte nun mit einer Umarmung oder zumindest einem Händedruck
gerechnet, doch die einzige Reaktion auf ihre optimistische Antwort war ein
Nicken von Finn.
Sie konnten keine Gefühle zeigen, sagte Nadia erneut in ihren Gedanken. Man
merkte es.

3
Zusammenbruch des Letzten

Nadia hatte sich unter ihrem Flyer verkrochen und war dabei einen letzten
Check durchzuführen, bevor sie gemeinsam mit Finn aufbrechen würde.
Seit ihrer Unterhaltung in der Bar hatten sie nicht mehr miteinander
gesprochen.
Finn wusste also, wo Harry sich aufhielt und bald würde Nadia endlich wissen,
welches Geheimnis er in sich trug. Schließlich versuchte sie nun seit dem
ersten Traum zwanghaft herauszufinden, was an dem jungen Siya so besonders
war.
Nadia hatte alle Systeme kontrolliert und stand nun wieder auf, öffnete die
Kuppel ihres Wave-Fighters und warf ihre kleine Tasche hinein, in der sich nur
die am Vortag getragenen Kleidungsstücke befanden.
Allmählich erwachte die kleine Station wieder zum Leben und die ersten Flyer
und Transporter verließen die Hangartore.
Nadia blickte zur Tür hinüber, die zur Bar führte. Soeben hatte sich diese
geöffnet und Finn war herausgetreten.
Auch er hatte sich umgezogen. Eine schwarze Cargohose und eine schwere
Piloten-Lederjacke mit breitem Pelzkragen - So wie es für Kopfgeldjäger üblich
war - schafften jedoch nicht genug Veränderung um ihn nicht zu erkennen.
Noch immer trug er das enge, schwarze Shirt, dessen Kragen seinen Hals
vollständig bedeckte. Hinzu kam noch, dass nur wenige Männer schwarze,
längere Haare trugen.
Die meisten waren kahl geschoren oder machten sich nicht viel aus ihrer

äußeren Erscheinung - Die strahlend blauen Augen machten die ungewöhnliche Erscheinung, die ihn überall auffallen lassen musste, perfekt. Als Finn näher kam, sah Nadia, dass er etwas auf seinem Rücken trug, das auf seiner Brust zusammengebunden war.

» Bist du soweit? Wir haben in sieben Minuten ein Startfenster freigegeben bekommen. «, sagte er und öffnete dabei die Kuppel zu seinem baugleichen Wave-Fighter.

Endlich erkannte Nadia, dass es ein Schwert war, welches Finn sich auf den Rücken gebunden hatte. Ein Schwert? Barbarische, primitive Waffe, die nicht gerade beste Chancen modernen Handfeuerwaffen gegenüber hatte.

» Ich bin bereit. Von mir aus kann's losgehen. «, erwiderte sie und sprang in das Innere des Fighters. Schnell setzte sie ihr Headset auf und startete den Antrieb. Die Motoren heulten einmal laut auf und begannen dann den Fighter beständig und sanft durchzurütteln.

Das Triebwerk setzte sich in Gang, verengte den Auslass und ein blauer Leitstrahl entwich ihrer Zielvorrichtung.

Auch Finn saß nun in dem Jäger und schloss die Kuppel. Nadia beobachtete, wie er sich die Haare zurück band und ebenfalls ein Headset aufsetzte.

Nun schloss auch Nadia die Kuppel, legte eine ganze Reihe von Schaltern um und berührte einige Male den Touchscreen. Immer mehr Lichter schalteten von Rot auf Grün und das Hangartor wurde geöffnet. Die Flugbahn war durch Leuchtbojen bis weit außerhalb der Station markiert.

» Test, test. Nadia, kannst du mich verstehen? «

Diese umfasste gerade den Joystick und bugsierte den Flyer von der Plattform, auf der sie noch soeben gestanden hatte. Sie legte den Com-Knopf um und richtete das kleine Mikrophon am Headset aus.

» Alles bestens. Ich höre dich, Finn. Übernimmst du die Führung? «

Auf eine Antwort wartete sie vergebens, denn schon nach einigen Sekunden schoss der Wave-Fighter von Finn durch die großen Hangar-Tore in den Weltraum. Auch die Braunhaarige drückte den Joystick ganz nach vorn und folgte ihm.

Noch immer dachte sie über all das nach, was in den letzten Stunden mit ihr geschehen war. Sie hatte so unglaublich viel über ihr eigenes Leben, über die Menschen und über das Schicksal erfahren.

Keineswegs waren die Menschen das letzte Glied einer Kette von Ereignissen. Alles war von den Nox, den maßgeblichen Tyrannen des Alls, vorbestimmt und eingefädelt.

Ohne nur darüber nachzudenken, hatte sie sich einem komplett Fremden angeschlossen und folgte ihm nun in eine ihr unbekannte Region des Alls. Wie konnte sie nur so handeln? Wenn sie eins in den Jahren als

Kopfgeldjägerin gelernt hatte, dann war es niemandem zu vertrauen. Doch etwas trieb sie, ihr eigenes Leben aufs Spiel zu setzten und jede Möglichkeit in Betracht zu ziehen? Sie musste den anderen Siya Jungen einfach finden.

» Wir haben den Startkorridor verlassen. Ich lade neue Wegkoordinaten hoch und schalte dann auf Wave-Antrieb um - Faktor zehn. «

Nadia blickte auf den Touchscreen, auf welchem nach und nach die neuen Wegpunkte hochgeladen wurden und eine Datenbank erstellt wurde.

» Roger, Roger.«

Mit einigen Handgriffen machte sie den Wave-Fighter bereit zum Abflug.

» Wir werden nicht länger als eine Stunde unterwegs sein, Nadia. Ich habe Informationen darüber erhalten, dass sich Harry auf Solbroch aufhält. «

Nadia legte noch immer verschiedene Schalter und Hebel um, hörte Finn jedoch aufmerksam zu. » Ein Planet? «, fragte das Mädchen.

» Nicht ganz. Solbroch ist ein recht großer Mond, der sich vor Jahren von seinem Planeten gelöst hat und nun durchs All treibt. Er besitzt eine eigene Atmosphäre und ist für Menschen bewohnbar. Nun ja, wenn er mal gerade nicht an einer Sonne vorbeidriftet.«

Finn schlug den Kurs ein und auf Nadias Monitor erschien eine imaginäre Piste, an deren Ende der Sprungpunkt auf die Energiewelle war.

» Ich starte den Antrieb. Wir sehen und dann gleich, Finn. «

» System locked. «

Nadia fasste unter ihren Sitz, wo sich ihre Nahrungsvorräte befanden. Sie griff nach einem Riegel, riss ihn mit den Zähnen auf und biss hinein, während sie auf Automatik umschaltete und der Flyer so schnell beschleunigte, dass er den Wave-Antrieb zuschaltete und sich von einer der Wellen mitreißen ließ.

Nun hatte sie erstmal eine Zeit lang Ruhe und könnte sich ein wenig mit dem System vertraut machen.

Durch die Wegpunkte, die Finn in ihr System geladen hatte, konnte sie eine Darstellung des Sin Mara Grabens projizieren.

Sie berührte einige Male den Monitor, während sie ein weiteres Mal unter den Sitz griff und einen weiteren Riegel aus der Tiefe herausfischte.

Nach einigen Minuten hatte der Schiffsrechner endlich die Umwandlung durchgeführt und Nadia startete das Programm. Ein Maßstabsgetreues Modell des Sin Mara Grabens kam zum Vorschein und er war eindeutig um einiges größer, als Nadia zuvor noch gedacht hatte.

Sie steckte den letzten Rest des kleinen Riegels in den Mund, warf das Papier auf den Rücksitz und wandte sich wieder der Wave-Anzeige zu. Bis zum angegebenen Endpunkt würde es nicht länger als 5 Minuten dauern, aber trotzdem noch genug Zeit um sich ein bisschen Ablenkung zu verschaffen.

Nadia griff wieder unter ihren Sitz, zog diesmal jedoch eine kleine Box mit

Speicherchips hervor. Schnell hatte sie einen entnommen und ihn in das Lesegerät neben dem Joystick eingeführt.

» System load. «, sagte die Computerstimme einige Male, doch plötzlich dröhnte es mit voller Lautstärke aus den Fighterlautsprechern. Ohne Musik konnte Nadia einfach nicht arbeiten. Vor Jahren schon hatte sie sich ihren ersten Speicherchip zugelegt.

Ein Lächeln entrann ihren Lippen, als ein Lied startete, das sie schon Urzeiten nicht mehr gehört hatte. Schon auf der Erde hatte Musik eine ganz besondere Faszination auf die Menschen ausgeübt – Heute jedoch war diese zum größten Teil verflogen.

Doch schnell zuckte sie zusammen und bibberte. Warum überhaupt hatte sie sich nichts anderes als diesen dämlichen Schal umgebunden und ihn als Top missbraucht? Schließlich war es im All einkalt und hier würde sie ja ohnehin niemand sehen, der das überdurchschnittlich kurze Textil hätte bewundern können. Dies war wieder einer dieser Momente, an denen sie darüber nachdachte gelegentlich ihren Verstand zu gebrauchen.

» Wave-Antrieb wird heruntergefahren. «, sagte die Computerstimme.

Nadia setzte sich auf und blickte nach vorn, dorthin wo gleich Solbroch auftauchen würde. Endlich schaltete der Fighter auf Gegenschub und verließ die Wave-Geschwindigkeit. Im nächsten Moment tauchte ein Himmelskörper vor dem Fighter auf, doch als Nadia ihn sah, zuckte sie zusammen. Es tat so unglaublich weh - dieser Schmerz schien sie zu zerreißen. Noch nie zuvor hatte sie so etwas in sich gespürt. Von diesem Himmelskörper gingen Abermilliarden von Emotionen aus, die in voller Wucht auf sie einprasselten. Nadia konnte sich ihnen nicht verschließen und alle drangen in ihren Geist ein. Sie wusste, dass Harry dort unten war, denn schließlich war er der Erste den sie gespürt hatte. Ein unkontrollierter Schrei entwich Nadia und sie krallte ihre Hände in den Haaren fest.

Bald würde es vorbei sein, doch nun war es soweit. Endlich wusste sie welches Geheimnis Harry verbarg. Endlich verstand sie all diese Zusammenhänge. Bevor Nadia ohnmächtig wurde, hörte sie Finns Stimme, die immer und immer wieder nach ihr rief, doch zu antworten war sie nicht mehr fähig. Nadia lächelte - Alles wurde schwarz.

Als die junge Kopfgeldjägerin erwachte, befand sie sich noch immer in ihrem Fighter. Sofort rappelte sie sich auf und blickte auf das Chronometer. Zehn Doppelnull - Sie war nicht länger als eine Stunde ohnmächtig gewesen.

» Finn ... ? «, flüsterte sie beinahe in ihr Headset.

» Was war los? Deine Lebenszeichen sind urplötzlich in den kritischen Bereich abgesackt. «

Nadia blickte noch immer auf den Himmelskörper vor ihnen. Finns Fighter hatte sie soeben in circa fünfzig Metern Entfernung neben ihr ausgemacht.

» Meine Empathie war zu stark. Ich habe etwas Unglaubliches herausgefunden! «, sagte sie und starrte noch immer abwesend den Mond Solbroch an.

Wieder einmal antwortete der andere Pilot nicht. Nadia konnte ihn einfach nicht einschätzen. Er hatte ihr zwar gesagt, dass er zu Gefühlen nicht in der Lage war, aber er kam ihr so unglaublich verschlossen und in sich gekehrt vor, auch wenn er ihr seine Geschichte schon nach so kurzer Zeit offenbart hatte.

» Ich weiß nicht ob du dieses Gefühl kennst, aber du sagtest mir, dass du dieselben Fähigkeiten besitzt, wie auch ich sie in mir trage. Ich wurde plötzlich von einer Urgewalt von Emotionen, Empfindungen und Geschehnissen überflutet. Sie regneten auf mich ein, wie nie etwas zuvor. Harry - Er, er ist mein Bruder. «

Noch immer schwieg er.

» Wie kommst du darauf? «, riss es Nadia eiskalt aus ihren Gedanken.

» Ich habe es gespürt. Schon seit ich den Auftrag habe, weiß ich, dass dort irgendetwas ist. Ich habe ununterbrochen versucht herauszufinden, welches Geheimnis Harry umgibt, doch er war einfach viel zu weit entfernt. Er ist dort unten, auf diesem Mond. Vor fünfzehn Jahren, als ich meine Eltern schon tot geglaubt habe, ist er auf einer Station im Valkyrium System zur Welt gekommen. Kurz darauf sind meine Eltern endgültig ums Leben gekommen. Finn, ich weiß alles über ihn. Es ist so, als würde ich ihn schon mein ganzes Leben kennen. Harry Scarbodia ist dort unten. Wir müssen ihn finden. «

Nadia fokussierte den Planeten erneut und versuchte eine weitere Verbindung aufzubauen. Würde er sie hören? Wusste er, dass sie kamen um ihn zu retten?

» Ich initiiere den Landeanflug. «, sagte Finn.

Nadia nickte, obwohl sie wusste, dass Finn sie wohl nicht sehen konnte und startete ebenfalls wieder den Antrieb des Wave-Fighters. Sie drückte den Joystick durch und steuerte direkt auf Solbroch zu.

So viele Erkenntnisse durchströmten sie. Noch nie zuvor hatte ihre Fähigkeit ihr solche unglaubliche Emotionen gezeigt.

Es war alles so schrecklich neu und doch unglaublich vertraut. Als wäre es nie anders gewesen, machte sie sich auf den Weg zu ihrem Bruder.

Sie wusste jedes Detail über das Leben von Harry, das er bisher gefristet hatte. Sie kannte seine Lieblingsmahlzeit, ja sie wusste sogar von seiner ersten Liebe. Harry war ein zurückgezogener und doch draufgängerischer Mensch, der sich keine Gelegenheit entgehen ließ, ein nettes Mädchen kennen zu lernen.

Nadia musste schmunzeln und sie war sich sicher, dass er wissen musste, dass

sie kam. Ein solch starkes Seelenband hatte sie in ihrem ganzen Leben noch
nicht geknüpft. Sein Geist war in ihrem und sie vergaß in diesen Momenten
alles was bisher geschehen war.
Die Außenhaut des Fighters begann rötlich aufzuleuchten und schon bald
wurde die Vibration so stark, dass Nadia die Stabilisatoren zuschalten musste.
Die Außentemperatur stieg auf über tausend Grad, doch da musste sie nun
durch. Nach wenigen Minuten in unglaublicher Hitze und vollkommen
durchgeschüttelt befand Nadia sich endlich in der Atmosphäre des Mondes.
Sie sah den baugleichen Fighter unmittelbar neben sich und meinte sogar die
strahlend blauen Augen des Piloten erkennen zu können, während sie durch
die oberste Wolkenschicht stieß.
Dem Boden immer näher kommend erkannte Nadia, dass keine Sonne in
unmittelbarer Nähe des Himmelskörpers war.
Solbroch war in Dunkelheit getaucht und ohnehin war es eine äußerst
lebensfeindliche Umgebung. Als sie endlich den Boden erkennen konnte, war
sie überrascht, dass hier überhaupt jemand überleben konnte. Die Oberfläche
bestand hauptsächlich aus Felsen und Steinwüste.
» Ich orte Lebensformen in Quadrant vierzehn. «, sagte Finn. Es kam ihr vor,
als spräche er gelangweilt und teilnahmslos.
» Roger, Roger. «
Nadia riss den Fighter herum und folgte nun Finn in die angegebene Region.
Es war nicht mehr weit und gleich würde sie wohl schon etwas sehen können,
da es mittlerweile stockduster war. Die einzige Orientierung waren ihre
Scanner, die bisher nur leblosen Fels anzeigten.

Doch nach einer Ewigkeit, wie es Nadia vorkam, leuchtete endlich ein kleiner
Punkt auf ihrem Scanner auf. Ein Schiff, eine Station, irgendetwas war dort
draußen.
Sofort riss sie den Joystick nach unten und schoss auf die Oberfläche zu.
» Nicht so voreilig, Nadia. «
» Ich weiß, dass er dort unten ist. Vertrau mir. «
Sofort merkte Nadia wie grotesk diese Aussage eigentlich war. Sie selbst
vertraute ihm ja nicht einmal. Es war mehr eine Gemeinschaft zwischen ihnen,
die nicht die Mittel, sondern den Zweck heiligte.
Nadia sank immer tiefer und endlich erkannte sie die Lichter einer kleinen
Station, die sich auf dem Mond inmitten einer Steinwüste befand.
Sie flog eine Schleife über dem Terrain und setzten dann schließlich zu einer
vorsichtigen Landung an. Aus den Augenwinkeln sah sie, dass Finn ihr folgte.

Nadia schaltete alle Systeme offline, öffnete die Glaskuppel und sprang aus

dem Flyer. Finn tat es ihr gleich, doch im Gegensatz zu ihm war sein Gesicht verfinstert. Zunächst wollte Nadia es auf seine Emotionslosigkeit schieben, merkte jedoch schnell, dass mit ihm etwas nicht stimmte.
Finn stand einfach nur dort und blickte sich um. Die Braunhaarige versuchte seine Blicke zu verfolgen, erkannte jedoch nichts, was sie alarmieren hätte sollen.
» Etwas ist geschehen. «, sagte er regungslos und ohne eine Gesichtsmuskel zu verziehen.
» Was meinst du? «
Erneut sah Finn sich um. » Diese Station ist unbewohnt und hier befinden sich nur zwei Lebenszeichen. «
Nadia zog eine Augenbraue hoch. » Was ist daran so schlimm? «

Finn, der sich sonst nie bewegte, immer gerade und beinahe ohne jegliche Bewegung verharrte, griff urplötzlich auf seinen Rücken und zog sein Schwert klirrend aus der Scheide.
Nadia fuhr zusammen, realisierte nicht sofort was er vorhatte, zog jedoch nach einigen Sekunden auch ihre Waffe, Wynona.
» Was ist los, verdammt? Und selbst wenn etwas wäre, was willst du schon mit diesem Schwert ausrichten? Ich habe im Fighter noch eine zweite Handfeuerwaffe. «
Noch immer sondierte Finn die Umgebung schweigsam.
» Diese Waffen sind absolut barbarisch. Richten nichts aus. «
Nadia schüttelte den Kopf. Sie erkannte keine Gefahr - und falls dort eine gewesen wäre, hätte sie diese längst durch ihre Fähigkeiten erkannt.

Doch plötzlich erkannte Nadia zwei Schatten, die aus der Dunkelheit traten. Sie wich zurück. Man erkannte nicht um wen es sich handelte, da es einfach viel zu dunkel war.
» Wer ist da? Harry, bist du das? «, rief Nadia den Schatten entgegen.
» Das ist nicht Harry! «, zischte Finn mit zusammengebissenen Zähnen.
Nadia blickte abwechselnd zu Finn hinüber und zu den Schatten. Ihr 'Zweck-Partner' hielt sein Schwert noch immer fest umschlossen.
Die Gestalten kamen Stück für Stück, Schritt für Schritt näher und traten allmählich in das Licht der Fighter-Scheinwerfer, die die einzige Lichtquelle in der Dunkelheit des Mondes waren.
Nadia wurde nervös. Wer zum Teufel war das und was wollten diese Gestalten hier?
Endlich konnte man die Wesen erkennen und Nadia riss die Augen weit auf. Es waren zwei Männer, Ende zwanzig und sehr muskulös gebaut.

Nadia ließ ihre Waffe fallen und begann zu zittern. Einer der Beiden trug eine regungslose Gestalt über den Schultern - Harry.

» Was ist mit ihm!? «, schrie Nadia.

Die beiden Männer stoppten und lächelten zunächst Nadia an, sahen dann zu Finn hinüber, zuckten zusammen und knieten nieder.

Nadia hatte es die Sprache verschlagen. Was war hier geschehen? Was hatten sie mit Harry getan? Doch langsam verstand sie und ging zitternd zu Boden.

Vor wenigen Minuten noch hatte sie sich gewundert, wie jemand solch starke Emotionen aussenden konnte, doch es war ein verzweifelter Hilfeschrei im Todeskampf gewesen, der sie erreicht hatte.

» Was habt ihr mit ihm gemacht?! «, schrie sie erneut und Tränen bahnten sich ihren Weg durch ihr Gesicht.

Finn stand noch immer stumm dort.

» Der hohe Rat hat uns ausgesandt, mein Meister. Wir wollten euch nicht zuvor kommen, doch die Befehle waren eindeutig. Es handelte sich lediglich um eine Unterstützung unsererseits. Bitte verzeiht. «, sagten die beiden Männer zu Finn.

Nadia blickte weinend zu ihm hinüber. Noch immer verzog er keine Mine.

» Was habt ihr nur getan. «, sagte er, richtete sich auf, ließ sein Schwert und seinen Kopf sinken.

Sie hatten ihn umgebracht. Diese Männer hatten ihren Bruder, ihr einziges Familienmitglied, umgebracht.

Diese Männer hatten ihr den letzten Sinn genommen. Sie hatten ihr Leben zerstört.

Finn blickte zu Nadia hinüber - In seinen Augen lag ein Hauch von Verständnis.

» Nadia, das sind zwei der hohen Nox Krieger. Der Rat hat sie entsannt um deinen Bruder zu töten. Sie sind uns zuvor gekommen. «, sagte er leise.

Nox Krieger. Er hatte Recht gehabt. Seine Spezies war grausam und abstoßend. Sie waren ekelhaft und er war es mit ihnen.

» Deine Leute haben meinen Bruder umgebracht. Ich hasse dich, Finn! Ich hasse dich so unglaublich! «, schrie sie noch immer weinend. Sie konnte Wut und Trauer nicht kontrollieren. So viele Emotionen quollen in hier hinauf.

Nadia wollte sie töten, sie wollte sie tot sehen, wollte ihnen das größte Leid bescheren, sie wollte ihre gegenüber einfach nur noch leiden sehen.

Nadia erhob sich und wischte sich noch immer schluchzend die Tränen weg. Alle drei anderen Anwesenden blickten sie an.

Nadia wollte sie töten - Allein töten und die Rache genießen.

Ihre Augen flammten auf, voller Wut und Hass. Ihre Haare wurden nach oben gerissen und Nadia wurde von schimmerndem orangem Licht umgeben, das

sich immer und immer wieder wie eine Welle um ihren Körper legte.
Finn streckte seine Hand in ihre Richtung. » Nein, Nadia! Nicht! Du hast keine
Chance gegen sie, denk daran: Es sind Nox Krieger! «, rief Finn, doch es war
ihr vollkommen egal.
Nadia wollte töten und wenn es sie ihr eigenes Leben kosten sollte.

Die beiden Nox ließen Harry leblosen Körper fallen und stellten sich Nadia
gegenüber. Sie lächelten sie hämisch an.
» So, so, also auch eine Siya. Dann lass mal sehen, wie lange du durchhältst.
Hoffentlich länger als der Kleine hier.«
Die Wut und der ungebremste Hass in Nadia kamen höher und höher, doch
sie musste sich nun konzentrieren.
Sie schloss ihre Augen und legte ihre Hände an ihre Schläfen. Mit ganzer Kraft
drang sie in die Seelen, der ihr gegenüberstehenden Krieger ein. Sie suchten
nach deren Schwachpunkten und fand schnell etwas, das für ihre Rache
herhalten musste.
Sie sah die Kinder der Krieger vor sich. Zwei kleine Mädchen, die in ihren
Gedanken besondere Rollen einnahmen.
Nadia konzentrierte sich mit voller Kraft auf diese Mädchen. Nun mussten sie
leiden. Sie projizierte die Bilder der kleinen, hilflosen Geschöpfe vor die
inneren Augen der beiden Nox. Sie ließ sie sterben, sie ließ sie töten und
immer und immer wieder sterben auf die blutigste und schrecklichste Weise,
die ihre Gedanken zuließen. Sie ließ all das Leid, dass sie selbst zerfraß an den
zwei kleinen Mädchen aus und projizierte es immer wieder in die Herzen der
Krieger. Immer und immer wieder ließ sie die Kinder sterben auf immer
neuere und brutalere Weisen.

Finn blickte die Nox überrascht an, als diese sich an ihre Köpfe griffen und
begannen zu schreien. Sie wollten die Bilder aus ihren Köpfen verbannen,
doch Nadia ließ nicht locker.
Die Nox gingen langsam zu Boden, mussten sie doch mit ansehen, wie ihre
Kinder abertausende Male hingerichtet wurden. Für sie war es wie ein reales
Erlebnis und es würde nie mehr aus ihren Herzen verschwinden.
Nadia überkam unglaubliche Befriedigung, doch sie wollte mehr, sie wollte
töten.
Plötzlich rappelte sich einer der Krieger ein letztes Mal auf und schleuderte
etwas aus seiner Hand in Nadias Richtung und traf sie hart.
Nadia hatte nicht erkennen können, worum es sich gehandelt hatte, jedoch war
sie nicht mehr in der Lage ihre Projektion aufrecht zu erhalten.
Mit starken Schmerzen riss sie die Augen auf und fiel zu Boden.

» Nadia! «, schrie Finn und rannte zu ihr.
Die Nox Krieger richteten sich langsam wieder auf. Sie hatten es geschafft sich
Nadias Zorn zu widersetzen und das Mädchen für den Bruchteil einer Sekunde
unschädlich zu machen.
» Dürfen wir sie nun töten, Meister? «, fragte einer der Beiden.

Finn kniete sich neben Nadia. » Finn, was meinen diese Dreckskerle mit
Meister? «, keuchte sie.
» Später Nadia, später. «
Diese verzerrte ihr Gesicht vor Schmerz und sah erneut zu ihm auf. » Sie sind
stark, Finn. « Nadia zog den Älteren näher zu sich. » ... Töte sie für mich ... töte
sie und mach es gut! «, flüsterte sie.

Finn antwortete nicht und blickte zu den Männern auf, die ihn verwundert
anblickten.
Er nickte und erhob sich langsam.

Nadia sah erneut zu Finn auf. Sie wusste nicht was er tun würde. Er war
ebenfalls ein Nox und sie hatte noch nie so unglaubliche starke Wesen wie
diese beiden Krieger gesehen. Ihre Macht schien unbegrenzt zu sein.
Finn umfasste sein Schwert wieder fester. » Das hättet ihr nicht tun dürfen. «,
sagte er so kalt, dass Nadias Blut in ihren Adern beinahe gefror.
» Sie meinen? «, fragte der Größere der beiden anderen Nox.
» Wisst ihr, ich bin den Nox schon lange Zeit untreu. Ich verabscheue meine
eigene Spezies. Ich schäme mich einer von euch zu sein. Aber das tut ja nichts
zur Sache, da ihr nun sterben werdet. «
Vollkommen verwirrt blickten sie Finn an, dem der pure Hass ins Gesicht
geschrieben stand – Obwohl Nadia wusste, dass dies unmöglich war.

Die zu Grunde gerichtete Kopfgeldjägerin traute ihren Augen nicht, als sie nun
sah, was von Statten ging. Finns blaue Augen begannen aufzuleuchten - Sie
flammten wild und ungebremst und sein ganzer Körper wurde von einer
blauen Aura umgeben.
Nadia spürte unglaubliche Energie, die von Finn ausging. Seine schwarzen
Haare, stellten sich auf, wurden vom Wind wild hin und her gerissen.
Plötzlich wurde Finn größer - Nein, seine Füße lösten sich vom Boden und er
schwebte, noch immer von der strahlend blauen Aura umgeben.
» Aber, aber ... «, war das Einzige, was die Anderen noch herausbrachten.

Finn hob sein Schwert vor sein Gesicht und im nächsten Moment schoss er

auf die Gestalten zu. Nadia war nicht in der Lage zu sagen, was dort geschah, da die Geschwindigkeit so unglaublich groß war, dass sie mit dem menschlichen Augen nicht mehr wahrgenommen werden konnte.
Ein lauter Schrei, der wohl Finns Lippen entsprungen war, erschütterte die Umgebung und im nächsten Moment stand er wieder neben Nadia. Noch immer mit flammend blauen Augen und dem erhobenen Schwert, von dem sich jetzt jedoch ein rötlicher Tropfen löste und lautlos zu Boden fiel. Sofort erkannte das Mädchen, dass die Klinge über und über mit dunklem Blut benetzt war.
Nadia blickte zu den Nox hinüber, die mit weit aufgerissenen Augen bewegungslos einige Meter vor ihnen standen.
Plötzlich lösten sich ihre Köpfe vom Rest ihrer Körper und gingen zu Boden.
Nadia schrak zusammen, wich zurück, versuchte von Finn wegzukommen, der noch immer ruhig atmend mit erhobenem Schwert neben ihr stand.
Die Braunhaarige konnte sich nicht bewegen, obgleich sie mit aller Kraft versuchte sich aufzurappeln.

Nach einigen Minuten senkte Finn endlich sein Schwert und nahm wieder seine ursprüngliche Gestalt an.
Er blickte zu der verängstigten Nadia. » Leg dich niemals mit einem Nox an. Es wird tödlich für dich enden. «
Noch immer hatte Nadia ihre Augen weit aufgerissen. Noch nie zuvor hatte sie eine solch unglaubliche Macht gesehen. Langsam begriff sie, was gerade geschehen war. Finn war übermächtig und hatte soeben innerhalb weniger Sekundenbruchteile zwei Nox abgeschlachtet.

Nadia wollte nicht mehr darüber nachdenken. Sie wollte zurück nach New Berlin - Einfach nur weg hier. Es war alles zu viel, was hier geschah. Warum wurde sie überhaupt in die Sache hineingezogen?
Nadia fiel zu Boden und schloss die Augen. Sie wollte nicht schon wieder ohnmächtig werden. Verzweifelt versuchte sie bei Bewusstsein zu bleiben, jedoch gelang es ihr abermals nicht.

Finn steckte sein Schwert zurück in die Scheide auf seinem Rücken und schüttelte seinen Kopf. Und so etwas wollte eine Siya sein, dachte er.
Vorsichtig bückte er sich, griff unter Nadias Nacken und Hüfte und hob sie hoch. Er brachte sie zu seinem Wave-Fighter und legte sie, so vorsichtig es einem Krieger eben möglich war, auf den Rücksitz. Kurz darauf sprang auch er hinein, schloss die Glaskuppel und startete den Antrieb.

Kapitel 3

1
Brax imperiales

Nadia erwachte nur langsam und sofort - sie war noch nicht bei Sinnen - jagten schon wieder die Bilder durch ihren Kopf. Sie war einfach nicht in der Lage, ihre Gedanken zu ordnen, da sie nicht einmal wusste, wo sie sich befand.

Ein sanftes Vibrieren rüttelte sie allmählich aus ihrer Trance. Endlich schlug Nadia die Augen auf und versuchte sich aufzusetzen, was ihr jedoch nicht gelang.

Wieder und wieder sah sie den jungen Harry vor ihren Augen. Der schlanke, junge Körper lag leblos auf dem steinigen Boden, auf welchen ihn die Nox Krieger hatten fallen lassen.

Wieder rannen Tränen ihre Wangen hinunter - Nie zuvor hatte Nadia geweint- Nein, immer hatte sie ihre Stärke zeigen müssen.

Nach einigen Minuten wischte Nadia sich die Tränen schluchzend weg und griff nach etwas, woran sie sich mit aller Kraft hochziehen konnte.

Finn der im vorderen Teil des Fighters saß, blickte für einen Augenblick nach hinten, als er Nadias Wimmern vernommen hatte.

Die Braunhaarige setzte sich nun endgültig auf und erkannte, dass sie auf dem Rücksitz eines Wave-Fighters kauerte.

Sie zog ihre Beine fest an ihren Körper und umfasste diese mit ihren Armen.

» Wo sind wir? «, flüsterte Nadia, als sie bemerkt hatte, dass die langen, schwarzen Haare des Piloten wohl zu Finn gehörten.

Ohne sich umzudrehen antwortete der Pilot » Du hast dich gut geschlagen, Nadia. «

» Das habe ich nicht. Du musstest sie für mich töten. «

Finn schmunzelte. » Noch nie zuvor konnte sich ein Siya gegen einen Nox durchsetzen, geschweige denn gegen zwei dieser Rasse. «

Nadia zuckte zusammen und eine Gänsehaut jagte ihren Rücken hinunter.

» Jetzt ist doch ohnehin alle egal. Alles ist vorbei und ich allein bin daran schuld. «, sprach sie wütend und doch unter Tränen.

Finn beschleunigte den Wave-Fighter ein weiteres Mal. Er verstand das Mädchen nicht und konnte ihr keinen Trost spenden, so wie sie es vielleicht von ihm erwartet hätte. Gefühle waren ihm fremd. Finn war nun einmal ein

Nox und schon von Kindesbeinen an hatte man ihn gelehrt, seine Emotionen abzulegen.

Er aktivierte den Navbot und schon wenige Sekunden später schaltete der Fighter auf Wave-Antrieb um und schoss durch das All.

Nadia war in den letzten Minuten still gewesen und das Einzige, was noch von ihr zu vernehmen war, war ihr wimmerndes Schluchzen.

» Wo ist mein Fighter? «, fragte Nadia nach einer Weile. Sie hatte sich zusammenreißen müssen um endlich einzulenken und nicht länger zu weinen. Sie starrte stumm aus dem Fenster und sah den Sternen zu, wie sie an diesen vorbeiraste und immer mehr Quats zurücklegte.

» Wie du ja sicherlich noch mitbekommen hast, bist du nach deinem Kampf zusammengebrochen und so hättest du deinen Fighter ganz sicher nicht mehr steuern können. «

Nadia merkte, dass Finn wohl krampfhaft versuchte zu scherzen, auch wenn es bei weitem nicht seiner Natur war.

» Aber, wo fliegen wir hin? Warum überhaupt haben wir dort nicht einfach gewartet? «

Finn blickte noch immer stur nach vorn, obgleich der Fighter längst vom Autopiloten gesteuert wurde. Nadia hatte in ihm wohl einen Partner gefunden, doch konnte sie sich nicht helfen: In Finns Gegenwart fühlte sie sich einfach nicht wohl. Wenn sie mit ihm sprach, so hatte sie das Gefühl, als spräche sie mit einer kalten Felswand. Es hatte sich bisher nicht ein vernünftiges Gespräch zwischen ihnen entwickelt und so kauerte sie sich noch weiter zusammen und versuchte es sich im allzu harten Rücksitz zumindest ein wenig bequem zu machen,

» Nadia, ich habe soeben zwei meiner eigenen Rasse ermordet oder wohl eher abgeschlachtet. Ich verzichte stets auf Konfrontationen, doch in diesem Falle habe ich vom offenen Kriegsrecht Gebrauch gemacht. Obgleich es deine Aufgabe gewesen wäre, so habe ich für dich die Rache deines Bruders auf mich genommen. Der Tod der beiden Krieger wird recht bald bemerkt werden und wir hatten keinen Grund mehr auf Solbroch zu bleiben. Nun sind wir auf dem Weg zu meiner Heimatwelt.

Wir fliegen zur Brax imperiales – der wohl größten künstlich geschaffenen Sphäre im Universum. «

Nadia zuckte zusammen, als sie seine Worte vernahm. Hatte sich ihr Charakter tatsächlich auf solch eine Weise verändert oder war sie schon immer so schwach gewesen, wie sie sich im Augenblick fühlte? Hatte sie immer nur ihr zweites Gesicht nach Außen gekehrt um der Menschheit zu beweisen, dass sie die wohl beste Kopfgeldjägerin war?

Sie musste sich zusammenreißen und endlich zu ihrer alten Form zurückfinden. Sie hatte gesehen, dass sie ihrem Partner ihr Vertrauen schenken konnte, schließlich hatte er ihren Bruder gerächt.

Harry – hätte sie ihn doch nur ein einziges Mal lebendig sehen können.

Nadia blickte zum Piloten, der unverändert in die Leere starrte. Sein langes, schwarzes Haar war tatsächlich makellos und unter den feinen Strähnen blitze hin und wieder der silbrig glänzende Reif hervor, der vorn wagerecht über seine Stirn verlief.

Sie beugte sich ein wenig vor und musterte zum ersten Mal genauer die ebenfalls silbernen Armreifen, welche Finn an seinen Armen trug.

Sie meinte auch jeweils einen Armreifen bei den Noxkriegern gesehen zu haben, jedoch waren es bei diesen eindeutig nur ein Einziger gewesen und keinesfalls sechs, wie Finn sie trug.

Nadia seufzte leise. » Zur Brax geht es nun also. Was hast du dir bei dieser verdammten Reise nur gedacht, Nadia? Zu Hause hätte ich jetzt einen einfachen Auftrag erledigen können und hätte ein ordentliches Honorar abkassiert. Aber ich musste natürlich die Heldin der Siya werden.

Meinst du wirklich, dass diese Brax nun der richtige Ort für mich ist, Finn? «, fragte Nadia und beugte sich weit nach vorn um wenigstens einen Funken seines Gesichtes von der Seite erkennen zu können.

Finn jedoch sah weiterhin geradeaus und kontrollierte hin und wieder die Anzeigen.

» Es gibt wohl keinen besseren Ort, der dir Sicherheit bieten kann. Du wirst sehen Nadia, die Brax trägt noch einige Geheimnisse in sich. Nur bitte lass dich nicht all zu sehr von ihnen erschrecken. Du musst dort absolute Stärke zeigen, wenn mein Plan aufgehen soll.

Es kann sein, dass du deine Fähigkeiten einsetzen und weit mehr über dich ergehen lassen müssen wirst, als du für möglich gehalten hast. «

Nadia lachte und versuchte die Situation mit gekünstelter Freude zu überspielen, doch Finn konnte sie nicht ein einziges Lächeln abgewinnen.

Nach einer Stille, die Nadia beinahe den Verstand geraubt hätte, da sie wohl mehrere Stunden angedauert hatte, bewegte sich Finn endlich aus seiner Bewegungslosigkeit heraus und machte Anstalten den Wave-Antrieb zu deaktivieren.

Nadia beugte sich erneut vor. » Sind wir endlich da? «

Finn berührte einige Male den Touchscreen und lehnte sich schließlich wieder zurück in den Pilotensessel.

» Beinahe. Ich schalte gleich den Antrieb ab und dann erreichen wir bald die Einflugschneise der Brax. «

Nadia sah erneut aus dem Fenster. Der Fighter schien tatsächlich sein Tempo zu verringern, also würden sie wohl bald in jener Kolonie der Nox ankommen. Noch konnte sie sich nichts unter der Brax vorstellen, doch das würde sich sicher sehr bald ändern.
Erneut berührte Finn den Monitor und umfasste den Joystick. Nadia kannte die Prozedur genau, schließlich flog sie selbst einen Fighter dieses Fabrikats. Noch wusste sie nicht, wie Finn eigentlich an einen Solchen gekommen war, doch sie hätte sicher bald eine Gelegenheit ihn danach zu fragen.
Mit einem leichten Ruck stoppte der Fighter beinahe und schaltete auf Normalantrieb um.

Nadia fuhr zusammen und riss ihre Augen weit auf. Was zum Teufel war das, was sie dort gerade frontal vor sich sah?
Zu allen Seiten lag das offene All, doch unmittelbar vor ihnen baute sich eine schneeweiße Wand auf, die nach oben und unten, sowie zu beiden Seiten kein Ende zu nehmen schien. Dort war rein gar nichts, außer jener Wand, die sich ihnen in den Weg stellte.
Obwohl sie noch einige Quats von diesem abstrakten Bauwerk, falls es sich dabei überhaupt um eines handelte, entfernt waren, konnte Nadia nicht einmal erahnen um was es sich dabei handelte.
Sie waren jedoch nicht die Einzigen, die sich darauf zu bewegten. Einige große Raumkreuzer, alle von der gleichen Bauart, steuerten auf die weiße Wand zu und machten keine Anstalten ihre Geschwindigkeit zu reduzieren.
Alle Kreuzer waren anders als alles, was sie zuvor gesehen hatte. Unglaublich aerodynamisch und gefährlich wirkende Ungetüme aus einem dunklen Material, das lautlos durch den Raum driftete. Die schwere Bewaffnung war nicht zu übersehen und der Antrieb musste von Ionen gespeist werden, so schnell, wie sie sich trotz der enormen Größe durch den Raum bewegten.
» Finn, was bitte ist das da? «, fragte Nadia, die noch immer mit halboffenem Mund ihre Umgebung erkundete.
Finn, der damit beschäftigt war einige Codes zu übermitteln, drehte sich nun das erste Mal seit Beginn des langen Fluges für einen kurz Moment um. » Das Nadia, ist die Brax imperiales. Die Heimat der Nox. «
Doch die junge Kopfgeldjägerin verstand nicht sofort. »Du sagtest, dass es sich um eine Sphäre handeln würde, die der menschlichen Sonne entsprechen würde. «
» So ist es auch. Sieh genauer hin, Nadia. Das, was du hier vor dir siehst, ist nichts anderes als eine überdimensionale, geometrisch perfekte Kugel, die jedoch so groß ist, dass du ihre Krümmung nicht erfassen kannst. Du siehst

die Oberfläche, die sich so weit ausbreitet, dass sie dir als gerade Fläche erscheint. «

Nadia verdrehte ihre Augen. » Ist ja gut, verdammt. Ich hab es ja verstanden. « Finn schüttelte den Kopf. Typisch für Menschen und Siya. Noch immer ließen diese sich von ihren Gefühlen und nicht ihrem Verstand leiten. Dies war schließlich die größte menschliche Schwäche.

Nach einigen Sekunden, in denen immer mehr schwere Schlachtschiffe in Nadias Blickfeld gerieten, setzte Finn das Headset auf.
» Hier Wave-Fighter Alpha one one. Erbitte sofortige Landeerlaubnis. «
Nadia hörte neugierig zu. Hätte sie auf solche Weise mit ihrer Anflugkontrolle gesprochen, so hätte sie wohl einige Startverbote erhalten, doch hier schien es normal.
» Landeerlaubnis erteilt. Priorität eins zugeteilt. Willkommen auf der Brax, Finn D'Arc. Wie wir erfahren haben, so haben sie die Zielperson erfolgreich ausgeschaltet. Ihre Verstärkung jedoch kam um. Die Untersuchung der Vorfälle läuft
bereits. «, sprach eine männliche Stimme aus den Lautsprechern.
Finn drückte den Joystick etwas nach links und steuerte noch immer auf die weiße Mauer, so wie es schien, zu.
» Ich habe von dem Zwischenfall erfahren. Die Untersuchung hat jedoch keine Priorität. Sie werden sich später damit auseinander setzen. «, antwortete Finn karg.
Nadia war mittlerweile doch recht verwirrt über Finns Umgang mit der Anflugkontrolle. » Du scheinst ja ein recht hohes Tier unter den Piloten zu sein. «, sagte sie verwundert.
Wie nicht anders erwartet, antwortete der Ältere ihr jedoch nicht.
Erneut meldete sich der Mann aus der Brax. » Die nächsten Einsatzziele stehen schon bereit. Sie wurden von ihrem Vater persönlich ausgearbeitet und abgesegnet. Die Siya schwinden und ihr nächstes Ziel ist eine weibliche dieser Rasse. Bei ihr handelt es sich jedoch nicht um einen D-Klasse Siya, wie es bei ihrem letzten Auftrag der Fall war.
Nadia Scarbodia ist eine A-Klasse Siya. «

Als Nadias Name fiel, war sie urplötzlich wie versteinert. Obwohl sie nicht verstand, rasten abertausende von Bilder vor ihrem inneren Auge vorbei.
Sie hatte richtig gehört und eigentlich hatte Finn es ihr auch schon zuvor gesagt, Nadia hatte lediglich nicht damit gerechnet, dass es so früh geschehen würde.
Nun wollten sie also die Jagt auf sie selbst eröffnen.

Sie hatte absolut keine Chance gegen all diese Scharen von Nox. Mittlerweile hatte sie begriffen, welche Macht die Nox besaßen und welch ein Imperium sie sich geschaffen hatten. Über neueste Technologie und eine unglaubliche Armada von Schlachtschiffen verfügend waren sie praktisch in der Lage das gesamte Universum zu unterjochen.

Sie musste sich verstecken, zurück nach Hause, einfach nur weg von diesem Ort.

» Verstanden! «, antwortete Finn.

Nadia wurde unruhig. » Finn, dreh ab. Wir – Nein, ich muss hier weg. Los dreh ab oder willst du mich ihnen sofort ausliefern? Du wolltest mich auf der Brax verstecken, aber wie willst du mich schon herein schmuggeln, wenn nun schon nach mir gefahndet wird? «, stotterte die Kopfgeldjägerin beinahe.

» Bleib ruhig oder habe ich dir nicht vor einigen Stunden bewiesen, dass du mir vertrauen kannst? «

Nadia nickte stumm, versuchte sich jedoch weiter in den Sitz zu drücken, um unter keinen Umständen erkannt zu werden.

» Nadia, dir wird nichts geschehen, doch wie ich schon sagte, du wirst vollkommene Stärke repräsentieren müssen. Du wirst dich über all die Dinge, an welche du zuvor geglaubt hast, herabsetzen müssen. Glaubst du, dass du es schaffst dort so selbstbewusst wie noch nie zuvor in deinem Leben hineingehen zu können? «

Was blieb ihr denn schon anderes übrig? Sie war inmitten abertausender von Nox und Finn war wohl die einzige Person, an die sie sich nun noch binden konnte.

» Was hast du vor? Willst du mich verstecken oder soll ich mich ihnen ergeben? «

Finn schüttelte den Kopf, wobei seine silbernen, langen Ohrringe leise klimperten. » Weder noch. Ich habe dir die Geschichte der Nox erzählt, jedoch habe ich ein gewisses Detail bisher verschwiegen, Nadia. «

Kurzerhand wandte er sich wieder seinem Headset zu. » Brax imperiales Kommandozentrale, kommen! «

Nur den Bruchteil einer Sekunde später ertönte eine Stimme am anderen Ende. » Hier Kommandozentrale. Finn D'Arc, wie können wir helfen? «

Finn senkte kurz seinen Kopf und er schien doch tatsächlich nachzudenken, Kraft zu sammeln und sich das erste Mal, seit Nadia ihn nun kannte, unsicher in etwas zu sein. Er atmete kurz durch und richtete sich dann wieder auf.

Er begann zu sprechen, mit jener unglaublichen starken und dominanten Stimme, mit welcher sie ihn kennen gelernt hatte.

» Finn D'Arc, Sohn des allmächtigen Führers der Nox und Nadia Scarbodia
werden nun zu Gate one one fliegen und Parkposition beziehen. Hiermit
kündige ich an, dass Nox Finn D'Arc, Siya Nadia Scarbodia zu der neuen
Integra des Nox Imperiums ernennen wird. «
Auf der anderen Seite herrschte Stille – absolute Stille.
Auch Nadia wagte es nicht einen Ton von sich zu geben. Ihre Kehle schien
zugeschnürt, sodass kein Molekühl der Luft mehr in ihre Lungen strömen
konnte.
Ihre Hände begannen unkontrolliert zu zittern und sie schlug eine Hand vor
ihren weit geöffneten Mund. Ihre Lippen fühlten sich rissig und staubtrocken
an. Zu viel – es war einfach viel zu viel für ihre ohnehin schon so geschundene
Seele.

» Verstanden! «, drang es durch die Lautsprecher.

Nadias Körper brannte vor Wut, Hass, all dem Laster und der unglaublichen
Furcht, die sich in ihr aufbaute. So viel wollte sie sagen, all die Worte schossen
ihr durch den Kopf, doch war sie noch immer nicht in der Lage aus all den
Fetzen ein Ganzes zu bilden.

Mittlerweile hatte sich in der weißen Wand ein großes Loch aufgetan, welches
in der Größe wohl ganz New Berlin entsprach und auf welches Finn
geradewegs zuhielt.
»Mach dich fertig, wir werden in wenigen Minuten
andocken. «, sagte Finn kalt. Ihn schien es nicht sonderlich zu interessieren,
was in Nadia gerade von Statten ging.

Nachdem der Fighter die Barriere passiert hatte und Nadia das Äußere
vorsichtig musterte, fand sie endlich wieder zu Worten.
» Was bitte hat das zu bedeuten? «, stammelte sie leise.
» Ich sagte dir, dass du dich selbstbewusst zeigen musst. Die Integra genießt
höchstes Ansehen bei den Nox und es spielt keine Rolle was oder viel mehr
wer die Integra ist. Ihr gebührt vollkommene Amnestie ihrem vorherigen
Lebensweg gegenüber. Es ist deine einzige Überlebenschance, Nadia. Ich
werde dich zum Schein zu meiner Integra machen und du wirst keine
Probleme mehr haben. «
Nadias Wut stieg ins Unermessliche. Wie konnte er es nur wagen? Dieser
gefühlskalte Pilot, vielmehr der Sohn des Nox Führers – wie konnte er es ihr
nur verschweigen?
» Wie konntest du nur? Was soll ich deiner Meinung nach jetzt tun? Du hast

mich zu etwas gezwungen, das weit über meinen Horizont hinaus reicht. Du verdammst mich zu einem Leben in solch einem goldenen Käfig? Du verdammtes … «

Doch Finn unterbrach sie. » Sei ruhig! Bereite sich lieber auf deine Rolle vor. Für die Nox zählen keine Emotionen. Sie nehmen niemanden aus Liebe oder sonstigen Emotionen zur Frau oder wie ich nun zur Integra. Sie gehen die Bindung aus Wertschätzung deren Fähigkeiten gegenüber ein. Du wirst ab sofort meine Gefährtin sein und ich muss diesen Schritt durch deine Fähigkeiten als Siya begründen. Du hast stark, kalt, erbarmungslos und radikal zu sein. Du musst zu einer Nox werden. «, sagte er bestimmt.

Nadia war von den Worten überwältigt und sie erfüllten sie gleichzeitig mit Schmerz. Dies war nicht ihre Welt. Emotionen waren eine Gabe, die anscheinend keine Selbstverständlichkeit waren.
Doch nun zählte wohl nur noch eins: Ihr nacktes Überleben. Möglicherweise hatte er Recht und sie hatte außerhalb ihres Käfigs keine Überlebenschance – nicht mehr. Sollte sie sich tatsächlich all dem hingeben und ihr Schicksal antreten? Gab es Schicksal überhaupt oder war es tatsächlich der falsche Weg? Sollte sie es versuchen, auf eigene Faust durch das Universum fliehen, auf der Suche nach einem letzten Ausweg – Rastlos, bis sie schließlich von den Nox aufgespürt würde und liquidiert würde?

Nadia blieb stumm und blickte durch das kleine Sichtfenster nach draußen oder vielmehr in das Innere der Brax. Sie fühlte sich in diesen übermächtigen Mauern gefangen. Die Brax imperiales war das wohl größte künstliche Lebensreservoir, das existierte.
Der Fighter steuerte sich nun von selbst, von einem Leitstrahl geführt und strebte immer weiter in das Innere der Sphäre bis er schließlich auf eine große Plattform zusteuerte und dort langsam andockte.
Endlich drehte sich Finn um. Seine Augen schienen mehr als sonst zu funkeln – sie funkelten die Braunhaarige an.
» Es ist soweit, Nadia. Wir sind da. Bist du soweit? Denk immer daran. Hier zählt nur eins: Deine Stärke Anderen gegenüber. «
Die Kopfgeldjägerin, die sie nun schon nicht mehr war, nickte und richtete sich kurz ihren Zopf.
» Schlimmer kann es nicht mehr werden. Also los! Dann lass ich mich jetzt mal zu einem Monstrum machen! «, sagte sie, diesmal jedoch mit derselben Kälte und Kargheit, mit welcher auch Finn zu ihr sprach.
» Sehr gut. «, antwortete dieser und öffnete die Glaskuppel des Wave-Fighters. Mit einem Satz sprang er heraus und Nadia tat es ihm gleich.

Auf der Plattform war ein klarer Weg vorgezeichnet, da Gestalten zu beiden Seiten eine Begrenzung bildeten. In samtene Kutten gehüllt, Kapuzen tragend und mit Schwertern bewaffnet, standen sie einer nach dem anderen an einer Strecke von wohl mehr als hundert Metern aufgereiht.
Finn blickte ein letztes Mal zu Nadia und setzte sich dann in Bewegung. Sein Gang war aufrecht und bestimmt – Es war der Gang eines Prinzen, der er für die Nox war.
Nadia atmete tief durch und nahm all ihren Mut zusammen. Sie ließ sich seine Worte erneut durch den Kopf gehen. Sie musste nun absolute Stärke ihrerseits zeigen und selbstbewusst ihren Weg beschreiten.

Nadia setzte sich ebenfalls in Bewegung, den Blick starr nach vorn gerichtet und lief nun neben Finn her. Sie hatte den Kopf leicht gesenkt, blickte jedoch trotzdem vor, sodass sie bedrohlicher denn je erscheinen musste.
All die Qualen, die sie bisher hatte ertragen müssen, hatten sie stark gemacht und das könnte nun ihr Leben retten.
An jedem Gardensoldaten, den sie passierten, war die Unterwürfigkeit gegenüber Finn zu spüren oder galt sie ihnen Beiden?
Allesamt verbeugten sich kurz, sobald Finn ihre Höhe erreichte.
Nach einigen Minuten erkannte Nadia ihr Ziel. Am Ende ihres Weges warteten einige Personen auf sie. Ihr Herz begann unkontrolliert zu schlagen und sie versuchte beinahe krampfhaft ihr Zittern zu unterdrücken.
Je näher sie kamen, desto besser konnte Nadia die Gestalten erkennen. In ihrer Mitte stand eine junge Frau.
Finn steigerte sein Schritttempo ein weiteres Mal und Nadia hatte Mühe in ihren Pilotenstiefeln dem nachzukommen, doch nach einer weiteren Minute kamen sie endlich zum Stehen und standen nun direkt vor der jungen Frau.
Nadia musterte sie genau und sobald sie von jener erblickt worden war, stockte ihr ein weiteres Mal der Atem. Zum ersten Mal erkannte sie, dass Menschen und Nox sich nicht so ähnlich waren, wie sie zuvor gedacht hatte.
Die junge Frau schien perfekt – ihr Äußeres war noch makelloser als das ihres neuen Verbündeten – Finn.
Lange, rubinrote Haare zierten sie, die glatt über ihre Schultern fielen. Ihre Haut schimmerte und die Augen waren golden.

Auch sie trug die Armreifen, die wohl üblich für die Nox waren – Fünf an der
Zahl.
Sie war in ein Oberteil aus feinen Stoffen gehüllt, dessen dunkle Farbe
abertausende von Facetten aufwies. Die Hose und Stiefel waren denen, die
Nadia trug, jedoch verdächtig ähnlich. Die Hose aus engem Leder umhüllte
diesen göttlichen Körper jedoch mit unglaublicher Geschmeidigkeit – Im
Gegensatz zu Nadia.

Nachdem sich nun Finn und die Frau, deren Äußeres mit einer Gottheit
gleichzusetzen war, ununterbrochen angesehen hatte, wandte sie ihren Blick
urplötzlich auf Nadia und musterte sie.
Beinahe wäre Nadia zurückgewichen, doch innerlich wiederholte sie immer
wieder Finns Mutzusprüche.
Ohne den Funken eines Ausdrucks in ihrem Gesicht, ließ die rothaarige Nox
ihre Blicke über Nadia schweifen. Die goldenen Augen erinnerten die
Kopfgeldjägerin an eine Königin, die vor Jahrtausenden das Morgenland auf
der Erde regiert hatte.
Endlich wandte sie sich ab, sah zur Seite und winkte die Männer, die zuvor
hinter ihr gestanden hatten, weg.
Diese verließen die Plattform und erneut drehte sie sich zu Nadia.

» Mach dir mal keine Sorgen. So kann tatsächlich niemand aussehen. Aber
mein Vater hat vor meiner Geburt einige Simulationen meines Äußeren
durchführen lassen.
Ich gefiel ihm nicht. Seine Ansprüche waren eben zu hoch. Er hat mich
kurzerhand genetisch umstrukturieren lassen, sodass ich seinem gewünschten
Ebenbild entsprach. Da er die Erde und die Menschen genau kannte – war es
doch schon immer ein Spiel für die Nox – wusste er natürlich auch über die
Schönste aller Frauen Bescheid. Cleopatra sollte mein Vorbild sein und so
nahm die Veränderung ihren Lauf. Genetik ist etwas Wundervolles, nicht
wahr? «, sagte sie plötzlich in einem recht warmen Ton und doch erkannte
Nadia sofort die Ironie, die im letzten Teil des Satzes gelegen hatte.
Auch Finn blickte Nadia an und verschränkte seine Arme vor der Brust.
Plötzlich erkannte Nadia diese verblüffende Ähnlichkeit und wusste endlich,
warum ein Mann ein solch makelloses Äußeres haben konnte.
» Hallo, ich bin La Lexa D'Arc, Finns Schwester. Willkommen, hohe Integra. «

Nadia war erleichtert. Sie hatte den ersten Schritt getan und das
Begrüßungskomitee überwunden. Sie konnte von Glück reden, dass es nur aus
Lexa, wie Finn sie nannte, bestanden hatte.

Nun war sie also die Integra der Nox und würde mit Finn und seiner Schwester den Untergrund bilden. Sie würde mit La Lexa Seite an Seite kämpfen und dem Führer dieser tyrannischen Rasse das Leben zur Hölle machen.

Nadia beobachtete, wie sich die Geschwister ansahen und sie vermutete, dass sie gerade in telepathischem Kontakt zueinander standen.

Sie nutzte die Gelegenheit um sich ein wenig umzublicken. Im Inneren der Brax fühlte es sich an, als stände man auf einem normalen Deldalus-Klasse Planeten, ein Planet mit menschenfreundlicher Atmosphäre.

Der Hangar war kein Vergleich zu jenem, in dem sie stets auf New Berlin ankam.

Die Plattform schien recht zentral zu liegen und nach oben und unten, sowie zu beiden Seiten war kein Ende, eine Begrenzung oder Sonstiges zu erspähen.

Hier hätten anscheinend auch die Schlachtschiffe, die sie zuvor gesehen hatte, Platz gefunden.

Abertausende von kleinen Lichtern strahlten sie aus der Ferne an, die höchstwahrscheinlich die Beleuchtung zu den Wohnbereichen war.

» Nadia, wir werden dich gleich zum hohen Rat bringen. Du bist nun die Integra der Nox und wirst demnach in den hohen Rat aufgenommen. «, riss La Lexa sie aus dem Staunen.

Sie winkte einen der Männer heran, die sie wenige Minuten zuvor noch weggeschickt hatte.

Der grauhaarige und recht gebrechlich wirkende Mann überreichte ihr eine kleine Schatulle.

La Lexa entnahm dieser etwas und wandte sich dann erneut Nadia zu.

» Lege diese Armreifen an, bevor du vor den Rat trittst. «, sagte sie und hielt ihr klimpernd eben dieselben Reifen hin, die anscheinend alle Nox trugen.

» Warum tragt ihr diese Reifen? Euer Markenzeichen? «, fragte Nadia und begann sich den Schmuck überzustreifen.

» Dies sind unsere Rangabzeichen. Jeder Nox trägt seinem Rang entsprechend die Reifen und bei dir werden es, wie auch bei mir, fünf sein.

Finn trägt sechs und über ihm gibt es nur noch eine Person, der mehr dieser Symbole trägt.

Demnach sind du und ich in der Rangfolge der Nox an dritter Stelle. Selbst der Rat besitzt an höchster Stelle nicht mehr als vier dieser Reifen, Nadia. «, erklärte die Rothaarige.

Nadia machte es schier wahnsinnig in ihre goldenen Augen zu blicken.

Genetisch verändert – Ihr eigener Vater hatte sie manipuliert und nach seinen

Wünschen geschaffen. Die ethischen Vorstellungen der Nox schienen den Ihren vollkommen fremd zu sein.

Finn stand noch immer dort, beäugte sie etwas misstrauisch und hatte die Arme vor seiner Brust verschränkt.
Sie konnte es noch immer nicht glauben. Die ganze Zeit hatte sie mit dem Prinzen der Nox zusammengearbeitet, doch wie hätte sie es erahnen können? Solche Kälte, die der Ältere ausstrahlte, hatte sie zuvor noch an keinem Menschen erlebt – doch er war kein Mensch.

Noch immer standen die verhüllten Soldaten in Reih und Glied und keiner von ihnen wagte es sich zu bewegen.
La Lexa wandte sich ein weiteres Mal dem Greis zu und ließ sich von ihm ein kleines, bläulich blinkendes Gerät geben, das sie sich sofort in ihr Ohr setzte.
Sie sah Finn an, der kurz nickte. Jetzt wo Nadia ihn näher ansah erkannte sie erst, dass zwischen ihnen beiden ein großer Altersunterschied lag. Er hatte den Körper eines mächtigen Kriegers, den wohl keiner in die ewigen Jagdgründe schicken konnte.

Plötzlich erklang im gesamten Hangar eine Durchsage.
» Diese Nachricht ist auf der gesamten Brax imperiales zu hören. Nun wird die Tochter unseres hohen Führers sprechen, La Lexa D'Arc. «
Sofort schnellten Nadias Augen auf Finns Schwester, die ihren Finger auf ihr Ohr gedrückt hielt.
» Im Namen aller Nox werde ich sprechen – La Lexa D'Arc, Tochter des Führers. Ich gebe bekannt, dass unser Volk die 7987. Integra gefunden hat. Die Integra wird nun dem hohen Rat gegenübertreten und schließlich ihr Amt antreten. Ein Bild unserer neuen, allgegenwärtigen Integra, Nadia Scarbodia, wird nun auf allen Konsolen ausgestrahlt. Mächtige Rasse der Nox, lange haben wir auf diesen Tag gewartet, an dem auch unser junger Finn seine Wahl trifft und ein weibliches Geschöpf zu seiner Integra macht - Nun ist er gekommen. «, mit diesen Worten riss sie sich das Gerät aus dem Ohr und warf es achtlos zu Boden. Ihr Gesichtsausdruck hatte sich verändert und ihre Stimme glich einer hasserfüllten, die ein großes Unheil verkünden wollte. » Verblendetes Volk. Sie ekeln mich an! «, sprach sie und sah zu Boden.

Nadia wusste nicht zu reagieren und entschied sich zu schweigen und auf Finns Reaktion zu warten. Doch anders als von ihr gehofft, sagte er nichts und blieb ebenfalls stumm.
Lang hatte sie gewartet? Diese Worte hatte La Lexa zuvor noch gebraucht.

Waren die Nox denn wirklich so abgekartet, dass Finn noch nie zuvor eine Integra hatte?

La Lexa blickte Nadia an, die mittlerweile den Schmuck der Nox übergestreift hatte.

» Nadia, du musst immer stark und selbstbewusst sein, andernfalls … «, doch Finn ließ seine Schwester ihren Satz nicht beenden.

» Sie weiß bereits alles, was sie wissen muss! «, sagte er erneut in jenem Ton, den Nadia immer und immer wieder einen Schauer übern ihren Rücken laufen ließ. Er sprach mit solch unglaublicher Kargheit und ohne jegliche Emotion.

Lexa blickte ihren Bruder an, doch von geschwisterlicher Zweisamkeit war nichts zu erkennen.

» Nun, gut. Gehen wir, Nadia. Wir werden dich beide vor den hohen Rat begleiten. «, sagte die junge Frau und wies mit ihrer Hand den Weg.

Langsam setzte sich Nadia in Bewegung, war jedoch immer darauf bedacht, ihre Stärke nach Außen zu kehren.

Am Ende der Plattform befand sich eine große Tür, die sich öffnete, sobald Nadia vor dieser stand.

Gleißendes Licht erfüllte urplötzlich den Raum und Nadia kniff ihre Augen fest zusammen um der blendenden Helligkeit zu entgehen.

Sie tat einen weiteren Schritt und befand sich nun auf einer Kreuzung von Gängen. Boden, Wände und die sehr hohe Decke waren ebenso wie die Außenhaut der Brax schneeweiß und leuchteten. Nadia berührte eine der Wände. Es fühlte sich an wie Glas.

Erst jetzt bemerkte das Mädchen, dass sich auf der breiten Kreuzung unglaubliche viele Nox tummelten, doch waren es nur Männer. Nicht eine Frau war unter ihnen.

Als Nadia in ihre Mitte trat, blieben alle ehrfürchtig stehen, verbeugten sich zaghaft oder knieten sogar nieder.

Es war Nadia unangenehm und sie hätte den Männern gern gesagt, dass sie sich erheben sollten, doch Finn sah zornig in die Runde.

Zeig deine Stärke, Nadia! Du musst es Finn und La Lexa gleichtun.

Urplötzlich verfinsterte sich Nadias Gesicht und sie blickte geradezu herablassend auf die Geschöpfe nieder. Der Gedanke, dass diese Wesen ihren Bruder kaltblütig abgeschlachtet hatten half ihr ungemein und in diesem Moment wurde ihr klar: Sie war eine von Ihnen geworden.

Erneut setzte sie sich in Bewegung und folgte Finn, der sich einen Weg durch die Menge bahnte – Dies war auf Grund der zurückweichenden Nox jedoch nur bedingt nötig.

» Die Ratskammer ist nur wenige Schritte vom Hangar entfernt. Wir sind

gleich da. «, hallte es in ihrem Kopf und sofort verschloss sie ihre Gedanken.
Sie war es nicht gewohnt, dass jemand anderes in ihrem Geist umher schlich.

Nach einigen Minuten erreichten die drei einen breiten Gang, der jedoch in
anderen Farben beleuchtet war.
Die Soldaten, welche an den Seiten des Ganges postiert waren, erinnerten sie
an ihre Ankunft im Hangar, doch ließ es sie frösteln, als sie die breite Flügeltür
am Ende des Flures sah. Neben den Türen waren hohe Fackeln aufgestellt, die
den Eingang zu ihrer wohl größten Prüfung markierten.
Finn blieb vor der Tür stehen und drehte sich zu Nadia um.
» Es wird schwer werden, aber falls ich merke, dass du Schwierigkeiten hast,
werde ich dir helfen. «, sagte er, machte Nadia jedoch keinen Mut mit dieser
Aussage.
Mit einer Handbewegung durch die Luft öffnete der Nox die Tür und trat ein.
Die Halle bot zunächst keinerlei Orientierungspunkte, da erneut alles in
strahlendem Weiß gehalten wurde, doch nach einigen Schritten erkannte Nadia
aberhunderte von Säulen, die die gewölbte Decke der Ratskammer stützten.
Zu beiden Seiten saßen einige Männer in weißen Gewändern, die die
Neuankömmlinge neugierig musterten.
Im gesamten Areal waren einige übergroße Stahlskulpturen platziert, die Nadia
um einiges überragten und in einiger Entfernung baute sich eine
halbkreisförmige Mauer auf, die hoch hinaufragte.
Erst bei genauerem Hinsehen erkannte Nadia, dass es kein Wall, sondern viel
mehr ein Pult war. In einiger Höhe saßen Gestalten. Das gesamte Bild
erinnerte sie an einen Gerichtssaal, in welchem sie gerichtet werden sollte.
Gerichtet für ihre Herkunft und ihre Rasse.
Finn breitete seine Arme zu beiden Seiten weit aus, wodurch Nadia den
Bruchteil einer Sekunde zusammen zuckte, sich jedoch schnell wieder fing.
Seine Augen leuchteten blau auf, wie sie es am Abend zuvor getan hatten und
Finn sprach nun mit unglaublich lauter und grollender Stimme, die den
gesamten Raum erbeben ließ.
» Erhebt euch für die Integra der Nox und die Nachkömmlinge des
allmächtigen Führers. «
Sofort herrschte Aufruhr im Saal und die in weiß gehüllten Männer an den
Flanken erhoben sich.
Seit einigen Minuten bereits spürte Nadia, was geschehen würde. Sie hatte vor
Augen, was von ihr verlangt werden würde und sie begann sich zu
konzentrieren um ihre Kräfte zu sammeln.
Unerwartet fühlte Nadia sich sicher – Sie war in der Lage all diese Eindrücke
zu empfangen und zu verarbeiten. Ihre Empathie und Telepathie leiteten sie an

in ihrem Handeln und sie verließ sich nun ganz auf ihre Fähigkeiten, die die Evolution ihr geschenkt hatte.

Finn drehte sich leicht nach hinten, ließ einen Arm sinken, behielt den anderen jedoch weit oben, mit der Handfläche aufrecht liegend.

Nadia verstand sofort und erhob ebenfalls ihren Arm um ihre Hand vorsichtig in die des Älteren zu legen.

Kaum bestand eine Verbindung zwischen ihrer beider Körper merkte Nadia, dass sie ihn zuvor noch nie berührt hatte.

Sofort spürte sie die Kraft, die durch seine Adern und Venen floss. Endlich erkannte sie Finns wahre Stärke.

Langsam setzten sich die beiden Piloten in Bewegung, steigerten jedoch recht zugig ihr Tempo und steuerten mit starren Blicken auf den großen, steinernen Halbkreis zu.

Nadias Blick verfinsterte sich immer mehr.

Innerhalb weniger Augenblicke bestand eine seltsame Verbindung zwischen den beiden Jünglingen. Etwas Düsteres und Verruchtes lag in der Luft und umgab ihrer beiden Körper. Zudem waren sie beide schwarz gekleidet und das Mädchen hätte schwören können, ein Knistern zu vernehmen. Was geschah nur mit ihr? Sie gelangte endlich zu ihrer alten Form zurück und erkannte ihre Umgebung und deren Geschehnisse als das, was sie waren.

Ein Stimmenchaos all dieser Seelen hatte sie schnell geordnet und nutzte es nun für sich.

Sie spürte die Blicke in ihrem Nacken, als sie nach und nach vorwärts schritt.

Nach einigen Minuten – der Weg schien einfach kein Ende zu nehmen – näherten sie sich endlich dem Halbkreis, auf dem der hohe Rat der Nox thronte.

Doch etwa dreißig Meter vor dem hohen Wall stoppte Finn und hielt inne.

Sein Arm löste sich von Nadia und er senkte seinen Kopf, bis er schließlich auf einer Seite niederkniete und sich tief verbeugte.

Sofort tat Nadia es ihm gleich und erweiß dem obersten Ratsmitglied ihre Ehre.

Im gesamten Saal herrschte Stille und Finn verharrte bewegungslos am Boden, der sich kalt und hart anfühlte.

Nach ewig währender Zeit erfüllte eine Stimme den Raum. Nadia schrie innerlich auf. Es war keine menschliche Stimme, so unglaublich grollend und tief drang sie vibrierend in ihr Ohr.

» Willkommen, mein Sohn! «, sprach die Gestalt und die Stimme hallte noch Sekunden später im Raum wider.

» Hallo Vater. «, sagte Finn beinahe flüsternd und erhob sich langsam wieder.
Nadia richtete vorsichtig ihren Kopf auf und stand ebenfalls langsam auf.

Sie blickte zögernd auf und sah in der Mitte der Ratsmitglieder einen
übermächtig wirkenden Mann. Er schien deutlich über zwei Meter groß zu sein
und seine Schultern waren breiter als die eines Kyrianers.
Er hatte schwarze Haare und sehr blasse Haut. Seine Augen funkelten in
einem bedrohlichen Violett und waren auf Nadia gerichtet. Sofort erkannte sie
sieben goldene Armreifen und es bestand kein Zweifel, dass es sich bei diesem
Mann um den Führer der Nox handelte.
» Das dort ist also die neue Integra – eine Siya «, brachte einer der Männer des
Rates gehässig heraus.
Finn, dessen Augen noch immer deutlich blauer als üblicherweise strahlten,
sahen sofort hinauf.
» Seit ruhig Athan. Ihr kennt die Rangordnung der Nox und ihr seid eindeutig
nicht in der Position euch auf diese Weise über die Integra zu äußern. «,
raunte Finn ihn an.
Doch plötzlich meldete sich ein anderes Mitglied zu Wort. Seine Stimme ließ
Nadia einen erneuten Schauer über den Rücken laufen. Er sprach zischend
und es erinnerte sie an eine Schlange, die gerade ihre Drüsen mit tödlichem
Gift füllte um jeden Moment zuschlagen zu können.
Er beugte sich leicht vor und beäugte Nadia mit seinen Augen, die sich zu
feinen Schlitzen verengt hatten.
» Mit Sicherheit nicht, verehrter Finn D'Arc, doch wissen sie sicherlich selbst
aus welchen Gründen der Prinz der Nox seit eh und je ein weibliches
Geschöpf zu einer Integra macht. Es ist altes Nox-Recht und darf nicht
gebrochen werden.
Ich kann mir seltsamer Weise nicht vorstellen oder es mag mir einfach nicht in
den Sinn kommen, wie ihr auf die abwegige Idee kommen konntet, dass diese
Integra Siya Fähigkeiten vorweisen kann, die den Nox genügen könnten. «
Finn sah zu Boden, lächelte leicht und strich sich eine Strähne aus dem
Gesicht.
» Ich versichere euch, dass ich das Nox-Recht kenne und eingehalten habe. «

Nadia hielt währenddessen ihre Augen geschlossen. Sie wusste, was sie zu
erwarten hatte und nun würde sie ihre gesamte Kraft brauchen.
Plötzlich sprang der Nox hoch und ging auf dem Podest nieder. Er war in der
Hocke und seine Augen leuchteten violett auf. Sein Gesicht verfinsterte sich
und glich dem einer blutrünstigen Bestie.
Wie in Raserei verfallen schrie er: » Davon werde ich mich selbst überzeugen,

mein lieber Prinz. «

Finn riss seinen Kopf zu Nadia hinüber und sah wie der Nox Älteste seinen Arm ausstreckte und urplötzlich eine der massiven Stahlstatuen laut ächzte. Einige Sekunden später wurde sie vom Boden gerissen und flog auf die zierliche Nadia zu, sodass selbst Finn nicht mehr in der Lage war, diese abzubremsen.

Athan war ein mächtiger Nox spiriti, der dazu in der Lage war mit seinen Gedanken beinahe jeden Gegenstand von jeder Größer sich zum Untertan zu machen.

Doch just in diesem Moment öffnete die Braunhaarige ihre Augen, die glühend aufflammten. Ihre Haare wurden abermals hochgerissen und sie blickte auf. Einige der Ratsmitglieder schreckten auf, verfolgten jedoch weiterhin den Weg des Stahlkolosses, der unaufhaltsam auf Nadia zuraste.

Wenige Meter vor ihr prallte dieser, wie von einer nicht sichtbaren Wand aufgehalten, jedoch ab. Der Nox Älteste zog beiden Augenbrauen hoch, versuchte mit seiner ganzen Kraft den Stahl zu kontrollieren, doch Nadia breitete ihr Arme aus und der Raum wurde von einer gewaltigen und flammenden Druckwelle erschüttert.

Die Statue wurde in die Höhe gerissen und jagte auf den Nox zu, der Unheil verkündend aufschrie und wenige Sekundenbruchteile später von der massiven Stahlmasse getroffen wurde. Gemeinsam setzten sie ihren Weg durch den Saal fort und schlugen schließlich mit der Geschwindigkeit einer rasenden Pfeilspitze in der Wand ein, sodass ein ohrenbetäubendes Splittern und Krachen die Halle erfüllte. Stahl wurde aus der Wand herausgeschleudert und urplötzlich war es wieder still.

Nadia sprang in die Höhe und verharrte dort einige Meter über dem Boden. Sie griff nach der Statue, die einige hundert Meter von ihr entfernt schien. Der Stahl ächzte erneut und fiel letztendlich zu Boden.

Nun landete auch Nadia wieder auf dem Boden, ihre Augen jedoch standen weiterhin in Flammen. Sie hatte das Ratsmitglied umgebracht.

Sie blickte hinauf und sprach langsam und deutlich. » Ihr solltet mich nicht unterschätzen, hoher Rat der Nox. Ich bin eure Integra und euer Prinz Finn D'Arc hatte seinen Grund mich zu einer solchen zu erheben. «

Finn hatte keine Miene verzogen, doch gab es zuvor keinen Moment, an dem er so verwundert – beinahe erschrocken – über etwas war, wie in just jener Sekunde.

Wie konnte dieses Mädchen nur solche Kräfte entwickeln, die doch tatsächlich in der Lage waren einen Nox Ältesten des hohen Rates in seine Schranken zu weißen, ihn gar umzubringen?

Nadia überschritt die Skala der üblichen Siya Einordnung, die von den Nox
entwickelt wurde.

Im gesamten Raum war eine unglaubliche Spannung zu spüren. Wachen,
Zuschauer und der Rat der Nox strahlten mit ihrer Aura so stark, sodass Nadia
beinahe nicht mehr in der Lage war all dies zu ordnen.
Sie machte sich auf einen vernichtenden Gegenschlag gefasst und war bereit
sich zu verteidigen, ja um ihr Leben zu kämpfen.
Seit sie die Reise in den Sin Mara Graben angetreten hatte, waren ihre Kräfte
unglaublich schnell, beinahe exponentiell gestiegen und hatten sich
weiterentwickelt. In ihrer Heimat hatte sie nicht einmal daran gedacht ihre
Kräfte auf solch eine Weise einzusetzen, doch war sie nun zu Anderem, zu
Neuem fähig.

Der Nox Führer erhob sich langsam von seinem übergroßen Thron. In seinem
Gesicht lag ein Lachen, dass in Nadia jedoch keine Erleichterung, sondern
Ekel hervorrief.
Er blickte sie an und schmunzelte gehässig. » Nadia Scarbodia, unsere neue
Integra, meine Herren. Du hast dich den Nox würdig erwiesen. Eine Siya, die
die Skala überschreitet habe ich noch nie kennen gelernt.
Interessant. «, sprach er langsam.
Von allen Richtungen spürte die Kopfgeldjägerin Blicke, die auf sie und allein
sie fixiert waren. Keiner der anwesenden Nox ließ sie aus den Augen.
La Lexa stand einige Meter hinter ihr und sprach kein Wort. Sie hatte sich nun
seit einigen Minuten nicht vom Fleck bewegt.
Seltsamerweise war Nadia in der Lage einen Teil ihrer Gedanken zu erfassen,
was bei den anderen Nox nicht der Fall war. Sie schien anders als all die
Anderen in dieser Halle zu sein. La Lexa strahlte Wärme und Reife aus. Sie war
nicht berechnend, logisch und kalt vorgegangen, wie es für eine Nox üblich
war, obgleich sie eben dies nach außen ausstrahlte.
La Lexa trug etwas in sich, das sie von einem Nox zu einer niederen
Lebensform degradierte und ihr Leben auf ungewisse Weise in Gefahr brachte.
Ihr stärkster Feind lauerte in ihr selbst und sie musste immer darauf bedacht
sein, dass dieser nicht an die Oberfläche drang – Dies gelang ihr jedoch
erstaunlich gut.
La Lexa D'Arc hatte Emotionen.

Der schwarzhaarige Finn stand ebenfalls noch immer unverändert auf seinem
Platz, hielt die Arme geradezu lässig wirkend in seinen Hosentaschen. Seine
Augen hatten mittlerweile wieder Normalfarbe angenommen – falls man es so

bezeichnen mochte, wo er doch, ebenso wie seine ältere Schwester, genetisch manipuliert wurde – Von seinem eigenen Vater.

Noch immer trug er die schwarze Lederjacke, an deren Kragen der Pelzbesatz prangte. Wie konnte ihn all dies nur kalt lassen? War er seinem Vater und all den anderen Nox wirklich so unähnlich?

Nadia schluckte, als sie sich Finn auf dem Thron des Führers vorstellte und verstand schnell, dass La Lexa es wohl am Schwersten hatte, ihr Fassade aufrecht zu erhalten – selbst ihrem Bruder gegenüber.

» Wie ich sehe trägst du bereits den ehrvollen Schmuck unserer Rasse, obwohl du keine von uns bist. Du wirst die erste Integra sein, die nicht unserer allmächtigen Spezies angehört. «, sprach der große Mann, dessen Unform über und über mit goldenen Applikationen besetzt war und nun einige Schritte auf dem hohen Podest des Rates umher schritt.

Nadia blickte auf, musste jedoch beinahe würgen, als sie ihm direkt in die Augen blickte. Sie wusste, dass er es war, der seinen Bruder auf dem Gewissen hatte. Sie wusste, dass er es war, der all die anderen noch so jungen Siya umgebracht hatte und doch musste sie sich nun zusammenreißen um wenigstens die Leben der noch Verbleibenden zu schützen.

» Mein Sohn wird dich in die Verpflichtungen der Integra einweihen und La Lexa wird dich in den Umgangsformen der Nox unterweisen. Die Brax imperiales wird deine neue Heimat sein und du hast alles Vergangene aufzugeben. Dein altes Leben ist hiermit beendet, Integra! «, führte er mit kalten Worten, mit denen auch sein Sohn sprach, fort.

Mit lautem Poltern stürzten die Überreste der stählernen Statue zu Boden, die Nadia wenige Minuten zuvor noch mit ihrem Geiste durch das Nichts dirigiert hatte.

Nadia wollte ihm antworten, doch Finn trat vor, blickte jedoch nicht auf. » Wir werden uns nun zurückziehen! «, gab er kund und drehte sich schnellen Schrittes um.

Er sah zu Nadia hinüber, die sich ebenfalls ohne ein weiteres Wort in Bewegung setzte und ihm zu einem seitlich gelegenen Ausgang folgte. Die weiß verhüllten Männer, die an den langen Flanken der Ratskammer saßen, sahen sie allesamt an und folgten der Integra mit ihren Blicken, in denen etwas Leeres lag, das Nadia jedoch zusammenfahren ließ.

Hinter sich hörte sie die schnellen Schritte Finns Schwester.

Kaum hatten sie den großen Saal verlassen und waren in einem schmalen Seitengang angekommen, fiel Nadia zusammen.
Ihre Augen wurden mattbraun und ihre Schultern hingen herunter.
Angestrengt fuhr sie sich mit beiden Händen durch ihr Haar und mit einem Mal kam sie wieder zu klarem Verstand.
Sie hatte soeben einen Nox umgebracht und es nicht mal wahrgenommen. Als hätte eine fremde Macht ihren Verstand in Besitz genommen und sie verschlungen.
Schnell wich sie an die Wand zurück und umfasste ihren Oberkörper fest.
Was war nur mit ihr geschehen? Wie konnte sie eine solche Kraft entwickeln und warum hatte sie all dies nicht als das erlebt, was es war?
Sie war Zuschauer einer ihr unbekannten Nadia gewesen, die eine abnorme Macht besaß.
Finn blickte sie an, schien sich über ihren plötzlichen Sinneswandel jedoch nicht im Geringsten zu wundern.
La Lexa wirkte besorgt, wollte gerade zu der Braunhaarigen gehen, doch ihr Bruder hielt sie mit einem kalten Blick zurück.
Obgleich Lexa die ältere der Beiden war, nahm Finn eindeutig die dominante Rolle der Geschwister ein.
» Nadia, zunächst habe ich nicht verstanden, was gerade mit dir geschah, doch nun verstehe ich allmählich.
Du bist viel mehr als eine A-Klasse Siya. Deine Kräfte übersteigen die Skala bei weitem, doch dein junger Körper ist noch nicht bereit eine solche Macht in sich zu tragen.
Du hast ein gewaltiges Problem: Du kannst deine Kräfte, die Jahre in dir schlummerten, nicht kontrollieren. Jetzt wo du dich in Gefahr befindest, sogar gerade angegriffen wurdest, dringen sie an die Oberfläche. Es ist ein Selbstschutz, der eher unterbewusst in dir liegt.
Deine Siya-Fähigkeiten verteidigen ihre Hülle – Dich!
Du kontrollierst nicht deine Kräfte, nein, sie kontrollieren dich! «, sagte er.
» Ach lass mich in Ruhe! Ich bin meiner Fähigkeiten mächtig und ich kann sie kontrollieren! «, fuhr sie ihn gereizt an, doch Finn schüttelte überlegen seinen Kopf. » Nein Nadia. Du zerbrichst an deinen Kräften. Wir werden hart trainieren, damit du diese unter Kontrolle bringen kannst. Du wirst sonst zu einem Risiko für uns und das kann ich mir nicht leisten. «
In Nadia stieg der Zorn hinauf und sie spürte, wie erneut etwas Dunkles in ihr

hinauf quoll, das an die Oberfläche dringen wollte.

» Lass mich in Frieden. Ich bin ein Risiko? Warum hast du mich dann überhaupt zu all dem Dreck hier überredet? Du bist auch nicht besser als dein Vater! «, mit diesen Sätzen noch auf den Lippen drehte sich das Mädchen um und lief, ohne ein Ziel vor Augen zu haben los.

Finn blieb dort mit regungslosen Gesichtszügen stehen, zog herabblickend beide Augenbrauen hoch und schüttelte erneut seinen Kopf.

La Lexa hingegen sah ihren Bruder zornig an und machte sich dann schnellen Schrittes auf den Weg Nadia zu folgen.

In all dem kalten und toten Material und unter all diesen gefühlstoten Wesen, die an Nadia vorbei schlichen, spürte sie Lexa sofort, als diese sich ihr näherte.

Sie war wie ein Lichtblick, ein einzelner Funken in der Brax, der noch nicht aufgegeben hatte und sich dem Prinzip der Anti-Ethik und dem morallosen Leben unterworfen hatte

» Nadia, warte. Wegrennen hat jetzt auch keinen Sinn! «

Sofort blieb sie stehen und drehte sich um, wollte Finn verachtende Blicke zuwerfen, doch sie erblickte nur La Lexa, die anscheinend ihren Bruder zurückgelassen hatte.

» Du darfst nicht alles was Finn sagt auf die Goldwaage legen. Er hat sich noch nicht aus seinem Käfig befreit, doch ich bin zuversichtlich. Doch in einem Punkt hat er Recht. Du brauchst das Training um von dem, was tief in dir verborgen ist, nicht in gefährliche Situationen gebracht zu werden. «

Nadia sah auf. » Von dem was in mir liegt, Lexa? Du weißt wovon du sprichst, nicht wahr? «

Lexa zuckte bei Nadias Worten zusammen und blickte sich zögernd um.

» Nicht hier Nadia! Ich denke, dass ich dir nun dein Quartier zeigen werde. «

Das Gesicht der Braunhaarigen verfinsterte sich und schien sichtlich enttäuscht. Hatte sie doch nun damit gerechnet endlich frei sprechen zu können, da dies mit Finn einfach nicht möglich war.

Doch Zeit zum Nachdenken wurde ihr wie so oft nicht gewährt. La Lexa hatte sich ohne ein weiteres Wort in Bewegung gesetzt und lief einen langen Gang hinab.

Nadia sollte ihr besser folgen, schließlich schien ihr hier jeder der langen Flure ein und derselbe zu sein und alleine würde sie, die Integra, sich verlaufen – Grotesk!

Schnellen Schrittes setzte sie sich ebenfalls in Bewegung und folgte La Lexa und erneut machte sie die Bekanntschaft mit der vollkommenen Unterwürfigkeit der Nox.

Die Tatsache, dass andere Lebewesen sich ihr unterwarfen und vor ihr
niederknieten war jedoch nicht das Einzige was ihr Sorgen bereitete.
Seit Nadia die Brax imperiales betreten hatte, war sie nicht einer einzigen,
bürgerlichen Frau begegnet und sofort rauschten erneut Finns Worte durch
ihren Kopf. ‚Frauen tragen keine Namen, sondern Nummern'. Sollten die
Frauen auf der Brax denn tatsächlich …?

» Nadia, hier entlang, bitte! «, sagte Lexa und wies den Weg in einen der Lifte,
die sich hinter jeder zweiten Tür zu verbergen schienen.
Sofort folgte die Integra ihr und die weißen Schiebetüren schlossen sich hinter
den Beiden.
» Wie kannst du dich hier nur orientieren, Lexa? «, fragte sie und besah sich
den sterilen Aufzug, der sogleich seine Fahrt mit hoher Geschwindigkeit
aufnahm.
Die rothaarige, junge Frau blickte auf und lächelte – Eine Tatsache, die schon
allein durch ihre Existenz paradox und vollkommen abwegig erschien.
» Nachdem du dein gesamtes Leben hier gelebt hast, fällt es dir irgendwann
nicht mehr schwer die wichtigsten Wege zu kennen. Die Brax ist so
unglaublich groß, dass es wohl niemand schaffen würde jeden Gang einmal zu
betreten. Mach dir keine Sorgen, es wird dir bald leichter fallen dich zurecht zu
finden, Nadia. «
Die Angesprochene nickte nur und spürte, wie sich allmählich Druck auf
ihrem Trommelfell aufbaute. Schnell schluckte sie einige Male um dem
auszuweichen. Sie blickte auf die Anzeige des Liftes und war erschrocken, als
sie sah, dass sie in der letzten Minute wohl mehr als siebzig Kilometer
zurückgelegt hatten.
» Wo liegt denn mein Quartier? «, fragte sie kurzerhand um einer weiteren,
peinlichen Stille einen Strich durch die Rechnung zu machen.
» Du bekommst selbstverständlich eine Außenkabine. Nur die
Führungsoffiziere der Nox erhalten eine solche – Schließlich leben wir in einer
Kugel. «, lächelte sie erneut.
Nadia tat es gut wieder jemanden lachen zu sehen, war es ihr doch durch Lexas
Bruder so fremd geworden.
» Zuvor waren wir auf der Kommandoebene, wie du ja sicher bemerkt hast:
Dort ist der hohe Rat, die Kammern der Abgeordneten und die
Kommandozentrale der Brax untergebracht. Wir befinden uns nun auf dem
Weg zur einer der Wohnebenen und ich bitte dich nicht zu erschrecken. «

Erschrecken? Warum sollte sie sich nun noch erschrecken? Konnte es denn
tatsächlich noch schlimmer kommen? Hatte all das denn nie ein Ende?

Schließlich hatte sie soeben einen Nox umgebracht und hinzu kam noch, dass es ein Ratsmitglied war.

Vielleicht hatte Finn ja tatsächlich Recht und sie war nicht sie selbst gewesen? War sie ihrer Kräfte tatsächlich nicht mehr Herr und kontrollierten diese sie nun?

Falls er wirklich Recht behalten sollte, so musste sie hart daran trainieren, doch würde sie dies auch ohne seine Hilfe schaffen.

Endlich stoppte der Lift und die Türen öffneten sich. Sofort schlug Nadia ein altbekannter Geruch ins Gesicht. Doch es war nicht nur der Geruch, der ihr unheimlich bekannt vorkam – Auch das Aussehen der Umgebung schien ihr vertraut. Die Gänge waren nicht mehr hell erleuchtete, sondern aus robustem Stahl.

Es war wie in ihrer Heimat, auf New Berlin.

Anders als bei ihrer Ankunft auf der Brax betrat Nadia die Gänge nun freudiger, kam ihr doch alles so bekannt und vertraut vor.

Schnell verließ sie den Lift und besah sich ihrer neuen ‚Heimat', falls man es so bezeichnen mochte.

Sie musterte die Gänge, die auf der Wohnebene recht dunkel und nur spärlich beleuchtet waren.

Lexa verließ den Lift und betrat den Menschenleeren Gang als erste. Nadia folgte ihr sofort darauf und gemeinsam liefen sie durch die stillen Flure der Brax.

Nach und nach wurden diese jedoch immer breiter und in einiger Entfernung erkannte Nadia erneut eine breite Kreuzung, auf welcher sich einige Personen umhertummelten.

Als sie jedoch näher kam, kniff sie ihre Augen zusammen um besser zu erkennen können, was sich dort abspielte. Sah sie richtig?

Kaum hatten La Lexa und Nadia die Kreuzung erreicht, riss Nadia ihre Augen erschrocken auf und sah sich um.

Das konnte doch nicht wahr sein, sie musste einfach träumen, das war schier unmöglich.

Wie konnte eine Rasse intelligenter Wesen nur zu so etwas Tyrannischem und Grausamen fähig sein?

Zum ersten Mal sah Nadia Frauen auf der Brax, die jedoch zu etwas unglaublich Unmenschlichem degradiert worden waren.

Allesamt waren kahl geschoren und liefen leicht geduckt umher. Einige trugen blaue Flecken an ihren Körpern.

Als einige von ihnen Lexa erblickten, kamen sie freudig auf diese zugelaufen und begrüßten sie und auch Lexa schien die Anwesenheit der geächteten Geschöpfe zu genießen.

» Hallo, alle miteinander. Schön euch zu sehen. Geht es dir gut, Mariam? «, sprach sie freudig zu einer der Frauen, die ein dunkelblaues Kleid trug und sie zuvor umarmt hatte.

Endlich begriff Nadia, wie weit der Untergrund schon vorgedrungen war. Finn hatte ihr davon berichtet und es schien logisch, dass sich Lexa und Finn für die Frauen der Nox einsetzten. Anscheinend bestand ein freundliches Verhältnis zwischen ihnen, da die beiden Nachkommen des Nox Führers die Einzigen waren, die jene Frauen für voll nahmen und ihnen den nötigen Respekt entgegen brachten.

Nach einigen Minuten wandte sich Lexa jedoch zu der etwas abseits stehenden Nadia um.

» Ich möchte euch jemanden vorstellen. Nadia, unsere neue Integra. «, sagte Lexa freudig.

Diese trat einige Schritte vor, wollte sie sich nicht in deren Mitte drängen, doch als die Gruppe von Frauen Nadia erblickt hatte, sahen alle erschrocken auf, warfen sich danach jedoch sofort zu Boden und blieben zitternd liegen.

Nadia wich einige Schritte zurück, war es doch diese Tatsache, die ihr am meisten Angst und Schmerz bereitete. Sie war auch nur eine gewöhnliche Kopfgeldjägerin, war wohl eher weniger wert, als diese anständigen Frauen, die sich in dieser Sekunde ihr zu Füßen warfen und sie verehrten.

Wie konnte ein Regime nur eine solche Macht ausüben um eine Minderheit, die nicht einmal eine war, auf solche Weise einzuschüchtern und zu unterdrücken?

Nadia wich immer weiter zurück bis sie schließlich eine kalte, stählerne Wand in ihrem Rücken spürte, der Dank ihrer spärlichen Bekleidung, frei lag.

Lexa schien mit der Situation recht überfordert, wusste sie doch, was im Inneren dieser Frauen vorging.

Eine Frau führte auf der Brax ein Leben, dass seit Jahrtausenden vorgezeichnet und vorbestimmt war. Einen Ausweg gab es aus dieser Misere nie, es sei denn man gehörte dem Geschlecht des Führers und seiner Familie an.

La Lexa blickte auf die Geschöpfe hinab und riss sich zusammen bei dem Gedanken, dass sie jene Kleider, jene Lumpen, die ihren letzten Funken der Weiblichkeit wahrten, Tag für Tag trugen und in diesen ihre letzte Ausdrucksmöglichkeit sahen.

Nicht selten nutzten sie diese zudem um ihre Male des Missbrauchs und der Gewalt zu verdecken und um ihre Schwäche nicht preisgeben zu müssen.

Die übliche Strafe auf der Brax war noch immer die pure und reine Gewalt.

Bei dem geringsten Vergehen oder dem nicht Gefallen ihrer Männer wurden
sie mit den alltäglichsten Gegenständen geschlagen und misshandelt.
Eine volle Haarpracht war ihnen schon seit Ewigkeiten nicht mehr erlaubt, da
diese eine Art des Ausdrucks von Stolz und Selbstbewusstsein waren konnten.
Schnell fuhr sich Lexa mit ihrer Hand durchs Gesicht um sicher zu stellen,
dass sie keine Träne vergoss.
In ihrer Kindheit hatte sie einige Male bei einer heimlichen Freundin
übernachtet und war von den Lebensverhältnissen der Frauen schockiert
gewesen.
Einen Lebensstandart hatten sie noch nie besessen und in naher Zukunft
würde sich mit Sicherheit auf keine Gelegenheit dafür bieten.
Sie sah zu der braunhaarigen Kopfgeldjägerin hinüber und wusste, dass in
dieser ein völlig anderer Konflikt von Statten ging, bei welchem sie ihr gern
beigestanden hätte.

Die Integra stand noch immer an der Wand, wusste keinen Ausweg aus der
Situation.
Wie konnte Nadia es nur verantworten, dass sie diesen Frauen Leid bereitete?
Sie war eine Kopfgeldjägerin und demnach wohl eher der Abschaum, der
deren Leid auf sich zu nehmen hatte.
» Steht bitte auf! Nadia ist eine Freundin von Finn. Ich bitte euch meine
Freunde. Steht wieder auf! «, versuchte Lexa die Frauen zu besänftigen, jedoch
gelang ihr dies nur bedingt, als sich ein Bruchteil der weiblichen Nox
allmählich erhob und Nadia ansah.

Sie war die Integra und sie hatte ihre Pflichten zu erfüllen. Auch wenn es nicht
die waren, die die Nox für sie vorgesehen hatten, so hatte sie nun die Last der
Integra zu tragen.

Sie atmete kurz durch und stemmte sich von der Wand ab um sich der, noch
immer auf Knien verharrender Gruppe, zu nähern. Vor diesen angekommen
kniete sie ebenfalls nieder und streckte einer der Frauen, die ängstlich aufsah,
ihre Hand entgegen.
Sie senkte ihren Kopf und sprach mit leiser Stimme, die jedoch auch alle
anderen vernehmen konnten.
» Bitte, nimm meine Hand und steh auf. Ich bin nicht mal eine Nox. Ich bin
Nadia Scarbodia, eine einfache Kopfgeldjägerin, eine Siya, die von eurem Volk
verachtet wird. Mein Bruder wurde vor meinen Augen von zwei Nox Kriegern
umgebracht und ich soll eine Person sein vor der du niederkniest? «
Nach kurzem Zögern blickte die Frau schließlich ganz auf und legte zaghaft

ihre noch immer zitternde Hand in Nadias und stand gemeinsam mit dieser
auf.

Noch immer wurde Nadia von allen Anwesenden wie versteinert gemustert
und genau in Augenschein genommen, doch nach einigen Minuten der Stille
drängte sich eine der kahlen Nox aus der Gruppe hervor und stand schließlich
vor Nadia.

Sie hätte ihre Mutter sein können und trotzdem hatte sie zuvor noch vor ihr
gekniet.

Plötzlich trat sie einen Schritt auf Nadia zu und legte fest ihre Arme um sie.

Die Integra zuckte zusammen, war es doch unbeschreiblich.

Nadia konnte sich nur an ein einziges Mal erinnern, an dem sie auf solch eine
Art umarmt worden war.

Es war schon Jahre her und doch erinnerte sich mit jedem Detail an diesen
Abend, als sie ihre Mutter das letzte Mal zu Gesicht bekam.

Sie konnte nicht anders, als ihre Augen zu schließen und das wohlig warme
Gefühl in Körper in Besitz nehmen zu lassen. All die Erinnerungen rauschten
durch ihren Kopf und sie sah nur noch eine einzige Person: Ihr Mutter, Calla
Scarbodia, wie sie lächelnd über Nadias Bett gebeugt stand und ihr einen Kuss
auf die Stirn des Mädchens gab.

Wenn sie wüsste, was heute aus ihrer Tochter geworden war, so würde sie sich
mit Sicherheit schämen.

» Das würde sie nicht, Nadia. «, sagte die Nox und ließ von ihr ab.

» Aber, was? «, stotterte die noch immer vollkommen in Gedanken versunkene
Integra der Nox.

» Nicht nur unsere Männer haben die Fähigkeiten der
Nox. «, sagte sie und funkelte Nadia an.

Nadia schmunzelte ebenfalls. Ihre Umgebung färbte sich orange und schien,
wie eine Wasseroberfläche, die von einem Stein getroffen wurde, zu pulsieren
und Wellen zu schlagen.

» Und nicht nur Nox haben besondere Fähigkeiten. «, sagte sie in Gedanken,
welche im Kopf der Frau widerhallten.

Sofort lächelte sie verschwörerisch. » Willkommen unter den Frauen der Nox,
Nadia. Ich bin 8.8.9.0.0. oder Maii, wie mich meine Freundinnen nennen. «,
sagte sie und griff an ihre Schürze um sich die Hände vom Boden zu säubern.

» Wir bilden gemeinsam mit La Lexa und dem ehrwürdigen Finn den
Untergrund gegen unsere eigene Rasse. Wie du siehst, seid ihr drei nicht allein.
«, sagte sie.

Nadia nickte stumm und sah dann erneut zu La Lexa hinüber, die ebenfalls

lächelte.
» Ich werde Nadia nun wohl besser ihr Quartier
zeigen. «, sagte Lexa und winkte diese zu sich heran.
Nadia verabschiedete sich mit einem weiteren Nicken von Maii und den
anderen und setzte dann, gemeinsam mit Lexa, ihren Weg durch die Gänge
fort.
» Dein Quartier liegt gleich neben dem Meinem und Finns befindet nur einige
Türen weiter. Wenn du also Hilfe brauchst kannst du uns immer erreichen. «,
sagte sie und öffnete schließlich eine Tür.
Nadia trat nach Lexa in den Raum ein und blickte sich um. Der Raum war im
Gegensatz zu ihrer alten Unterkunft absoluter Luxus, den sie sich als
Kopfgeldjägerin nie erträumt hatte.
Aber obgleich es hell und geräumig war, hatte der Raum, wie beinahe alles auf
der Brax, diese kalte und sterile Atmosphäre inne.
Wie auch auf der Kommandoebene war alles in strahlendem Weiß gehalten,
doch auf dem Weg hatte Lexa ihr bereits erklärt, dass alle Offiziersquartiere so
ausgestattet waren, da es von den Nox geschätzt wurde, keine besonderen und
äußerlichen Einflüsse in ihrem Leben zu erhalten, die sie von ihren Zielen
abbringen und sie auf abwegige Ziele leiten könnten.
Nadia ließ sich schweigend auf dem harten Bett nieder und legte ihre Arme
fest um ihren Oberkörper. Sie fröstelte und es gab nicht einmal etwas, das sie
hätte wärmen können oder das sie aufgemuntert hätte.
Lexa schritt langsam auf sie zu und setzte sich neben Nadia.
» Ich weiß. Es ist schwer seine Gefühle hier zu unterdrücken, doch nach einer
Weile fällt es dir nicht mehr all zu schwer. «
Nadia blickte erstaunt und noch immer ihren Körper umklammernd zu Finns
Schwester herüber.
» DU wirst recht schnell lernen damit umzugehen, Nadia. Die Brax ist ein
kalter Ort, voller Leere, die einen umgibt und doch gibt es Lichtblicke, die dich
manchmal aufatmen lassen.
Finn war mir nie eine große Hilfe, da er seine Gefühle immer unterdrückt. Er
ist für unseren Vater der perfekte Nox und die wohl beste Nachfolge für ihn
selbst. Eigentlich hat er damit auch Recht, doch auch wenn Finn noch keine
eigenständigen Emotionen entwickelt hat, so hat er doch ein eigenes
Verständnis von Moral entwickelt, dass ihn gegen unseren Vater hat auflehnen
lassen.
Wenn du reden willst, du bist hier nicht die Einzige mit Gefühlen, die du
verbergen musst. «, sagte sie und stand auf.
» Danke, Lexa. «, flüsterte die Braunhaarige und kauerte sich in eine Ecke ihres
Bettes.

» Ich muss noch einige Dinge erledigen. Wir sehen uns, Nadia. Ruh dich erst einmal aus.

4 -

Integra Nadia

Lexa schloss die Tür hinter sich und sofort ließ Nadia ihren Tränen, gegen die sie seit sie auf der Brax angekommen war unaufhaltsam angekämpft hatte, ihren freien Lauf.

Sie ließ ihren erschöpften Körper auf das Bett fallen und vergrub ihren Kopf in der schneeweißen Bettwäsche, die fest gespannt war.

Das Leben der Kopfgeldjägerin Nadia Scarbodia war nun beendet, denn nun begann das Leben der Integra Nadia, die in den Diensten der Nox stand, diese jedoch untergrub um einen Funken der Gerechtigkeit, der Moral, der Ethik und all des Guten, an das sie glaubte, zu bringen.

Sie wollte so viel tun, jedoch blieb ihr nur so wenig Zeit um all das, was die Nox verbrochen hatten, zu sühnen.

All die umgebrachten Siya, all die geschundenen Frauen, die mit kahl geschorenen Köpfen und Nummern als Namen vor ihr, der Integra, aus Angst niederknieten.

Sie wurde in eine Welt hineingeboren, die ihr wohl nicht versteht und doch versuchte die junge Kopfgeldjägerin ihr Leben zu fristen, all dies hinter sich zu lassen und unaufhaltsam zu kämpfen.

La Lexa beherrschte es ihre Fassade aufrecht zu erhalten. Manchmal wünschte Nadia sich ihre Fähigkeiten ablegen zu können, wusste sie doch nun, welches Leid sich hinter der Fassade der La Lexa D'Arc verbarg.

Was in Finns Innerem lag, wollte sie nicht ergründen und sie war ein wenig dankbar darüber, dass dieser sich ihr so vollkommen verschloss, hätte sie es doch nicht ertragen können, auch noch seinen Schmerz in sich zu wissen – ihn zu spüren.

Vielleicht gab es tatsächlich ein Schicksal, dass ihren Weg vorbestimmt hatte.

Vielleicht waren ihre übermenschlichen Fähigkeiten ein Geschenk, dass ihr beschert wurde um die Nox aus ihrer Welt zu führen, um sie vor die Wahrheit zu stellen und sie mit ihrem Werk zu konfrontieren.

Vielleicht war sie auserkoren um die letzten Siya zu erretten und ihnen ein neues Leben zu schenken.

Das Leben der Kopfgeldjägerin Nadia Scarbodia war nun beendet, denn nun begann das Leben der Integra Nadia, die in den Diensten der Nox stand.

Integra Nadia.

Kapitel 4

1
Ein Monat – Die Schule des Lebens

Seit Nadias Ankunft auf der Brax war nun schon ein ganzer Monat vergangen, in dem sie viel lernen musste, sich mit Vielem zu arrangieren hatte und in dem sie sehr viel trainieren musste.
Seit nun zwei Wochen hatte sie mit dem Training begonnen ihre Fähigkeiten wieder unter Kontrolle zu bringen.
La Lexa hatte sie in ihre Aufgaben als Integra eingewiesen und sie hatten sich tatsächlich, wie es Finn vorausgesagt hatte, angefreundet.
Finn jedoch sah Nadia nur recht selten, da er häufig Außeneinsätze zugeteilt bekam und deshalb immer seltener auf der Brax imperiales war.
Ihr beider Verhältnis hatte sich in dem letzten Monat nicht gebessert – viel mehr war es schlechter geworden, da der Nox noch immer die Angewohnheit hatte für und nicht mit Nadia zu entscheiden.

Innerhalb eines Monats hatte sich ihr Leben grundlegend verändert und ihre Vergangenheit hatte sie gänzlich hinter sich lassen müssen, obgleich es noch immer ihr größter Wunsch war Kontakt mit Arcane und Noa aufzunehmen, die sie mittlerweile für tot glauben mussten.

Die Brax war eine Festung, die sie recht schnell bezwungen hatte und in der sie sich Dank ihres hervorragenden Orientierungssinnes tatsächlich bestens zurecht fand.
Die Mehrheit der Nox hatte sie mittlerweile als ihre Integra akzeptiert und selbst die Ratsmitglieder, an deren Sitzungen sie nun regelmäßig teilnahm, akzeptierten sie als das, was sie war: Eine Siya.
Wo sie die langen Gänge und die rasanten Lifte auch hinbrachten, überall war sie geachtet und nun ein fester Bestandteil des Regimes der Nox.

Nadia rückte ihre Haare zurecht und richtete sich ihre Armreifen. Es war unausweichlich zu trainieren um ihre Kräfte unter Kontrolle zu halten, doch wohl niemand konnte von ihr verlangen, dass sie das harte Training mit Freude auf sich nahm. Zudem wussten nur die Wenigsten davon – Ihre Schwächen wollte sie den anderen Bewohnern der Brax mit Sicherheit nicht eingestehen und so trainierte sie zu meist nachts in einem der kleineren Areale der Kolonie, die außerhalb lagen.

Nadia schloss die Tür ihres Quartiers hinter sich und machte sich auf den Weg zu einer der Säle, in welchen sie für üblich ihre Übungen mentaler und physischer Natur abhielt.

Zu dieser späten Stunden waren die Gänge zum größten Teil wie leer gefegt und sie traf nur recht selten auf andere Offiziere, die sie nicht selten schräg ansahen, als diese die Integra um jene Uhrzeit noch außerhalb ihrer Unterkunft antrafen.

Mit dieser war sie nach wie vor unzufrieden und von Wohlfühlen konnte bei weitem nicht die Rede sein.

Nadia hatte versucht mit der Situation, mit der Kälte und dem Sterilen, das die Brax immer umgab, abzufinden, doch ihr Inneres sträubte sich noch immer.

Nachts lag sie oft noch sehr lang wach, bevor sie schließlich in einen unruhigen Schlaf fiel, aus welchem sie mehrmals in der Nacht schweißgebadet erwachte.

Ihre Träume führten sie zurück in ihre Heimat, zeigten ihr mehr die Vergangenheit als die Zukunft, die ihr noch bevorstand, doch sie wollte nicht aufgeben und sich von der Kälte der Nox nicht erdrücken lassen. Sie hatte ein Ziel fest vor ihren Augen und dieses wollte sie – komme was wolle - um jeden Preis erreichen.

Die Siya mussten gerettet und die Tyrannen ausgebremst werden, sodass sie nicht noch weiteres Unheil verbreiten konnten und sich das gesamte Universum zu Untertanten und Unterjochten machen konnten.

Der Lift jagte beinahe lautlos durch die feste Struktur der Sphäre und brachte sie zu einer der Trainingsmöglichkeiten, die bei ihr beinahe Nacht für Nacht wechselten.

Lexa war der wohl einzige Grund, warum sie es bis hierher gebracht hatte. Sie gab ihr Kraft, hörte ihr zu und unterstützte Nadia in ihrem Handeln, soweit dies eben möglich war.

Beinahe jeden Abend trafen sie sich und malten sich eine Zukunft aus, in welcher die totale Intoleranz und Anti-Ethik keinen Platz mehr hatten.

Lexa wünschte sich nichts mehr, als ihr wahres Ich endlich nach außen kehren zu können, doch von diesen Wunschvorstellungen waren sie noch ein weites Stück entfernt.

Die Türen des Liftes öffneten sich und Nadia betrat einen nur spärlich beleuchteten Flur, dem sie einige Minuten folgte.

Sie musste kurz schmunzeln, sah sich dann jedoch sofort um, ob auch wirklich niemand in der Nähe war, der sie bei jenem verbotenem Treiben in flagranti erwischen konnte.

Obwohl sie es sich nicht selbst eingestehen wollte, gab es einen Teil in ihr, welcher den kalten und arroganten Nox Finn D'Arc vermisste.

Er war nun schon wieder einige Tage weg und hatte den Auftrag einen Konvoi von Waffen zur Brax zu eskortieren.

Vielleicht war es eben dieses Kalte und Karge, das in einem solchen Kontrast zu seinen Vorstellungen und Wünschen stand, dass sie in gewisser Weise mochte und an ihm schätzte.

Obgleich er es war, der sie noch immer wie ein Kind behandelte und ihr den Mund verbot, war es eigentlich er selbst, der noch in den Kinderschuhen steckte.

Seine Emotionen und sein Innerstes waren noch nicht bereit an die Oberfläche zu dringen und doch war er für Nadia bewundernswert und sie schätzte ihn. Finn war es, der ihren Bruder gerächt hatte und der es nicht für sich, sondern für sie getan hatte. Er war es, der ihr bei der Suche geholfen hatte und er war es, der sie, wohlgemerkt zu ihrem eigenen Schutz, auf die Brax imperiales gebracht hatte und sie zu seiner Integra, seiner Lebensgefährtin, gemacht hatte. Bei den Menschen hatte eine Beziehung zwischen den beiden Geschlechtern eine grundlegend andere Bedeutung. Als sie jedoch daran denken musste, schüttelte Nadia schnell ihren Kopf, obwohl ihr bewusst war, dass sie ohnehin von niemandem gesehen wurde.

Die Tür, vor welcher sie stand, öffnete sich mit einem leisen Zischen und Nadia trat in den dunklen Raum ein.

Sie trainierte grundsätzlich nicht bei Licht, war es doch eine viel interessante Herausforderung ihre Augen in der Dunkelheit auszureizen und ohne die gleißende Helligkeit ihre Waffen zu schwingen.

Richtig. Seit Anbeginn ihrer Trainingseinheiten übte sie sich in der Handhabung eines Schwertes, so wie es auch Finn tat.

Sie wusste nun, dass das Schwert eine deutlich elegantere Waffe war, als jede Handfeuer Waffe, die keinen Bezug zu ihrem Krieger besaß. Kaltes Metall, das mit moderner Technik voll gestopft war um größtmögliche Macht zu demonstrieren.

Doch das Schwert wurde zu einem Bestandteil des Körpers und die Fertigkeiten, welche man benötigte um eine solche Waffe zu führen, waren bei weitem höher anzusetzen, als jegliche Andere.

Nadia trat weiter in den Raum hinein und die Tür schloss sich hinter ihr. Sie stand nun inmitten des Saales und legte ihre Handflächen vor ihrer Brust aufeinander.

Seit ihrer ersten Begegnung mit dem hohen Rat hatte sie jedes Mal Angst, sobald sie ihre Fähigkeiten nutzen wollte, wusste sie doch nun wozu sie oder viel mehr ihre Kräfte in der Lage waren.

Nach den Wochen des Trainings hatte sich ihre Situation nur mangelhaft gebessert und sie neigte hin und wieder zu Wut Exzessen, die besonders häufig bei der Anwendung ihrer Siya-Fähigkeiten zu Stande kamen und sie schier in den Wahnsinn trieben.

Vorsichtig schloss sie ihre Augen und begann sich zu konzentrieren. Nadia durfte nicht schon wieder all ihre aufgestaute Wut und ihren Hass entladen – Sie hatte ihre Kraft kontinuierlich zu steigern.

Doch wie nicht anders erwartet, spürte Nadia, wie es rasend schnell in ihr herauf quoll und sie schon wieder in Besitz nehmen wollte.

Sie versuchte sich zu Konzentrieren und ihre Hände verkrampften sich, doch als sie ihre Augen öffnete, flammten diese bereits wabernd in Rot- und Orangetönen auf.

Sie nahm ihre Umgebung wieder pulsierend und verschwommen war, sah sie nun doch nicht mehr mit ihren Augen, sondern mit ihren Gedanken, die in jeden Winkel des Raumes kriechend vordrangen, bis sie schließlich die gesamte Dunkelheit verbannt hatte.

Ihr Körper zitterte, doch diesmal wollte sie standhaft bleiben und ihren Körper nicht noch ein weiteres Mal dem Ungewissen überlassen, das in ihr hauste.

Sie wirbelte herum, als sie es bemerkte: Eine Ecke im Raum war düster geblieben und eine ovale Form, circa zwei Meter groß, bildete eine schwarze Ellipse, die den grollenden Flammen widerstand und ihrem Geist nicht zugänglich war.

Plötzlich blitzen zwei strahlend blau leuchtende Punkte auf und Nadia schloss wieder ihre Augen. Sie schluckte einige Male heftig, drängte ihre Kraft zurück und verschloss sie mit größter Anstrengung tief in sich.

Hatte sie doch erkannt, was sich dort ihrer Telepathie widersetzt hatte, öffnete sie vorsichtig wieder ihre Augen um sicher zu gehen, dass sie den Raum wieder wahrnahm wie zuvor.

Es war Stockdunkel und das Mädchen atmete erleichtert auf.

Sie streckte ihre Hand in Richtung der hohen Decke aus, welcher kurze Zeit später eine langsame Welle entwich, die, als sie die Lampen der Decke erreichte, diese entzündeten.

Sie drehte sich um und stemmte ihre Hände in ihre Hüfte. Dort an der Wand, lässig angelehnt, stand niemand anderes als Finn, der sie beobachtete hatte.

Sein Gesicht war Dreck verschmiert und seine Kleider waren recht eindeutig in Mitleidenschaft gezogen.

» Was willst du hier? «, fragte Nadia leicht erzürnt und demonstrativ genervt. Finn besah sich das Mädchen noch immer und hatte seine Arme, wie so oft, vor der Brust verschränkt.

» Ich dachte, dass ich mal deine Fortschritte beim Training begutachten könnte, von denen ich jedoch nur recht wenig gesehen habe. «, antwortete der Nox.

Dort war es schon wieder. Entweder er war ein absoluter Sadist oder es machte ihm tatsächlich Spaß Nadia zu degradieren.

Diese jedoch ging nicht darauf ein. » Ich dachte, dass du unterwegs wärest. Was machst du also hier und warum zum Teufel siehst du aus, als wärst du unter einen Flyer geraten – Gerade Du, der allmächtige Nox. «

Finns Gesicht zeigte noch immer keine Regung und schien Nadia unaufhaltsam zu mustern. » Gab ein paar Zwischenfälle. Wir wurden von Sebastianern angegriffen, die uns schließlich zur Landung gezwungen haben. Sie waren deutlich in der Überzahl. Hab sie alle kalt gemacht. «

Kälter als er es ist, war es überhaupt nicht möglich, dachte Nadia.

» Mörder. «, sagte sie mit kalter Stimme, die sie sich mittlerweile angeeignet hatte.

» Hätte ich mich umbringen lassen sollen? «, fragte er provokant.

Nadia rollte mit den Augen und ging schließlich einige Schritte auf ihn zu, bis sie unmittelbar vor ihm stand. Sie sah auf und flüsterte. » Wäre vielleicht besser gewesen. «

Sie wollte sich gerade wegdrehen, als Finn fest ihr Handgelenk fasste und schmerzhaft zudrückte. » Dann hätte die Integra nun keinen Prinzen mehr. «, hauchte er beinahe, sah sie jedoch noch immer voller Eiseskälte an.

Nadia riss sich verwirrt los und versuchte die Situation zu überspielen. Was war nur mit ihm geschehen? Er war so verändert und schien mit ihr zu spielen. Wenn sie es nicht besser gewusst hätte, so käme sie beinahe auf den abwegigen Gedanken, dass in seinen Worten eine Spur von Emotionen gelegen hätte. Als sie ihn erneut ansah, verwarf sie diesen Gedanken jedoch ebenso schnell, wie er ihr in den Sinn gekommen war.

Finn löste sich von der Wand und ging zu einem der Waffenständer, wo er zwei Schwerter zog und eines ein Nadias Richtung warf, welches sie nur mit Not und Mühe fangen konnte.

» Dann lass mal sehen, was du bereits gelernt hast. «, sagte er, beugte sein Bein und erhob sein Schwert neben seinem Gesicht so, dass dessen glänzende Spitze auf Nadia wies.

» Ich kann nicht kämpfen. «, sagte sie.

Finn jedoch, schüttelte den Kopf. » Doch, das kannst du. «

Nadia verneinte mit ihren Blicken, doch in diesem Moment, flammten die Augen des Älteren bedrohlich blau auf und er stürmte auf Nadia zu.

Sie riss ihre Augen weit auf, wollte zurückweichen. Was hatte er vor? Sie hatte keine Chance gegen ihn, doch Finn hielt unaufhaltsam, wie in Raserei verfallen, weiter auf sie zu, bereit die eiserne Klinge der Waffe in ihren Körper zu rammen.

Sie konnte doch nicht – Sie würde sich nicht wehren können – Was sollte sie nur tun?

Doch urplötzlich spürte sie erneut jenes Gefühl in sich, welches sie das erste Mal gefühlt hatte, als sie dem Nox Rat gegenüber getreten war.

In geradezu unheimlicher Geschwindigkeit flammten ihre Augen erneut auf und auch sie erhob ihre Waffe.

Nur wenige Zentimeter bevor Finn sie erreichte, stieß sie sich vom Boden ab und ihr Körper schoss in die Höhe, wo er stumm verharrte.

Das Mädchen war nicht mehr wieder zu erkennen, war sie doch nun im Begriff sich ihren Kräften voll und ganz hinzugeben. Ihr Gesicht hatte sich bedrohlich verfinstert und ihre Haare schienen in einem Wirbel gefangen in die Luft gerissen zu werden.

Ihre Augen füllten sich mit Feuer ihrer Macht und auch sie erhob langsam, jedoch stumm ihre Waffe.

Was in den nächsten Sekunden geschah, ging so schnell von Statten, dass es ein normaler Beobachter wohl nicht hätte in Worte fassen können.

Sie rauschte auf ihren Gegner zu und die Klingen klirrten wild und unbeherrscht aufeinander. Immer und immer wieder traf sich der Stahl unter lautem Scheppern und Ächzen.

Nadia warf sich umher, sprang und wich den Stößen ihres Gegenüber gekonnt aus. Nie hätte sie gedacht den Kräften, welche Finn besaß, zu strotzen, doch es war nicht mehr sie selbst, die das Schwert führte.

Der Kampf ging noch einige Minuten in jener Geschwindigkeit und unaufhaltsam weiter, jedoch ging kein Sieger aus der Auseinandersetzung hervor.

Nach ewig währender Zeit, wie es ihr schien, senkte Finn schließlich seine Waffe, stieß Nadias ebenfalls beiseite und zog sie fest zu sich.

Bevor Nadia verstand, was der Nox vorhatte, hatte dieser seine Hände auf Nadia Schläfen gelegt und drückte seine Stirn fest gegen die Seine.

Nie zuvor war sie ihm näher gewesen und sie sah sich nun direkt den blau leuchtenden Augen gegenüber.

Fest drückte er den seinen Kopf auf Nadias und schloss schließlich seine

Augen. Sie konnte seinen Atem auf ihrem Gesicht spüren, doch in diesem Moment vernahm sie, wie Finn in die tiefsten Regionen ihrer Gedankenwelt vordrang.

Ihr Herz begann wie besessen zu rasen und schlug fest gegen ihre Brust.

Tausende von Bildern rasten an ihr vorbei und sie hatte nicht die Möglichkeit nur ein Einziges von diesen zu erkennen.

Ihr Atem ging schnell und unregelmäßig - Ihr Herz schien jeden Moment zu explodieren und ihren Brustkorb zu sprengen.

Ihr Kopf wurde von unglaublichem Schmerz durchzogen und sie versuchte aufzuschreien, doch ihre Lungen vibrierten unaufhaltsam, sodass kein Wort ihre Lippen verließ.

Sie wollte Finn von sich stoßen, die Tortur endlich beenden, doch ihr Körper gehorchte ihren Befehlen nicht mehr. Noch immer spürte sie, wie Finn sich in ihren Geist drängte, wie eine wilde Bestie immer weiter vordringend, doch –

Nadia riss ihre Augen auf und schnappte keuchend nach Luft. Finn löste sich mit schmerzverzerrtem Gesicht von ihr, stieß sich zurück und beide gingen zu Boden.

Es herrschte absolute Stille im Raum und das Einzige was zu vernehmen war, war das schnelle und unregelmäßige Atmen der Beiden.

Schweißnass versuchte Finn sich aufzuraffen, doch er schien vollkommen niedergeschlagen und erschöpft.

» Was – Was   hast   du   getan ? «, keuchte Nadia.

Finn rang nach Luft, schaffte es schließlich zu antworten. Seine Stimme klang krächzend und rau.

» Ich, ich habe deine Kraft gebändigt. Sie war so unvorstellbar stark und hatte deinen ganzen Körper in Besitz genommen. Ich habe sie verschlossen, tief in deinem Geist, in einem Teil von dir, den nur Du kontrollierst. Ich – Ich habe es geschafft. Du hast wieder die Kontrolle über dich. «, sprach er, noch immer vollkommen außer Atem. Er hielt sich fest den schmerzenden Kopf.

Nadias Blickfeld verengte sich und schwarze Tupfer bildeten sich auf ihren Augen, die ihre Umgebung verschwimmen ließen.

» Danke. «, flüsterte sie und fiel erneut zu Boden, von dem sie sie sich wenige Sekunden zuvor versucht hatte hochzustemmen.

Langsam schlug Nadia ihre Augen auf und sah sich um. Anders als erwartet fühlte sie sich nicht erschöpft und ausgelaugt, sondern frisch und munter.
Sie lag in ihrem Bett, hatte jedoch noch ihre Trainingskleidung an.
Sie erinnerte sich – Finn hatte sie angegriffen und ihre Fähigkeiten hatten erneut die Knotrolle über ihren Körper übernommen. Eine Selbstschutz-Reaktion hatte Finn es genannt. Doch mitten im Kampf hatte er sie zu sich gezogen und war in ihr Innerstes eingedrungen.
Nadias Herz begann erneut zu pochen, als sie sich die Bilder ins Gedächtnis rief. Was hatte sie nur in seinen Augen gesehen? In Ihnen schien ein Herz zu schlagen.
Nadia war sich sicher, dass sie in Finns Augen gesehen hatte, welche Qualen er auf sich nahm.
Sie drehte sich um und lag nun auf der Seite als sie bemerkte, dass La Lexa neben ihrem Bett auf einem Stuhl saß und sie ruhig betrachtete.
» Na? Endlich aufgewacht? «, lächelte sie und beugte sich nach vorn.
Nadia schmunzelte, jedoch war es ihr etwas unangenehm, hatte sie doch das Gefühl, dass Lexa ihre Gedanken erkannt hatte.
War diese überhaupt dazu fähig? Bis heute hatte sie Lexa nicht ein einziges Mal ihre Nox Fähigkeiten anwenden sehen.
Sie konnte demnach nicht wissen, welcher Gattung der Nox sie angehörte. La Lexa war stets auf ihren guten Ton und Umgang bedacht.
Sie war dem Titel einer Prinzessin würdig. Prinzessin – Welch ein Wort. In der Tyrannei, in welcher sie lebten, kam ihr die Bezeichnung ‚Prinzessin‘ vollkommen albern und zugleich absurd vor.
Lexa war eine Lady. Sie schlug nie über die Strenge, war stets zurückhaltend und zuvorkommend. Nadia merkte, wie unterschiedlich die beiden Nox Geschwister doch waren, da Finn eben diese Eigenschaften fehlten.

» Er hat sich nie zuvor auf solche Weise verausgabt, Nadia. «, sagte La Lexa und strich ihr kurz über die Stirn.
Nadia sah auf und kam sich in diesem Moment tatsächlich vor, als wäre sie noch ein Kind. Doch eine Kindheit hatte sie gehabt, war es in der Welt, in welcher sie lebte, ein Privileg.
» Ich verstehe noch immer nicht, was Finn gemacht hat. «
» Er ist wohl der Einzige, der zu solchem in der Lage ist. Ich kenne keinen

mächtigeren Telepathen als meinen Bruder.
Er hat es vollbracht deine Siya-Fähigkeiten, die ebenfalls bei weitem die Regel überschreiten, umzustrukturieren.
Er hat dir keine Kraft genommen, doch hat er dir die Kontrolle über deinen Geist wiedergegeben. «, erklärte die Ältere. Sie war ganze fünf Jahre älter als Nadia und nicht selten kam es ihr so vor, als kannte sie die junge Frau schon ewig – Als wäre sie ihre große Schwester.

Finn und La Lexa D'Arc waren in allem grundverschieden und doch mochte sie beide ungemein. Finn hatte ihr vielleicht das Leben gerettet und das nicht das erste Mal.
Hätte sie die Kontrolle über sich nicht wiedererlangt, so hätte Nadia möglicherweise ihren Körper ganz an dieser Macht verloren.
Erneut blickte Nadia zu Lexa hinüber.
» Er hat dich hierher gebracht, als du ohnmächtig warst, Nadia. Er hat mich sofort gerufen und du wirst es nicht glauben, aber er saß noch eine ganze Weile gemeinsam mit mir hier. «
Nadia sah ungläubig auf. » Sprechen wir vom selben Finn D'Arc? «
Lexa begann zu lachen und Nadia konnte nicht anders, als die junge Frau zu mustern. Wie gern wäre sie so unbeschreiblich schön – Makellos.

Nadia zuckte zusammen, als der Boden begann laut zu vibrieren und er ungewohnt laut zu Donnern begann.
Sie blickte zum Fenster hinüber, konnte jedoch nichts erkennen. Eine Explosion? Ein Angriff?
» Was ist los? «, fragte sie Lexa und stand aus dem Bett auf, dessen Bettwäsche aus Hygienegründen dreimal täglich gewechselt wurde.
Lexas Lachen verstummte und ihr Gesicht wurde ernster. »Du hast ganze drei Tage geschlafen, Nadia. In dieser Zeit haben die Sebastianer den Nox den Krieg erklärt. Ein sehr unkluger Schachzug, wie ich anmerken muss. «
Nadia hatte sich inzwischen ihre Trainingskleidung aus und andere angezogen.
» Krieg? Die Nox ziehen in den Krieg? «
Lexa nickte und stand ebenfalls auf um Nadia zum Fenster des Raumes zu folgen. »Die gesamte Armada der Nox macht sich nach *Seba*, der Heimatwelt der Sebastianer, auf. «
Plötzlich erkannte Nadia, woher das Rumoren der Brax zu stammen schien.
Ein Hangartor, in welches mühelos mehrere menschliche Kolonien hineingepasst hätten, öffnete und eine Unzahl an Schlachtschiffen trieb daraus hervor.
Eines dieser Schiffe war jedoch so unglaublich gewaltig, dass es alle anderen

bei weitem übertrumpfte. Nadia blickte neugierig heraus und legte beide Hände an die Scheibe.

» Die *Fortuna Nox* – Das Flagschiff. Gegen dieses Schiff haben wohl selbst die Sebastianer, die als hoch entwickeltes Kriegervolk in die Geschichtsbücher eingingen, keine

Chance. «

Nadia musterte das Ungetüm genau, kam ihr doch etwas unglaublich bekannt daran vor. Sie begann zu schmunzeln, konnte sie doch nun ihre Fähigkeiten ohne Bedenken einsetzen. Sanft strich sie über das Fester und blickte auf einen Aufbau der Fortuna, der wohl die Brücke sein musste

» Finn ist auf diesem Schiff, nicht wahr? «

Lexa sah erstaunt zu ihr hinüber. »Ja, das stimmt. Woher weißt du das? «

» Ich spüre ihn. «, sprach Nadia, noch immer mit einem sanften Lächeln auf den Lippen.

» Unser Vater verlässt die Brax so gut wie nie. Finn ist der Leiter dieser Operation. Erkenne ich da etwas in deinen Augen, Nadia? «, lächelte Lexa neugierig.

Sofort wandte sich das Mädchen vom Fenster ab und raunte sie an. » Was? Wenn er weg ist, habe ich endlich mehr Zeit mich um meine Pflichten als Integra zu kümmern. «, sagte sie garstig und ging zu einem Spiegel im Raum, in welchem sie ihr Äußeres betrachtete.

» Während des Krieges ist dein Platz auf der Kommandobrücke der Brax, Nadia. Warst du schon einmal dort? «

Nadia schüttelte den Kopf. Sie hasste den Krieg und doch war es wohl ihre Stärke zu kämpfen. Die Menschen hatten nicht sehr oft Konflikte auf kriegerischer Ebene ausgefochten und doch hatte sie Faris mit ihren Kenntnissen immer zur Seite gestanden. Sie war ein Kind, das im Kampf aufgewachsen war und so sehr sie es auch verabscheute, war dies vielleicht die Gelegenheit sich unter Beweis zu stellen.

Sie sah, wie die Schlachtschiffe nach und nach auf Hyperantrieb umschalteten und verschwanden, bis schließlich keines mehr zu sehen war.

» Also los, gehen wir! «, sagte Nadia und ging zur Tür, die sich auch sogleich öffnete. Diesmal herrschte auf den Gängen geschäftiges Treiben und vor den Wandkonsolen befanden sich große Monitore, die beinahe an jeder Ecke in die Wände eingelassen waren und vor welchen sich große Trauben von Nox gebildet hatten, die gespannt auf die Ankunft ihrer Armada auf Seba warteten. Die meisten der Nox nahmen keine Notiz von Nadia und Lexa, so sehr waren sie in die Berichterstattung oder viel mehr die Propaganda vertieft.

Schnellen Schrittes liefen die beiden jungen Frauen in Richtung einer der
Lifte– War Nadia mittlerweile zu einer Frau geworden? Hatten sie all die
Qualen und das Unheil zu einer Frau gemacht? War sie je ein Mädchen
gewesen?
Die Türen schlossen sich und Nadia lehnte sich gegen eine der Wände. Sie sah
an sich herunter und erkannte, dass sie schon wieder komplett schwarz
angezogen war. Ein Shirt, eine enge Hose und ein kurzer Faltenrock. War
solche Kleidung einer Integra angemessen?
Eigentlich waren die goldenen Armreifen der einzige Schmuck, den sie je
besessen hatte und mit diesem fühlte sie sich ungemein weiblich und reif.
» Du bist hübsch, Nadia. «, sagte La Lexa mit sanfter und ruhiger Stimme.
Nadia blickte auf und lächelte verlegen. » Nadia, du bist auf natürliche Weise
schön. Du bist nicht manipuliert und musst zu jeder Tageszeit perfekt sein. Ich
mag es, wie du dich kleidest. Schwarz steht dir wirklich gut und wenn du deine
Haare offen trägst, bist du ein wahrer Blickfang. «, sagte Lexa leise.
Nadia fuhr abwesend durch ihr Haar und besah sich ihr Gegenüber. Sie schien
so glaublich unglücklich und schien sich in ihrem eigenen Körper nicht wohl
zu fühlen.

Die Türen öffneten sich und Nadia verließ den Aufzug, doch wo sie sich
wieder fand, konnte sie mit einem Blick nicht einmal ganz erfassen.
Sie befand sich inmitten eines unglaublich riesigen Raumes, welcher sich über
mehrere Etagen erstreckte. An jeder Seite verliefen lange Balkone, die jede der
Etagen markierten. Selbst auf der unteren Hauptebene befanden sich einige
Zwischenetagen, auf denen unzählige Computerterminals untergebracht waren.
Sie blickte hinauf, versuchte die Galerien zu zählen, auf denen weitere der
Terminals standen, wurde jedoch von den Massen an Personal, die sich im
Raum umher tummelten, abgelenkt.
Frontal blickte sie auf einen Monitor, nein, vielmehr auf eine Leinwand, die
wohl beinahe hundert Meter lang und dreißig hoch war. Auf dieser erschienen
taktische Informationen, Bilder der Schlachtschiffe und aberhunderte
Informationen der Schlacht.
» Integra auf der Brücke! «, brüllte einer der Nox, der eines der Terminals
bediente, stand auf und salutierte.
Sofort verfinsterte sich Nadias Miene und sie schlüpfte wieder in ihre Rolle der
unbarmherzigen Integra. Was sie jedoch nicht erwartet hatte, war, dass im
Raum urplötzlich Ruhe einkehrte. Alle Nox, die zuvor noch umher gerannt
waren oder vor ihren Konsolen gesessen hatte, erhoben sich und salutierten
ebenfalls.
Eine Gänsehaut jagte Nadias Rücken herunter, jedoch ließ sie sich nichts von

ihrer Unsicherheit anmerken. Ihr Blick fiel auf ein breites Podest, das in einigen Metern Entfernung vor ihr lag und auf die Leinwand ausgerichtet war. Auf diesem standen ein gewaltiger Thron, wie sie in schon aus der Ratskammer kannte und einige weitere Sessel. Sie spürte *seine* Anwesenheit und sofort verschloss sie ihren Geist.
Schnell nickte die Braunhaarige und ging auf das Podest zu, dicht von Lexa gefolgt. Die Nox nahmen recht schnell wieder das geschäftige Treiben auf. Nadia trat vor das Podest und verneigte sich kurz. » Mein Führer. «, sagte sie leise. Ungeheurer Ekel und Hass trieb in ihr herauf.
Allein die Anrede eines solchen Mannes, der Verbrechen begangen hatte, die unter keinen Umstand entschuldbar waren, war vollkommen abwegig und doch musste sie gute Miene zu bösem Spiel machen – oder ‚böse Miene', was viel mehr von ihr erwartete wurde.
Der Mann war in eine weit fallende Tunika aus rotem Samt gekleidet und hatte wie auch zuvor sein hämisches Lächeln aufgelegt.
» Nehmt Platz, werte Integra. «, sagte er und wies auf einen der Plätze neben ihm.
Nadia leistete der Forderung stand und setzte sich stumm nieder. Sie sah zu Lexa hinüber, die wie so oft verhalten schwieg.

Auch ihr bot ihr Vater kurze Zeit später einen der Plätze an – Nie hätte sie es gewagt sich ohne Aufforderung zu setzen. Obgleich sie einen Widerstand gegen das von ihm geführte Regime leitete, wagte sie es noch immer nicht ihm zu widersprechen. Wie tief mussten die Wunden sitzen um eine solch integre und starke Frau zu unterdrücken und ihr die Meinung zu verbieten?
Ein Mann in dunkler Uniform lief unaufhaltsam, die Hände hinter dem Rücken gefaltet, vor der Leinwand auf und ab.
» Wann haben wir Kontakt zur Fortuna Nox? «, fragte er karg und doch erzürnt.
Einer der COM-Offiziere meldete sich recht zügig zu Wort und ein Countdown erschien auf der Leinwand. » Wir haben Kontakt in T minus fünfzehn Sekunden, Kommandant. «
Nadia blickte auf die Leinwand und fieberte dem ersten Funkspruch der Fortuna entgegen, war Finn doch der Captain des übermächtigen Schlachtschiffes.

» Bitte, werte Integra. Begrüßt die Fortuna, sobald sie aus dem Hyperraum tritt und ein Funkkontakt möglich ist. «, sagte er Nox Führer und lächelte sie an, wobei sich Nadia beinahe übergeben hätte.
Sie erhob sich und ging einige Schritte vom Podest hinab bis sie vor der

Leinwand zum Stehen kam.

» Drei, Zwei, Eins. Kontakt zu Fortuna Nox wird hergestellt, Kommandant. «
Das Bild flackerte kurz auf und im nächsten Moment erschien die Brücke der
Fortuna. Es war düster und unzählige, kleine Lichter der Konsolen erhellten
den Raum spärlich. Alle Offiziere trugen dunkle, schwere Uniformen und in
der Mitte des Raumes saß ein junger Mann auf dem Sessel des Captain. Sein
Kopf war gesenkt, jedoch erhob er diesen nach einigen Sekunden und stand
langsam auf.

Finns sonst silberne Arm- und Stirnreifen waren gegen Goldene ausgetauscht
und seine Uniform ließ Nadia für kurze Zeit erschaudern. Ein schwerer,
schwarzer Brustpanzer war das einzige Kleidungsstück, das seine Brust
bedeckte. Seine schwarzen Haare fielen wild und schimmernd herunter und
seine Augen waren bedrohlich und doch exakt schwarz umrandet.
Langsam trat er einige Schritte vor und Nadia spürte, wie wohl doch alle in der
Brax Kommandozentrale von diesem Anblick wie versteinert waren.
» Fortuna Nox an Brax imperiales. Die Armada hat der Hyperraum verlassen
und bezieht Stellung. Wie geht es euch, Integra? «, sagte er langsam und doch
unglaublich bestimmt.
Nadia schrak zusammen, als sie merkte, dass Finn ohne Zweifel sie
angesprochen hatte. »Nadia erhob beide Arme nach links und rechts und sah
zu dem übermächtigen Nox hinauf, der nur drei Jahre älter als sie selbst war.
» Ich habe mich erholt. Ich wünsche einen vollständigen Sieg, mein Prinz. Dies
liegt mit Sicherheit auch im Interesse eures Vaters. Mögen die Nox diese
Schlacht für sich
entschieden. «, sprach Nadia so kalt wie nie zuvor und doch hatte ihre Stimme
die gesamte Kommandobrücke der Brax erfüllt.
Dass solche Worte jemals aus ihrem Mund dringen würden, hätte sie bei Gott
nicht gedacht. Sie verdammte sich selbst dafür, dass sie sich diesem Spiel
hingab, doch es war von Nöten um unschuldige Seelen zu retten.

» Wie ihr wünscht, meine Integra. «, sagte er, drehte sich um und ging
schnellen Schrittes zurück zum Captainssessel. » An die gesamte Flotte:
Angriffspositionen beziehen! Planetare Verteidigungsbasen ausschalten und
alles zur Landung auf Seba vorbereiten. Möge die Schlacht beginnen «, sagte er
und die Übertragung wurde beendet.
Stattdessen erschienen Bilder der Flotte, wie sie sich in Bewegung setzte und
unaufhaltsam auf den Planeten zuhielt

Nadia zog es vor stehen zu bleiben um nicht wieder neben jener Person, die sie verabscheute, sitzen zu müssen.

Angespannt verfolgte sie die bewegten Bilder und sah zu, wie die Fortuna ihre Triebwerke startete und seitlich abdrehte.

Die gesamte Waffenphalanx wurde geladen und die mächtigen Pulsargeschosse gaben mehrere Schüsse auf die Planetenoberfläche ab.

Unzählige, kleine Raumjäger strömten aus den Schlachtschiffen und verwickelten die orbitalen Verteidigungsplattformen in Gefechte, die sie schon nach einigen Minuten auf Grund ihrer Überlegenheit für sich entscheiden konnten.

Unruhig lief Nadia auf und ab und besah sich die schnellen Kämpfe, doch immer mehr sebastiansche Schiffe stiegen von der Oberfläche auf und verwickelten nun auch die Schlachtkreuzer in Gefechte.

Auf den Lautsprechern in der Kommandozentrale waren die ständigen Befehle Finns und der Funkkontakt der Flotte zu verfolgen.

Nadia sah, wie die Fortuna von den Sebastianern umzingelt wurde und diese ihre Waffen luden. Sie waren geschickt, nahmen sie ihre Positionen doch eher passiv ein und ließen so keinen Verdacht erahnen. Für die Flotte war es wohl nicht erkennbar, doch Nadia hatte den Schachzug der Sebastianer sogleich richtig interpretiert.

» Integra an die Flotte: Ausweichmanöver Beta Epsilon. Sofort ausführen! «, raunte sie wütend. Ihr Plan musste aufgehen, denn sonst wäre die Fortuna Nox in einer äußerst misslichen Lage und es wäre sogar möglich sie aus dieser Angriffsstellung heraus zu zerstören.

Ihm durfte nichts geschehen, nein, nicht jetzt. Zunächst hatte die Armada nicht reagiert, doch nach einigen Sekunden befreiten sich die Schlachtschiffe aus ihrer misslichen Lage und formierten sich neu, was Nadia für einen kurzen Moment aufatmen ließ.

» Kommandant, stellen sie eine Verbindung zum Flottenführer her! «, sagte Nadia. Dieser sah sie verwirrt an.

» Aber ... «

Nadias Augen flammten für den Bruchteil einer Sekunde auf und sie stemmte ihre Hände in die Hüfte. » Sofort! «, brüllte sie erneut.

Sie spürte die erstaunten Blicke des Nox Führers in ihrem Nacken, jedoch war sie sich sicher, dass dieser nicht eingreifen würde, da Nadia ihre Sache tatsächlich gut machte.

Sie hatte ein geschultes Auge und erkannte Situationen immer gleich auf den ersten Blick, was ihrer jahrelangen Erfahrung als Kopfgeldjägerin zu verdanken war.

Finn erschien erneut auf der großen Leinwand.

» Initiiere Angriffsmuster Scarbodia drei. Die Flotte wird durch diesen Schlag einen Größtteil der Sebastianer bewegungsunfähig machen. «, sagte die Integra und sah Finn unverblümt an.

Dieser antwortete nicht, schien jedoch in seinem Stolz gekränkt zu sein – Besaß er Stolz? War Stolz eine Emotion?

Finn nickte und die Leinwand schaltete wieder auf das Kriegsgeschehen um.

Kaum hatte Nadia ihren Befehl gegeben, drehten alle Schlachtschiffe der Nox bei und steuerten nun frontal auf jene Kreuzer der Sebastianer, zu.

Sie hörte Finns Stimme laut widerhallen und im gleichen Moment entlud die gesamte Armada ihre Waffenphalanxen und schoss all ihre Projektile in Richtung der sebastianschen Flotte ab.

Obgleich Nadia wusste, dass sie Lichtjahre vom Geschehen entfernt war, hielt sie sich schützend eine Hand vor ihr Gesicht, als eine gewaltige Explosion die Sebastianer erreichte.

Mit Entsetzen sah Nadia zu, wie die Massen an sebastianschen Schiffen explodierten und zu zertrümmernden Feuerbällen zerfielen.

Was hatte sie nur getan? Es war *ihr* Befehl, der all diese Sebastianer, die sich gegen das Imperium der Nox aufgelehnt hatten, umgebracht hatte. Wie konnte sie dies nur mit ihrem Gewissen vereinbaren, hatte sie diese Handlungen der Nox doch stets verurteilt.

Was war in sie gefahren und wie sollte sie diese Taten nur rechtfertigen?

» Gut gemacht, Siya. «, sprach Finns Vater im Hintergrund und hielt die Hände unter dem Kinn gefaltet.

Nadia wirbelte wütend herum und funkelte ihn voller Hass und Zorn an.

Wie gern hätte sie ihm in diesem Momente tausende Flüche auf den Hals gehetzt, hätte ihn schlagen können, ihre ganze Wut an ihm auslassen können, doch sie musste sich weiterhin in Zurückhaltung üben.

Noch immer voller Wut, die in ihrem Bauch rumorte, drehte sie sich um verließ hetzend die Kommandobrücke.

La Lexa hatte ihr ungläubig nachgesehen, ihr Vater jedoch hatte keine Miene verzogen und so rannte Nadia durch die Gänge.

Wieder einmal bahnten sich Tränen ungebremst den Weg über ihre Wangen.

Sie rannte und rannte, fuhr mit einem der Lifte, doch sie konnte einfach nicht aufhören unaufhaltsam zu Schluchzen.

Wozu hatte man sie nur gemacht? Sie war gefangen in einem Käfig aus Grausamkeiten und Qualen, die sie allgegenwärtig umgaben, doch um diese zu beenden musste sie weiterhin Gefangene ihres Selbst bleiben.

Kaum hatten sich die Türen wieder geöffnet, setzte Nadia ihren Weg fort bis sie schließlich vor ihrem Quartier stand. Noch immer standen große Trauben von Nox vor den Konsolen und so war sie heilfroh, dass sie von niemandem wahrgenommen worden war.

Sie öffnete die Tür und betrat den Raum, den sie am liebsten verwüsten wollte. Alles was sich in den letzten Wochen in ihr aufgestaut hatte, brach nun heraus und eine Mischung aus Trauer und unglaublichem Zorn erfüllten sie. Sie nahm einige Gegenstände und schleuderte sie mit ganzer Kraft gegen die Wände, der sterilen Kammer, die sie ihr zu Hause nennen *durfte*.

Sie war es, die jenen Befehl gegeben hatte – Was hatte sich nur eingeredet, dass sie den Nox etwas beweisen müsse? Schließlich wollte sie ohnehin nicht mehr allzu lange auf der Brax bleiben, lediglich so lang es eben dauern würde alle Siya zu retten.

Nach einer Weile beruhigte sie sich etwas; hatte sie doch ganz vergessen, dass noch immer die die Schlacht auf Seba tobte.

Schnell lief zu zum Arbeitsplatz ihres Quartiers, setzte sich vor die Konsole und startete die Übertragung.

Mit ihren Händen strich sie apart über ihre Wangen und versuchte sich die Tränen wegzuwischen.

Von der Schlacht im All war nichts mehr zu sehen, doch nun erkannte man die Planetenoberfläche, die in jede Richtung und weit über den Horizont hinaus mit kämpfenden Kriegern übersäht war. Lichtblitze aus den Waffen zuckten in allen Farben hin und her und trafen schließlich einen Soldaten, der danach leblos zu Boden fiel.

Es mussten mehrere Tausend Soldaten auf diesem Schlachtfeld gegeneinander kämpfen, ihre Waffen auf einander abfeuern oder ihre Schwerter aufeinander klirren lassen.

Noch nie hatte Nadia etwas so Unvorstellbares gesehen, das sie in ihren Bann zog, gleichzeitig aber zutiefst schockierte und ihr die Tränen erneut ins Gesicht trieb.

Der Himmel war blutrot und von Wolken bedeckt, die den Ausgang der Schlacht auf ihre eigene Weise ankündigten.

Das Mädchen wurde unruhig, konnte sie in den kämpfenden Massen doch nirgendwo Finn ausmachen, bis sie plötzlich auf dem Monitor sah, wie eine geheure Anzahl von Sebastianern in weitem Bogen in die Luft geschleudert wurden und viele Weitere folgten. Die Druckwelle breitete sich aus, als wäre im Zentrum soeben eine Bombe explodiert, deren Gewalt sich nun unaufhaltsam einen Weg durch die mordenden Massen bahnte.

Dort – Im Mittelpunkt stieg eine bläulich pulsierende Gestalt langsam in die Höhe und erhob zwei Schwerter. Kurz darauf schmetterte er zu Boden und schwang sich durch die Sebastianer, mehrere von ihnen jede Sekunde tötend.

Er bahnte sich seinen Weg immer weiter vor und schien in einen vollkommenen Wahn verfallen zu sein. Die silbernen Waffen glitten von Körper zu Körper und nach und nach gingen immer mehr der Sebastianer zu Boden.

Der junge Nox hatte sich beinahe zum Rand der Schlacht vorgearbeitet, als der Himmel aufflammte und sich eine gewaltige Explosion in den Wolken ereignete.

Nadia kannte diese Art von Explosion genau, hatte sie eine solche doch vor einigen Jahren auf einem Marianer Planeten miterleben müssen.

Die Sebastianer waren tatsächlich dazu bereit, ihre gesamte Armee zu opfern, falls auch die Nox ausgerottet würden.

Eine Antimateriebombe konnte niemand überleben.

Sie hatte Glück gehabt und konnte in letzter Sekunde entkommen, doch die Explosion hatte sie noch im All gesehen und selbst dort erreichte sie eine gewaltige Druckwelle. Nadia berührte sanft den Monitor, wusste sie doch, dass man einer solchen Antimaterie Reaktion nicht entkommen konnte.

» Finn … «, flüsterte sie leise. Die Kämpfenden verharrten allesamt bewegungslos und blickten gen Himmel, an dem sich eine flammende Welle auftat, die zwar langsam, aber ungebremst auf die Planetenoberfläche zusteuerte.

Nadias hielt sich eine Hand vor ihren Mund und erneut füllten sich ihre braunen Augen mit großen Tränen. Die Antimateriewelle würde weniger als eine Minute brauchen, bis sie Finn erreichen würde, den sie das erste Mal auf eine solche Weise den Himmel betrachten sah. Es machte sie so unglaublich traurig in seinen Augen nicht einmal Angst zu sehen, auch wenn es für ihn in diesem Moment wohl das größte Glück war, ein Nox zu sein – Ein Wesen, das nichts empfand.

Doch Finn verharrte nicht, wie all die anderen Krieger, die ängstlich aufblickten. Erneut schoss er plötzlich in die Luft und streckte beide Arme in Richtung der Antimaterie aus. Noch geschah nichts, doch nach einigen Sekunden begannen die Muskeln an seinen Oberarmen vor Anstrengung zu zucken und als hätte jemand einen kleinen Funken auf einen See von Benzin fallen lassen, wurde Finns Körper von einer blauen Flammenwand umhüllt, die bedrohlich waberte. Er biss fest die Zähne zusammen und schien große Schmerzen zu haben, jedoch ließ er nicht locker und presste seine flachen Hände immer fester gen Himmel.

Die Druckwelle war nur noch einige Meter von ihm entfernt und ergoss sich wie schwerer Qualm über das gesamte Schlachtfeld, doch einen Meter vor den Händen des Nox Kriegers verharrte die Masse. Finn schrie in unglaublicher Lautstärke auf und sein gesamter Körper begann in einem stählernen Eisblau zu flimmern.

Nadia sprang auf und verstand endlich was er vorhatte – Finn war er Nox imperiales und besaß demnach auch die Fähigkeiten eines Nox energetis.

Solche Ausmaße hatte es zuvor wohl noch nie angenommen, was Finn gerade mit ganzer Kraft versuchte. Er erzeugte ein übermenschliches Energieschild, das zu einer Halbkugel geformt, der Urgewalt der Vernichtung trotzte und die Krieger, sowohl Nox, als auch Sebastianer, schützte.

Noch immer schrie er aus voller Lunge, seine Haare sprühten Funken und seine Kleidung wurde von der gewaltigen Kraft zerrissen. Schnittwunden rissen seine Haut blutig und manifestierten sich wie aus dem Nichts auf seinem Körper, doch noch immer hielt er mit ganzer Kraft stand.

Endlich begriffen auch einige andere Nox die Situation und handelten dieser entsprechend. Viele der Nox energetis streckten ebenfalls ihre Hände zum Himmel aus und weiße, wallende Ströme entschwanden ihnen, die kurze Zeit darauf den übermächtigen Finn erreichten, dem diese Energie nur zu Gute kam, denn lange würde er nicht mehr standhalten können.

» Rückzug!!! «, brüllte er einige Male. » Rückzug!!! «

Sofort gehorchte ihm sein Volk und machte sich rennend zu den Landungsschiffen auf, doch er hatte weiterhin der gewaltigen Antimateriewelle zu trotzen.

Nadia lächelte noch immer weinend. » Gib nicht auf, Finn. Du schaffst das. Gib nicht auf. Nicht jetzt «, flüsterte sie und innerlich wusste sie, dass Finn sie hören konnte.

Nach einigen Minuten waren alle Nox in den Landungsschiffen verschwunden und waren bereit zum Abflug. Finn blickte zu den Transportern hinab und zitterte und zuckte immer stärker. Nach einigen weiteren Sekunden, löste er schließlich eine Hand unter größtem Schmerz und das Energieschild bekam erste Löcher, durch welche die Antimaterie, die jegliches Leben sofort auslöschte, hindurch sickerte.

Er wandte sich ab, schoss mit letzter Kraft auf den letzten Transporter zu und verschwand in der sich gerade schließenden Ladeluke.

Die Welle fiel schließlich zu Boden und bedeckte das gesamte Heer der Sebastianer, verschlang sie förmlich und löschte jegliches Leben aus.

3
Finn D'Arc – Ein neuer Nox?

Die Landungstransporter kehrten zu den großen Schlachtkreuzern zurück und dockten an jene an. Langsam setzten sie sich in Bewegung und nahmen sichere

Positionen außerhalb der sebastianschen Umlaufbahn ein, auf denen sie einige Minuten verharrten.

Ein Viertel von Sebas Oberfläche war in einem glimmenden Meer versunken und bald würde wohl der Rest des Himmelskörpers in die Verdammnis folgen.

Sie hatten die Absicht die Nox auszurotten, doch Finn hatte der wohl stärksten Waffe, die bekannt war, widerstanden, hatte jedoch auch selbst Schaden davon getragen.

Nadia hatte erkannt, dass es auch für ihn schwer war, seine Fähigkeit zu kontrollieren, da sie beinahe seinen eigenen Körper vernichtet hatte.

Der Monitor zeigte wie sich die Flotte, angeführt von der Fortuna, wieder in Bewegung setzte und in den Hyperraum überging, bis schließlich alle Schiffe verschwunden waren.

Sofort stand Nadia auf, lief unruhig auf und ab und ging hin und wieder zum Fenster des Raumes. Die Flotte würde in wohl weniger als einer Stunde wieder auf der Brax eintreffen und sie musste unbedingt nach Finn sehen. Hatte er sich ernsthaft verletzt oder war ihm vielleicht sogar noch Schlimmeres widerfahren?

Sofort ging sie zu dem Spiegel, der sich in ihrem Quartier befand, wischte sich die Tränen beiseite und schminkte sich neu.

Sie war vollkommen verwirrt und ihr ganzer Körper zitterte unkontrollierbar. Wie sehr sie doch jegliche Art des Krieges hasste. Immer und immer wieder forderte ein Krieg sinnlose Opfer.

Nadia erzitterte und schlang ihre Arme fest um ihren Oberkörper, so sehr fröstelte sie. Schnell griff sie nach einem Poncho und warf sich diesen über ihre Schultern, bevor sie letztendlich den Raum verließ.

Wütend über die vollen Gänge rammte sie immer wieder andere Nox oder stieß sie beiseite um so schnell wie möglich das Hangardeck der Fortuna zu erreichen.

» Aus dem Weg verdammt! «, schrie sie und der gute Ton, die Zurückhaltung und ihre Rolle der Integra waren vollkommen vergessen.

Endlich erreichte sie einen der Lifte und betrat diesen schweigend. Im Inneren kam sie für einige Augenblicke zur Ruhe, doch geisterten abertausende Gedanken in ihrem Kopf herum.

Die Luft im weißen Aufzug roch in diesem Moment ein wenig modrig – Anders als sonst, gab ihr dieser Geruch jedoch ein wohliges Gefühl. Wie lange hatte sie nicht mehr gerochen, sondern lebte in ihrer sterilen Zelle, zu welcher Finn sie verdammt hatte.

Sie zog den Poncho – ein kurzer Umhang, welchen sie sich fest um ihren Oberkörper geschlungen hatte, fester und wartete bis sich die Türen endlich öffneten.

Nadia fuhr sich einige Male fest durch ihr braunes Haar und betrat schließlich den Gang der Brax entlang, welcher direkt zum großen Haupthangar führte.
Eine breite Schiebetür öffnete sich ratternd und Nadia betrat die Langehalle der Fortuna. Die Decke der Halle vermochte sie selbst dann nicht zu sehen, wenn sie Augen fest zusammenkniff. Sie befand sich in erneut in einer Halle, die alle Dimensionen und Erwartungen sprengte, doch das war sie von den Nox bereits gewohnt. Sie waren die Meister des Superlativs und vermochten Bauwerke in astronomischen Ausmaßen zu errichten.
Nadia ging einige Schritte auf einem der frei schwebenden Stege und wartete auf die Ankunft der Fortuna und dem Rest der Flotte der Nox.
Was hatte sie nur alles auf sich genommen? Sie hatte ihre Freunde und ihre Heimat ohne ein Wort zurückgelassen, hatte sich bereitwillig zu der Integra machen lassen und sie beging im Namen der Nox Verbrechen an jeglichen Wertvorstellungen. Weit von ihrer Heimat lebte sie nun schon seit über einem Monat in den Fängen der Tyrannei.
Zudem trug ihre Arbeit nur recht magere Früchte. In diesem einen Monat, der Nadia wie eine Ewigkeit vorgekommen war, hatten sie nicht einen einzigen, weiteren Siya ausfindig machen können.
Wie sollte es nur weitergehen und wie lange sollte all dies noch andauern?

Plötzlich begann der Boden erneut grollend zu vibrieren und die riesigen Hangartore begannen sich langsam aufzuschieben. Allmählich gaben sie den Blick auf den Weltraum und vor allem auf die herannahenden Schlachtschiffe frei.
Nadia stand noch immer einfach nur auf dem Steg und sah zu, wie die Kolosse aus Stahl und Karbon die Tore zur Brax passierten und nach und nach an ihren Parkpositionen anlegten.
Es dauert annähernd eine halbe Stunde bis das Chaos auf dem begrenzten Platz beseitigt war und alle Kreuzer ihre Dock-Rampen erreicht hatten.
Die Toren schlossen sich und unzählige Gangways wurden an die Kampschiffe herangefahren um deren Besatzungen von Bord zu lassen.
Nadia stand einige Ebenen über dem Geschehen und blickte neugierig und doch besorgt in die Tiefe, konnte sie Finn D'Arc doch in keiner der Massen ausfindig machen.
Es hatten beinahe alle Nox ihre Schiffe verlassen, da sah Nadia ein kleines Shuttle, welches die Fortuna Nox über eine Luke verließ und auf eine Plattform nur einige hundert Meter neben ihr zusteuerte.

Sofort setzte sie sich in Bewegung und lief in Windeseile auf die Landeplattform zu, auf welcher das Shuttle nach einigen Sekunden bereits aufsetzte.

Nadia sah aus einiger Entfernung, wie eine gebrechlich wirkende Gestalt das kleine Transportschiff verließ und begann in diesem Moment zu rennen.

» Finn! «, rief sie und versuchte auf sich aufmerksam zu machen. Die Gestalt blieb stehen und sah die herannahende Nadia an.

Als Nadia schließlich nur noch einige Meter von der Person entfernt war, verlangsamte sie ihr Tempo deutlich.

Finn sah mitgenommen aus – Seine Hose war über und über mit Rissen und Löchern übersäht, sein Shirt war nur noch Fetzen vorhanden und seine Haare waren starr vor Dreck. Das Gesicht des Nox was über und über Dreck verschmiert.

» Finn … «, wiederholte sie leise.

Nadia konnte dem Anblick des jungen Nox Prinzen jedoch nicht lange standhalten, der nichts sagend vor ihr stand und begann erneut zu weinen. Sie rannte die letzten Schritte auf ihn zu und viel ihm schließlich um den Hals. Mit ihren Armen umschlang sie fest den Bauch des Kriegers und legte ihren Kopf auf seine Brust.

Finn jedoch blieb regungslos und verzog keine Miene – Er blickte etwas verwirrt zu der weinenden Nadia herunter und musterte sie.

» Du hättest bei dieser Aktion sterben können! Immer musst du den Helden spielen! «, schluchzte sie laut.

Finn besah sich noch immer das Mädchen, machte jedoch keinerlei Anstalten die Umarmung zu erwidern.

» Wen stört das schon? «, sagte er unbekümmert.

Nadia sah auf und wurde zornig. Sie verabscheute jene Gleichgültigkeit und die penetrante Angewohnheit alles zu beschwichtigen.

» Mich. Es kümmert mich! «, raunte Nadia wütend, jedoch noch immer unter Tränen.

» Warum? «, fragte Finn karg.

Nadia sah auf und stieß den Älteren zornig von sich weg, der darauf einige Schritte nach hinten stolperte, sich jedoch schnell wieder fing.

» Weil ich dich mag, verdammt!!! «, schrie das Mädchen und wischte die Tränen von ihren Wangen.

Finn blieb stumm und senkte seinen Kopf, sodass seine Haare vor sein Gesicht fielen und dieses bedeckten. » Wenn ich könnte, Nadia – Würde ich dich auch mögen. «, sprach er leise und unbeholfen, was Nadia jedoch sofort jegliche Wut auf ihn nahm.

Wenn er könnte. Wenn er es nur könnte, dachte sie und hatte Mühe einen weiteren Tränenschwall zu unterdrücken.

Sie wollte nicht länger dem Finn gegenüberstehen, dessen Worte das Blut in ihren Adern gefrieren ließ. Nadia wollte einen Finn, der endlich entdeckte, dass auch in ihm Emotionen begraben lagen, die er nur entdecken musste.

Langsam löste sie sich wieder von Finn, der mittlerweile wieder Nadia musterte. Sein Kopf war etwas zu Seite geneigt und seine Augen fixierten sie genau.
» Du wolltest mir doch mal von deiner Mutter
erzählen. «, sagte Nadia, die verzweifelt einen Grund gesucht hatte, mehr Zeit mit Finn zu verbringen.
» Ich will erstmal duschen und danach sehen wir
weiter. «, sagte er und drehte sich um.
» Nein. Immer schiebst du alles was mit mir zu tun hat vor dir her. Kannst du nicht endlich mal mit mir sprechen? Andernfalls halte ich es hier nicht mehr lange aus. «, sagte Nadia vorwurfsvoll.
Finn, der bereits einige Meter zurückgelegt hatte, blieb stehen, drehte sich jedoch nicht um.
» Dann komm halt mit. «, sagte er karg.
Verwundert über Finns Worte, sah Nadia auf und blickte ihn, der ihr noch immer seinen Rücken zuwandte, an.
Ein zaghaftes Lächeln wanderte ihre Lippen hinab und sie nickte freudig, er setze sich langsam wieder in Bewegung, wartete jedoch auf Nadia bis diese ihn eingeholt hatte.
Ein wenig scheu blickte Nadia zu dem Größeren hinüber und musterte ihn für einige Sekunden. Finn hatte sich doch tatsächlich verändert und er schien kurz vor der Schwelle zu stehen, welche sie nun schon seit geraumer Zeit erhoffte. Jenem Nox, den sie zu Beginn ihrer Reise kennen gelernt hatte, hätte sie sich im Traum nicht vorgestellt, dass sie einmal ein Gespräch mit ihm führen oder dieser ihr Geheimnisse aus seiner Vergangenheit preisgeben würde.
Finn ging recht langsam durch die Gänge und es schien ihm vollkommen gleichgültig zu sein, dass ihn die Mehrheit der Nox würdigend anblickte, ihn grüßte, ihn lobte oder sich verbeugte.
Stur geradeaus blickend lief Finn D'Arc mit seinen vollkommen unbrauchbar gewordenen Kleidern durch die Gänge, immer die Integra Nadia an seiner Seite, die er während der gesamten Zeit, die sie den Weg zu seinem Quartier zurücklegte, nicht ein einziges Mal anblickte.

Nadia sah die Tür ihrer Unterkunft näher kommen, jedoch gingen sie an dieser zielstrebig vorbei. Nadia fiel auf, dass sie zuvor noch nie Finns Quartier gesehen hatte, doch wenn sie genau überlegte, so konnte sie sich vorstellen, wie es dort wohl aussah.

Die meisten der Unterkünfte waren baugleich und so sollte das Seine ihrem Zimmer sehr ähnlich sein.

Nach einigen Minuten und einer weiteren Weggabelung blieb der Nox vor einer schmalen Stahlpforte stehen und zog eine Magnetkarte durch einen Scanner, der in die Wand eingelassen war.

Die Tür öffnete sich und Finn betrat den Raum. Nadia blieb jedoch mit weit geöffnetem Mund stehen als Finn ein schummriges Licht einschaltete, das den Raum nur recht dürftig erhellte.

Bei Finns Quartier handelte es sich keinesfalls um eines der üblichen Unterkünfte, war es doch höchstens zehn Quadratmeter groß.

Anstatt der großen Fester war nur dunkler Stahl verbaut. In einer der Ecken standen ein Bett, des Weiteren ein kleiner Tisch und ein Schrank.

Langsam betrat Nadia die Unterkunft und die Tür schloss sich leise hinter ihr. Kaum hatte sie den Raum betreten, verfiel sie in Erinnerungen an ihre Heimat. Ein warmes und wohliges Gefühl breitete sich von ihrem Bauch in jede Region ihres Körpers aus und arbeitete sich bis in ihre Fingerspitzen vor. Das Zimmer war klein, doch eben das war die Tatsache, die Nadia seit so langer Zeit schon vermisste und die ihr den letzten Nerv raubte.

» Was, was ist das? «, fragte sie leise.

Finn, der gerade dabei war, sein Äußeres in einem kleinen, verdreckten Spiegel zu betrachten, wandte sich zu Nadia um. »Mein Quartier? «, sagte er mit fragendem Unterton.

» Aber, warum ist es so winzig, also ich meine: Du bist der Sohn des Nox Führers und lebst in einer so kleinen

Kammer? «

Warum war sie bloß noch nie zuvor hier her gekommen? Noch immer sah sie sich den Raum an, obwohl sich so gut wie nichts in diesem befand.

» Ich mag die großen Quartiere eben nicht. Ich finde sie zu hell, zu groß und überhaupt, das ist eben *typisch Nox*. «

» *Du* magst? Du findest? Du? «, fragte Nadia und ein Grinsen schlich in ihr Gesicht.

Schnell wandte sich Finn wieder dem Spiegel zu.

»Sei ruhig! «, raunte er die unwissende Nadia an.

Nadia stand noch immer an der Tür und wagte es nicht weiter in das Gemach vorzudringen. » Was genau ist das denn

hier? «, fragte sie, nahm zögernd den Poncho von ihren Schultern, den sie schließlich achtlos auf das Bett warf, das durch den begrenzten Platz nur einen Meter von ihr entfernt stand.

» Eine alte Gerätekammer der Bediensteten der Integra. Jetzt wohne ich hier. Wenn es dir nicht gefällt, solltest du lieber gehen. Was Besseres hat der Sohn des Nox Führers eben nicht zu bieten. «, sagte Finn, was Nadia jedoch nur noch mehr grinsen ließ.

Nun war sie sich sicher: Finn war tatsächlich eingeschnappt, so gut er es auch verbarg. Finn D'Arc zeigte erste Ansätze von Emotionen.

Langsam ging Nadia zwei Schritte auf das Bett zu und sah erneut Finn an, der sich nun umdrehte, seine Hände in die nur noch teilweise bestehenden Hosentaschen steckte und laut seufzte.

Nadia sah in ununterbrochen an und doch sie wusste nicht, wie sie mit dem Nox Jüngling umgehen sollte. Sie war sich nicht sicher, ob er die Veränderung, die in seinem Inneren vor sich ging, bemerkt hatte.

» Darf ich? «, fragte sie und wies fragend auf das Bett.

» Tu dir keinen Zwang an. «, sagte Finn, der noch immer leicht säuerlich zu ihr hinüber sah.

Vorsichtig setzte sich das Mädchen auf das Bett, rutsche schnell weit nach hinten und zog ihre Beine eng an ihren Körper. Das Gefühl von Wohlbekommen und Wärme, das sich noch immer schützend um sie legte, konnte sie nicht in Worte fassen, doch sie war sich sicher, dass dies möglicherweise der erste Abend sein könnte, an dem sie mit Finn sprechen würde, ja ihn sogar kennen lernen würde.

» Dann erzähl doch mal. Was ist auf Seba passiert? «, sagte sie, den Anflug von Freude nicht unterdrücken könnend.

Finn hob eine Augenbraue, schüttelte den Kopf und griff schließlich in seinen Nacken. Er umfasste den Kragen seines Oberteils und zog es sich schließlich über den Kopf. Achtlos warf er es in eine Ecke und begann nun sich seiner schweren Stiefel zu entledigen.

Nadia riss kurz ihre Augen weit auf und betrachtete den sich ausziehenden Finn. Sie schluckte und staunte nicht schlecht, als Finn doch tatsächlich damit begann sich vor ihr auszuziehen.

Sie war nicht in der Lage ihre Augen vom Körper des Nox zu lösen, kniff dann jedoch schnell ihre Augen zusammen und schüttelte ihren Kopf. Was war nur mit ihr los? Worauf ließ sie sich hier überhaupt ein? Vor ihr stand Finn – Ihr Partner und ihr Verhältnis basierte auf rein beruflicher Ebene.

Als sie jedoch ein weiteres Mal den Oberkörper des jungen Mannes betrachtete, erkannte sie erschrocken, dass dieser über und über mit Narben übersäht war, die sich selbst noch bis auf die Arme und sein breites Kreuz zogen.

Kaum hatte der Nox seine Stiefel unter dem Tisch verstaut, sah er zu Nadia auf, die rasend schnell und peinlich berührt ihren Blick abwandte und begann nervös an einem Fingernagel zu kauen.

» Ich … gehe dann erstmal duschen. Wenn du willst, kannst du hier warten. «,
sagte er und ging zu einer kleinen Tür, die neben dem Eingang lag.
Nadia sah ihr fragend an. » Was? Ja, ja, ja. Ich
warte. «, stotterte sie, was Finn erneut dazu veranlasste eine Augenbraue zu
heben. Schnell drehte er sich jedoch weg, betrat eine kleine Nasszelle und
schloss die Tür.
Nadia starrte noch einige Sekunden regungslos die Tür an und ließ sich dann
schließlich wie ein Stein auf das Bett zurückfallen, auf welchem sie starr lieben
blieb.
Woher zum Teufel stammten nur diese Narben? Sie waren zu verstreut um
ausschließlich von vergangenen Kämpfen zu stammen – Zudem ließ sich ein
Finn D'Arc mit Sicherheit nicht zu unglaublich viele Wunden zufügen.
Die Braunhaarige drehte sich zur Wand als sie hörte, wie das beständige
Geräusch des Wassers zu rauschen begann. Nach einigen Sekunden jedoch
veränderte sich dieses Geräusch und wurde leiser Sie musste schmunzeln und
legte sich schließlich mit ihrem gesamten Körper auf die Seite, wo sie ihre
flachen Hände aufeinander legte und diese unter ihrem Kopf platzierte.
Abwesend nahm sie die Geräusche des Wassers wahr, war jedoch noch immer
in Gedanken versunken, die sich einzig allein um Finn drehten.
Langsam schloss sie ihre Augen und stellte sich einen lächelnden Finn vor,
dessen Augen nicht voller Kälte, sondern voller Schönheit strahlten.
Wie schön wäre ein Leben, in dem sie nie von den Nox erfahren hätte, in dem
sie mit ihren Eltern und ihrem Bruder auf einer Station leben könnte, doch sie
lebte in keiner rosigen Zukunft.
Nadia Scarbodia lebte in einer gnadenlosen Zukunft.

Allmählich spürte sie, wie ihre Glieder schwerer wurden und sie weg dämmerte
bis sie schließlich einschlief.

4
Offenbahrung

Finn verließ das kleine Badezimmer, in welches bei Gott nur eine Person
hereinpasste.
Er legte seinen Kopf auf die Seite und frottierte seine Haare mit einem dünnen
Handtuch – So gut dies eben möglich war.
Er hatte mittlerweile eine Hose übergezogen und wollte gerade Nadia vor die
Tür setzen, als er das schlafende Mädchen auf dem Bett sah.

Sie sah so unglaublich friedlich aus, als wären all der Krieg, der Schmerz und das Leiden vergessen.

Natürlich wusste er, was in letzter Zeit *wieder* mit ihm geschah, hatte er es doch nicht zum ersten Mal durchlebt, doch so sehr er diese Veränderung jedes Mal aufs neue erfuhr, sich vorsichtig herantastete und seinem Inneren schließlich freien Lauf ließ, so wusste er auch genau, dass es bald wieder ein Ende finden würde.

Lange würde es nicht mehr dauern und man würde es erneut herausfinden, doch dies war eben sein Lebensweg und gegen seinen Vater konnte er nicht ankommen.

Solange Finn jedoch noch seine Gabe besaß, konnte er diese in vollen Zügen auskosten. Wie er dies zu tun hatte, wusste er nicht.

Es schien ihm alles so schrecklich neu und mit einer jungen Frau wie Nadia hatte er noch nie umgehen müssen.

Er beugte sich mit noch immer durchnässtem Haarschopf zaghaft zu der schlafenden Nadia herunter und strich ihr vorsichtig über deren Wange. Seine Hand war zittrig und schrecklich ängstlich etwas falsch zu machen.

Er lächelte sanft als Nadia wohlig schmunzelte und ihr gleichmäßiges Atmen erfüllte den Raum mit einem wohligen Rhythmus, den Finn an diesem Tage nicht missen wollte.

Er blickte auf das Chronometer, welches in der Wand eingelassen war und wusste, dass er nicht mehr viel Zeit hatte.

» Nadia, aufwachen. «, flüsterte er und besah sich das Mädchen genau, als es vorsichtig ein Auge öffnete und etwas Unverständliches vor sich her murmelte.

Nach einer Weile, Finn hatte sich mittlerweile auf den kleinen Tisch gesetzt und ein Bein nah an sich gezogen, öffnete Nadia erneut beide Augen und setzte sich murrend auf.

Sie sah sich um, erkannte dann jedoch recht schnell, dass sie noch immer in Finns Quartier war und wohl eingeschlafen war.

» Bin ich etwa eingeschlafen? «, fragte sie und wandte sich verlegen ab.

» Scheint so. «, lächelte Finn vergnügt über die noch etwas orientierungslos wirkende Nadia.

Diese jedoch verstand nicht. War es also nun tatsächlich soweit? Sollte sich Finn ihr gegenüber offenbaren und seine Gefühle zulassen?

» Was ist nur mit dir los, Finn? Du bist wie ausgewechselt. «, sagte sie und blickte zum Nox Jüngling hinüber, der noch immer mit tropfendem Haar auf dem Tisch saß.

» Später, Nadia. Später. «, antwortete er und stand auf um ebenfalls zum Bett zu gehen und es sich dort um einiges bequemer zu machen.

Sofort rückte die Braunhaarige bereitwillig und machte dem Älteren Platz, der sich darauf niederließ und sich in einer der Ecken setzte und endlich zu sprechen begann.

» Du willst also meine Geschichte hören, Nadia? «

Die Kopfgeldjägerin antwortete nicht, ließ ihn doch durch ein flüchtiges und doch gebanntes Nicken wissen, dass sie bereit war endlich die Wahrheit zu erfahren.

» Nun gut. Dann hör gut zu und ich werde dir die Geschichte eines jungen Nox erzählen.

Alles begann vor fünfundzwanzig Jahren auf der Brax. Eine junge Nox schaffte es tatsächlich sich hoch zu arbeiten und einen Posten auf der Kommandobrücke zu erhaschen, obgleich es für üblich streng verboten ist, dass Frauen gehobene Arbeiten verrichten.

Kurze Zeit, nachdem sie ihren Dienst angetreten hatte, verstarb der damalige Führer der Nox und sein Sohn, Abraham D'Arc, trat seinen Dienst als neuer Führer an.

Er legte seinen bürgerlichen Namen ab um sich der vollkommenen Autorität sicher zu sein. Nach einer Weile jedoch, die er nun schon im Amt war, geschah eine für Nox undenkbare Sache, die noch heute mit der Todesstrafe geahndet wird.

Der neue Führer der Nox entwickelte Gefühle einer weiblichen Nox gegenüber und entgegen aller Hoffnungen verliebte er sich in diese.

Eine Integra hatte er zu Zeiten seines Vaters nie gehabt, schien ihm doch keine reizvoll genug, seinen Ansprüchen zu genügen. Zudem galt schon damals die Regel, dass Nox lediglich Partnerschaften auf Grund der Wertschätzung eingingen.

Abraham hatte sich in die junge Offiziers Anwärterin auf der Kommandobrücke verliebt, ließ dies allerdings nur unter größter Geheimhaltung nie an die Öffentlichkeit dringen.

Die junge Frau jedoch hatte schnell gemerkt, welches Band zwischen ihnen beiden geknüpft worden war und so trainierte sie Tag und Nacht ihre Fähigkeiten um eine legale Lösung nach den Gesetzen der Nox für jene Misere zu schaffen.

Nach einiger Zeit, die ins Land gestrichen war, konnte der weibliche Offizier endlich genügende Nox Fähigkeiten vorweisen um dem Führer und den Ansprüchen des hohen Rates zu genügen.

Die beiden führten eine geradezu turbulente Beziehung zwischen Gesetzen und Liebe, die ihnen jedoch aufs Schärfste verboten war.

Nach einigen Jahren des Versteckspiels jedoch änderte sich alles schlagartig.

Der Führer veränderte sich und war vollkommen von seinen Pflichten eingenommen. Er besann sich auf die alten Werte der Nox und Liebe war ihm fortan ein Fremdwort.
Was er jedoch nicht wusste war, dass die junge Nox seit einer Zeit schwanger war und bald ein Kind geboren werden sollte.
Abraham D'Arc erfuhr letztendlich von der Schwangerschaft und veranlasste eine sofortige genetische Kontrolle.
Wie nicht anders erwartet, war er mit dem Ergebnis äußerst unzufrieden und so ließ er den Fötus nach seinen Wünschen umgestalten.
Einige Monate später wurde La Lexa geboren, die in seinen Augen zwar perfekt war, doch brauchte das Imperium der Nox eben einen männlichen Thronfolger.
Die Gemahlin des Führers, meine Mutter, versuchte krampfhaft einen Ausweg zu finden. Sie wollte mit La Lexa verschwinden, als mein Vater sie kurz vor der geplanten Flucht inhaftieren ließ.
Sie weigerte sich strikt sich seinen Wünschen hinzugeben, doch ein männlicher Nachkomme war für ihn zwingend erforderlich.
Demnach wurde meine Mutter damals von meinem Vater vergewaltigt.
Ihr Leben lag in Trümmern und nur wenige Stunden nach meiner Geburt nahm sie sich das Leben, auch wenn jeder wusste, dass es der Führer allein war, der sie ihn den Freitod getrieben hatte.
Bis zum heutigen Tage weiß jedoch keiner, was seinen abrupten Sinneswandel ausgelöst hatte.
Das ist meine Vergangenheit, Nadia. Du wolltest es ja unbedingt hören. «
Nadia kauerte in entgegen gesetzter Ecke des Bettes und sah Finn an.
Diesmal jedoch weinte sie nicht, war es ihr doch ein Anliegen die Fassung zu wahren.
Sie nahm die Situation mit jenem Mitleid, mit der Ernsthaftigkeit und dem Bedauern, welches ihr angemessen war.
Sie wusste nicht, ob sie in diesem Moment hätte anders reagieren sollen, doch trotzdem setzte sie sich langsam auf und rückte zu Finn herüber. Sie blickte ihn durchdringend an und legte zaghaft eine Hand auf seine Schulter.
Sie wollte ihm Trost spenden und ihm vor allem zeigen, dass er in diesem Moment nicht allein mit seinen Gefühlen war.
Zwar war sie noch immer nicht in der Lage diese zu spüren, doch mit ihrem einfachen Wahrnehmungsvermögen konnte sie erkennen, dass der junge Nox sich quälte, es ihm jedoch gleichzeitig gut getan hatte, über die Vergangenheit zu sprechen.
Er blickte auf und sah Nadia an, erschrocken über die Berührung und doch dankend. » Ich habe nie zuvor darüber gesprochen. Ich, ich … «

Nadia lächelte wohlwollend und ergriff mit ihrer anderen Hand die Seinige.
Sanft bewegte sie ihren Daumen über den Handrücken des Älteren. » Vielleicht
kann ich nicht verstehen, was gerade in dir vorgeht, aber ich weiß, dass es der
richtige Weg ist, Finn. Du musst es zulassen und nicht länger unterdrücken.
Deine Schwester hat es auch geschafft. «

Noch immer blickte der Ältere in die tiefbraunen Augen des Mädchens und
waberten vor so unglaublich vielem, dass sie sagen wollten, jedoch nicht
konnten.

» Danke. «, flüsterte er und tat etwas, dass Nadia sich im Traum nicht hätte
vorstellen können.

Seine Hand wanderte – ängstlich – auf den Rücken der Siya, übte leichten,
vorsichtigen Druck auf sie aus und zog sie näher an ihn heran.

Sofort verstand sie und wollte dem Nox in seinem ängstlichen Handeln helfen,
ihn unterstützen und ihn wissen lassen, dass er genau das Richtige tat.

Sie legte ihre Arme in seinen Nacken und schloss seine feste Umarmung um
den mächtigen Nox, der in diesen Sekunden einem kleinen, zitternden Kind
glich, das vor Angst nur so strotzte.

Sie fühlte, wie sich nun auch seine Arme fester um sie schlossen und hörte ein
erleichterndes Seufzen, das dem Nox entwich. Die noch immer nassen Haare
lagen auf ihren Händen und sie spürte die Kälte, die noch immer, wie eine
große Fessel, über Finn lag und ihn fest an sein Nox Dasein knüpfte.

Ein Knall und die Tür wurde aufgerissen.

Sofort löste sich Nadia und wirbelte herum. Ihr Blick fokussierte sich wieder
und sie erkannte Lexa in der Tür, die, anders als sonst, vollkommen rabiat in
das Quartier eingedrungen war.

Sie stützte sich mit einer Hand an den Türrahmen und keuchte schnell. Ihre
Haare waren zerzaust und von ihrer normalen Reserviertheit und ihrer
gnadenlosen Zurückhaltung war kein Funken mehr zu erkennen.

Finn sprang auf und ging zur Tür, wo seine Schwester noch immer außer
Atem stand und mit erschrockenem Gesichtsausdruck Nadia und Finn ansah.

» Lexa, was ist los? «, fragte Finn, stützte die junge Frau und holte sie in den
Raum.

» Finn – Oh mein kleiner Bruder, Finn. – Es ist wieder soweit. Ich habe es nur
durch Zufall mitbekommen und bin so schnell ich nur konnte hier her gerannt.
Es wird wieder geschehen. Sie sind schon auf dem Weg hierher um dich zu
holen. «, keuchte sie.

Nadia sprang nun ebenfalls auf und sah Lexa an. » Was meinst du? Was ist mit
Finn? Wer wird was mit ihm

machen? «, fragte sie schnell und aufgeregt.

Finn jedoch schien von der ganzen Situation nicht allzu überrascht zu sein. Erneut senkte er seinen Kopf und seufzte verhängnisvoll, wusste er doch genau, was ihn in dieser Nacht erwartete.

Lexa nahm ihre Kraft zusammen und ging zu Finn. Sie hob seinen Kopf an und legte ihre Hände auf dessen Wangen.

» Bitte Finn, lass uns verschwinden. Ich kann Juni rufen und wir können endlich fliehen.

Wenn nicht jetzt, dann beginnt alles wieder von vorn, Finn. Bitte! «, sagte sie und eine Träne rann ihre Wange herunter.

Der Jüngere der Beiden schüttelte den Kopf und nahm Lexas Hände aus seinem Gesicht. » Nein, Lexa. So wunderbar es auch sein mag, was heute Abend und in den letzten Tagen mit mir geschehen ist, ich kann jetzt nicht fliehen. Ich habe Nadia versprochen, dass ich ihre Rasse nicht ihrem Schicksal überlassen werde. «, sprach er leise.

Nadia hatte ihre Augen weit aufgerissen und schüttelte wild ihren Kopf. Was es auch immer war, wovor Lexa ihren Bruder unbedingt und mit größtem Einsatz schützen wollte, dies war es nicht wert. Sie konnten einen anderen Weg finden die Siya zu retten.

» Wenn Lexa sagt, dass wir hier verschwinden sollten, dann werden wir verschwinden! Wir finden einen anderen

Weg! «, schrie sie.

Der Nox drehte sich zu Nadia um und lächelte so sanft, wie nie zuvor. » Das war der wohl schönste Abend meines gesamten Lebens, Nadia. «

Just in diesem Moment wurde die Tür ein weiteres Mal geöffnet und eine kleine Gruppe von Nox Ältesten kam zum Vorschein.

Allesamt waren bewaffnet und sahen Finn durchdringend an. » Es ist so weit, mein Prinz. Euer Vater möchte euch zu einer erneuten Sitzung sehen. Diesmal haben sie aber nicht lange durchgehalten. «, sagte einer der Männer mit einem absolut leerem Gesichtsausdruck.

Finn antwortete nicht, hielt den Kopf gesenkt und betrat den Gang.

Nadia konnte nicht glauben, was gerade geschah. Wieso wehrte Finn sich nicht einmal? Er konnte sich dem, was ihn auch immer erwarten mochte, doch nicht einfach ergeben.

» Wo bringen sie ihn hin? «, brüllte Nadia wütend.

Einer der Ältesten fuhr herum und seine Augen blitzen leuchten grün auf. » Das geht dich einen Scheißdreck an, Siya Balg. «, fauchte er bedrohlich.

» Ich bin eure Integra! «, raunte Nadia voller Zorn.

» Für mich wirst du immer eine Siya bleiben. Ein lebensunwürdiges Geschöpf.
Ein Fehler der Nox! «, fauchte er erneut.
Nadia stand der pure Hass ins Gesicht geschrieben und ihre Augen flammten
auf. Ihr Mund verzog sich voller Zorn und sie hielt ihre Hände vor ihren
Bauch, als hielte sie dort einen nicht sichtbaren Ball.
Jedoch formte sich nach einigen Sekunden eine flammende Kugel zwischen
ihren Händen, die vom Hass und der Wut Nadias genährt wurde.
Lexa griff mahnend nach Nadia Handgelenk und zog sie herum. » Nicht
Nadia! Lass sie gehen. «, sagte sie beschwichtigend und zog die junge Siya nah
an sich heran.
Nadia sah Finn nach, der sich inmitten der Gruppe von Nox schweigend in
Bewegung setzte.

Kapitel 5

1
Der geschundene Prinz

Nadia wich zurück, noch immer nicht verstehend, was von Statten ging.
Rettend suchte sie das Bett, auf dem sie sich schließlich niederließ und blickte
erschrocken und fragend zu La Lexa auf, die den Kopf langsam schüttelte und
sich an den Tisch lehnte, der leise knarrte.
» Dieser Dummkopf. Wir hätten fliehen können,
verdammt. «, fluchte sie leise.
» Könntest du mir jetzt mal endlich erklären, was hier gerade passiert ist?
Wieso wusstet ihr, dass es passieren würde? Wo ist Finn? «, fragte Nadia mit
zittriger Stimme.
Lexa sah Nadia an und schüttelte erneut den Kopf.
In Nadia herrschte ein ständiger Kampf zwischen Zorn und Hass, sowie Angst
und Furcht vor dem, was gerade mit Finn geschah und was die Zukunft ihr
bringen würde.
» Es geschieht alle Jahre wieder und jedes Mal lässt er es sich bereitwillig mit
sich machen. «, fluchte Lexa aufgebracht.
» Was denn verdammt? Was lässt er mit sich
machen? «, raunte Nadia wütend.
Lexa stieß sich von der knarrenden Holzkonstruktion ab und setzte sich neben
Nadia auf das Bett.
» Wir sind Geschwister, Nadia, glaubst du etwa, dass wir uns so unähnlich
sind? «
Obgleich Nadia nicht verstand, schüttelte sie den Kopf.
» An seinem vierzehnten Geburtstag hat Finn mir gesagt, dass er sich in ein
Mädchen verliebt hätte. Zunächst war ich verwundert, da ich mir sicher war,
dass Finn, im Gegensatz zu mir, keine Emotionen hätte. Ich dachte immer,
dass ich mit meinen Gefühlen vollkommen allein auf der Brax war.
Als ich erfuhr, dass Finn jedoch auch, entgegen aller Gesetze der Nox,
Emotionen hatte, war ich überglücklich.
Doch nur einige Tage später erkannte auch unser Vater Finns wahres Innere
und ich weiß bis heute nicht, warum er es nicht auch bei mir herausfand.
Finn war immer um einiges mächtiger als ich und war in der Lage seine
Gefühle zu unterdrücken, wozu ich nur mit größter Anstrengung in der Lage
war.

Möglicherweise erkannte unser Vater es, weil Finn schon im Mittelpunkt
jeglicher seiner Handlungen stand, schließlich ist er der Thronfolger. «
Nadia stand auf und ging einige Schritte durch den Raum. Finn besaß
Emotionen? Das konnte nicht möglich sein, warum hätte er sonst weit entfernt
von der Brax, wo er Nadia kennen gelernt hatte, so erschreckend kalt ihr
gegenüber sein sollen?
» Finn wurde von unserem Vater einer ‚Therapie', wie er es nennt, unterzogen.
Ich weiß nicht wie weit du dich mit der Psyche der Menschen auskennst, aber
in einer Hinsicht sind sich Menschen und Nox sehr, sehr ähnlich.
Jedes Mal wenn unser Vater einen Funken von Emotionen von Finn
wahrnahm, so wurde er immer und immer wieder dieser Therapie unterzogen
– und nun kommt die Verdrängung hinzu.
Finn wird auf das Härteste von unserem Vater und den Ältesten gefoltert. «
Nadia fuhr herum und starrte die junge Frau an, die eingesackt auf dem Bett
saß.
Gefoltert – Finn wurde gefoltert?
» Die Psyche der Menschen und der Nox ist so eingerichtet, dass wir, wenn wir
etwas unglaublich grausames erleben, es verdrängen.
Durch die Folter und vor allem dem Wissen über den Grund der Folter,
verbannte Finn seine Emotionen nach jeder dieser Sitzungen immer und
immer wieder unglaublich tief in sein Innerstes und unser Vater hatte wieder
einige Monate, im besten Fall ein Jahr, Ruhe vor Finns Gefühlen. «
Nadia wollte den Worten Lexas nicht länger folgen, waren sie doch so
grausam, dass sie diese schier nicht verstand.
Erneut sah sie Finn und seinen von Narben übersäten Oberkörper vor sich –
Nun wusste sie woher diese stammten.
Er hätte fliehen können und Nadia wäre ihm bedingungslos gefolgt, doch
stattdessen ließ er eine weitere Foltertortur über sich ergehen, weil - und das
war es, das den ungeheuren Schmerz in ihr auslöste - weil er ihr versprochen
hatte, dass er die Siya retten und sie nicht von den Nox ermorden lassen
würde.
Sie riss ihren Kopf hoch und krallte ihre Hände in ihren Haaren fest. » Das ist
so unvorstellbar!!! Ich kann das alles nicht begreifen, verdammt!!! Ich hasse die
Nox, ich hasse
sie!!! «, schrie Nadia aus voller Lunge.
» Ich weiß Nadia und ich teile deinen Hass. Hätte ich die Macht dazu, so hätte
ich meinen Vaters schon längst in die Hölle verbannt. Er hat nichts anderes als
den Tod
verdient. «, sprach die junge Frau.

Nadia ließ sich abrupt auf das Bett fallen und legte ihre Hände in den Nacken.
Wie konnte er nur so handeln, wo er doch genau wusste, dass Nadia das Wohl
anderer am Herzen lag, obgleich sie eine Kopfgeldjägerin war.
Lexa erhob sich und ging zur Tür des kleinen Zimmers. » Ich werde uns einen
kleinen Vorteil verschaffen, Nadia. Finn und ich haben auch noch außerhalb
der Brax Freunde. Ich werde so schnell es geht zurückkommen, falls ich Juni
erreiche. Warte hier und erschreck dich nicht, wenn Finn zurückkommt. Er
wird nicht mehr derselbe sein. Finn wird wieder genauso sein, wie du ihn
kennen gelernt hast. «, sagte sie und öffnete die Tür.
» Warte Lexa. Wer ist Juni? «, fragte sie aufgebracht.
Doch bevor sie antworten konnte, war La Lexa bereits verschwunden und die
Tür hatte sich geschlossen.

2
Ich selbst – Teil 2

Manchmal frage ich mich, warum ich all das auf mich genommen habe.
Die weite Reise und all dies zu erfahren hat einen anderen Menschen aus mir
gemacht, auch wenn es bisher keiner erkannt hat. Ich habe mich wirklich
verändert und falls ich zuvor noch nicht erwachsen war, so bin ich es nun mit
Sicherheit.
Ich kann so Vieles nicht verstehen – es ist einfach nicht meine Welt, in der ich
mich hier auf so dünnem Eis bewege.
Die Nox sind Wesen, die so schwer zu durchschauen sind und trotzdem habe
ich unter ihnen zu leben, habe einen von ihnen zu sein.
Tragen sie etwa allesamt die Gabe zu Emotionen in sich verborgen und wollen
sie nur nicht entdecken? Selbst Finns Vater hatte einst Gefühle einer Frau
gegenüber und auch sein Sohn hatte sie durch eine solche Erfahrung
entwickelt.
Doch warum in Gottes Namen sind die Gefühle in dieser Welt so verhasst
und verboten? Sind sie denn keine Gabe, die vorausbestimmt und für unser
Leben unabdinglich ist?
Könnte ich ohne ein Gefühl, das mich erfüllt, überhaupt leben, wie ich es
zuvor getan habe?
Die Menschen haben sich selbst ins Unheil gestürzt und vielleicht waren ihre
Gefühle die Auslöser für all das Übel, welches damals die Erde heimsuchte.
Vielleicht wären die Menschen nun auf dem blauen Planeten und alles hätte

sich anders entwickelt oder wären sie zu den gleichen Tyrannen und mordenden Wesen wie die Nox herangewachsen?
Gefühle darf man nicht ablegen oder verbieten, schließlich gehören sie fest zu uns, ob es nun Nox oder Menschen sind. Jede Rasse im Universum fühlt bei ihren Taten und lässt sich nicht selten vom Bauch leiten, auch wenn es zum falschen Ziel führt, ist es doch der richtige Weg.

Es ist so unglaublich die Veränderung Finns mit eigenen Augen miterleben zu dürfen. Möglicherweise ist er ein Pionier und in einigen Jahren entwickeln sich auch andere Nox auf eine solch bewundernswerte Weise, die er gewählt hat.
Er widersetzt sich allen Gesetzen und allen Vorstellungen, die ihn gelehrt wurden und entdeckt seine Emotionen immer wieder aufs Neue.
Dieses Mal jedoch, hätte er rechtzeitig die Flucht antreten können um endlich aus dem Käfig auszubrechen und sich selbst zu entdecken.
Doch – Er hat sich ein weiteres Mal den Qualen entgegen gestellt – meinetwegen.
Er hatte mir versprochen sich um die überlebenden Siya zu kümmern, ihnen eine sichere Zukunft zu garantieren.
Wie konnte ich nur ein solch großes Opfer von ihm verlangen? Wie konnte ich ihn nur gehen lassen?
Ich war so lange unglücklich, dass Finn so voller grausamer Kälte war und wenn er nun aus den Fängen der Nox zurückkehrt, wird er wieder von genau dieser Kälte gefesselt sein – Angekettet und an ein unwiderrufliches Zeugnis seiner Herkunft gebunden sein.

Wird Finn wirklich derselbe Nox wie bei unserem ersten Treffen sein? Habe ich all dies zu verantworten?
Ich halte es hier einfach nicht mehr aus und will nur noch verschwinden. Ich möchte zurück zu Arcane und Noa und Finn und Lexa mit mir nehmen und ihnen eine Welt zeigen, die den letzten Funken Anstand noch nicht aufgegeben hat.

3
Eine Nacht

Finn war nun schon sein einigen Stunden fort und Nadia lag noch immer regungslos auf seinem Bett.

Ihre Gedanken konnten einfach nicht von ihm ablassen und ihr Kopf war von
grausamen Bildern, Hoffnungen und unerfüllbaren Wünschen gefüllt.
Wo hatten sie Finn nur hingebracht und wann würde er endlich zurückkehren?
Nadia hatte sich, seit La Lexa den Raum verlassen hatte, nicht mehr einen
Zentimeter bewegt. Sie starrte stumm an die Decke und hoffte, dass alles nur
ein Traum war, aus welchem sie jede Sekunde erwachen konnte.
Endlich setzte sich Nadia kurz auf und blickte auf das Chronometer. Es war
bereits Mitternacht, was in dem fensterlosen Raum jedoch keinen Unterschied
machte. Nadia war die Zeit und alles und jeder um sie herum ohnehin
vollkommen egal, war ihr doch nur wichtig, dass der junge Nox zurückkehren
würde.
Nadia würde es ein weiteres Mal gemeinsam mit Finn schaffen, ihn erneut zu
seinen Emotionen zu führen, die tief in ihm verborgen lagen. Sie würde nicht
aufgeben und Finn so lange anleiten sich selbst zu entdecken, bis er sein altes
Leben zurücklassen könnte.

Nadias Haare hingen schlaff und doch zerzaust herunter - In ihren Augen lag
ein matter, leerer Blick.
Noch immer zitterten ihre Hände und ihr Herz schlug ihr bis zur Kehle hinauf.
Benommen wie sie war, realisierte sie erst einige Sekunde danach, dass sich die
Tür zum Gang geöffnet hatte und gleißend helles Licht den dunklen Raum
erhellte.
Im Türrahmen stand eine Gestalt, die nach unten gebeugt war und sich zu
beiden Seiten im Rahmen festkrallte.
Endlich erwachte das Mädchen aus ihren Gedanken und sprang auf.
» Finn! «, sagte sie entsetzt und ging sofort zur schnell atmenden Gestalt an der
Tür.
Als Nadia schließlich vor ihm stand, wich sie sofort wieder einen Schritt
zurück. Sie musterte Finn und konnte zunächst nicht glauben, was sie dort sah.
Sein Oberkörper lag noch immer frei und war nun von blutenden Wunden,
blauen Flecken und Blutergüssen überseht.
Über und über war er mit Schnitt- und Platzwunden gezeichnet, aus denen
noch immer das rote Nass herauslief.
Kleine Rinnsaale hatten sich den Weg über seine Brust bis zu seinem Bauch
gebahnt und versiegten schließlich am Ansatz seiner Hose.
Sie erkannte rote Striemen, die in dreier Verbänden seine Haut markierten und
ihn zu etwas machten, das sie erneut den Tränen nahe brachte.
Noch nie zuvor hatte sie einen solchen Ausdruck ins Finns Gesichts gesehen,
sprach er doch tausend Worte und schien um Hilfe zu schreien, ihn endlich

aus dieser Welt heraus zu holen und ihn von all dem Schmerz zu erlösen, der ihn quälte.

» Was haben sie dir nur angetan, Finn? «, flüsterte Nadia und stieg vorsichtig unter seinen Arm um ihn zu stützen, auch wenn dies bei seiner Größe recht schwierig war.

Der Nox jedoch nahm die Hilfe dankend an und schleppte sich mit Nadias Hilfe und schmerzverzerrtem Gesicht die wenige Schritte durch den Raum bis zum Bett hinüber.

Er biss seine Zähne fest zusammen und setzte sich vorsichtig darauf, während Nadia das kleine Badezimmer betrat und einen Verbandskasten suchte um die Verletzungen wenigstens notdürftig zu versorgen.

Nach einiger Zeit fand das Mädchen endlich einige Mullbinden und verließ die Nasszelle.

Sie wandte sich dem noch immer unter Schmerzen wimmerndem Nox zu, der sich mit Mühe auf dem Bett aufrecht sitzend hielt.

Er saß breitbeinig und stützte seine Ellbogen auf die Knie um sich das Gesicht zu halten.

So langsam sie nur konnte, setzte sich Nadia hinter den Verletzten und begann mit einem ebenfalls mitgebrachten Tuch die klaffenden Wunden zu Säubern.

» Ah, verdammt! «, stöhnte der Ältere auf, doch Nadia wusste, dass er nun die Zähne zusammenbeißen musste.

Bisher hatten sie nicht miteinander gesprochen, doch es bedurfte keiner Worte ihrer beider Gedanken auszutauschen.

Angespannt und doch voller Ruhe tupfte die Braunhaarige behutsam das Blut von der Haut und versuchte so selten wie möglich die offenen Wunden zu streifen.

Hätten sie miteinander gesprochen, so hätte Nadia ohnehin nicht gewusst, wie sie mit Finn hätte umgehen sollen.

Er hatte durch die an ihm praktizierte Folter wohl jegliche Emotionen in sich verschlossen und war der kalte Nox, wie noch vor einigen Wochen.

Nach einer geschlagenen halben Stunde legte sie das nun blutrote Tuch beiseite und begann eine erste Mullbinde um Finns Brust zu wickeln.

Sie griff nach vorn und umwickelte immer mehr des geschundenen Oberkörpers.

» Gut so? «, fragte sie zaghaft, wusste sie doch nicht, wie der Ältere reagieren würde.

» Genau richtig. «, sagte Finn beinahe lautlos und senkte erneut seinen Kopf zu Boden.

Nadia verbrauchte Binde um Binde und strich schließlich noch einige Haarsträhnen zur Seite um den Verband über seine Schulter binden und so zu befestigen zu können.

Nach einer Stunde des Schweigens band Nadia den letzten Knoten und rückte auf dem Bett zurück.

Finns Brust war nun in weiße Bahnen verhüllt, was die stärksten Blutungen vorerst stoppen sollte.

Noch immer saß er regungslos auf der Bettkante und sprach kein Wort.

Auch Nadia wagte es nicht ihn zu fragen, was er hatte über sich ergehen lassen müssen, sodass solche Verletzungen zu Stande gekommen waren.

Still saß sie dort und fuhr abwesend mit dem Zeigefinger immer wieder über eine Naht ihrer Kleidung.

» Danke. «, flüsterte Finn, blieb jedoch bewegungslos mit noch immer gesenktem Kopf sitzen.

» Kein Problem. «, stotterte Nadia leise. Sie sollte wohl besser gehen und Finn mit seinen Gedanken allein lassen, falls es ihn nun überhaupt noch mitnahm, was sie mit ihm getan hatten.

Wie konnte ein Vater seinem eigenen Fleisch und Blut nur solche Qualen bereiten?

Was musste in der Psyche eines Nox stattfinden, dass man zu solch grausamen und unentschuldbaren Taten fähig war?

Sie kroch über das Bett und stand dann schließlich auf, was Finn jedoch nicht veranlasste aufzublicken.

Sie sah ihn an und wies verzweifelt auf die Tür. » Ich werde wohl besser – gehen. «, sagte sie und drehte sich schließlich um, da sie von vom Nox Jüngling wohl auf keine Antwort hoffen konnte.

Er tat ihr so schrecklich leid und sie hätte ihm gern ihr Mitleid gezeigt, doch wäre sie bei ihm wohl nur auf Ablehnung gestoßen.

» Warte, Nadia! Geh bitte nicht! «, sagte Finn und wandte sich zu Nadia um.

Sie drehte sich um und meinte in den Augen dieses jungen, übermächtigen und unbesiegbaren Mannes eine Träne zu sehen.

Sie konnte sich unmöglich zurückhalten und sofort jagten Tränen in ihre Augen, füllten diese und ergossen sich schließlich über ihre Wangen.

Sie konnte und wollte nicht aufgeben, nicht schon wieder – Schnell stürzte sie auf dem Nox zu, kniete vor ihm nieder und legte ihre Arme um ihn, hoffte sie doch so sehr auf Wärme und Geborgenheit von ihm, die all die Last von ihnen beiden nehmen könnte.

» Finn, es tut mir so schrecklich Leid und ich würde alles ungeschehen machen, wenn ich nur die Macht dazu hätte. «, schluchzte sie leise und vergrub ihre Hände in den schwarzen Haaren ihres Gegenüber. Sanft und doch fest, schloss auch er seine Arme um Nadia und er spürte wie Nadias Gesicht sich an seine noch schmerzende Brust anlehnte.

» Die Zeit heilt die Wunden, aber die Nox können nie geheilt werden, wenn alles so weitergeht wie bisher. «

Noch immer weinte das Mädchen aus ganzem Herzen und sie wusste genau, dass Finn seine Emotionen nicht verloren hatte. Er sprach mit Wärme und Verständnis und seine Fingerspitzen strichen tröstend durch Nadias Haar.

» Seit meinem vierzehnten Lebensjahr unterzieht mich mein Vater immer wieder dieser Folter und ich kann dem nicht entfliehen. Ich lebe nun mal und entwickle auch Gefühle.

Jeder Nox besitzt diese Emotionen, doch andere können sie eben ohne Gewalt tief in sich verschließen.

Ich habe mich immer wieder dazu zwingen lassen, doch nicht in dieser Nacht. Ich habe mit ganzer Kraft dagegen gehalten und bin mir treu geblieben. Ich werde mein Innerstes nie wieder leugnen und du bist es, Nadia, die mir dabei geholfen hat all dies in mir aufs Neue zu entdecken. «, sagte er leise und doch voller Stolz.

Die Siya blickte auf und sah direkt in diese strahlend blauen Augen, deren Kälte ihr sonst den letzten Nerv geraubt hätten.

Sie strich weinend über seine Wange und schluchzte unaufhaltsam. » Aber du hättest das nicht mit dir machen lassen müssen. Nein, nicht meinetwegen oder einer Sache die du mir versprochen hast, Finn.«

Er nickte und lächelte beruhigend. » Vielleicht nicht für dich, Nadia, aber ich brauchte diese Qualen um mich ein für alle Mal von ihnen loszusagen. Um mir endlich selbst die Treue zu erweisen, hat es mir geholfen klar sehen zu können. «, sagte er behutsam.

Nadia nickte und konnte sich endlich zusammenreißen, nicht länger zu weinen. Sie blickte Finn ein weiteres Mal fragend an und wollte sich ein letztes Mal versichern. » Also – Muss ich nun nicht länger mit einen Finn ohne Gefühle auskommen? «

Finn schüttelte den Kopf und lächelte erneut. » Diesen Finn gibt es nicht mehr. Ich bin nun der, der ich schon ewig sein sollte. «, sagte er und gähnte nachdem er den Satz beendet hatte.

Sofort trieb es Nadia ein Schmunzeln auf die Lippen und sie stand auf. » Du solltest dich hinlegen und dich ausschlafen. Du bist von all dem vollkommen erschöpft. «

Finn nickte und streckte sich. Er schien sichtlich geschafft und seine
Augenlieder konnten sich nicht mehr ganz auf halten.
Er sah zu Nadia hinüber, die noch immer im Raum stand. Diese zuckte
kurzerhand zusammen und öffnete den Mund.
» Ja, ich wollte auch gerade … «, sie wies beinahe panisch auf die Tür. » … Ja,
ja ich wollte gerade gehen. «, stotterte sich in kaum verständlichen Lauten vor
sich her.
Finn konnte sich ein Lächeln nicht verkneifen, fasste sich kurz an sein Kinn,
krallte sich dann aber im Laken fest und biss sich nervös auf die Unterlippe.
» Also, meinetwegen, nicht das du jetzt schon wieder,
also … «, sagte er und gestikulierte auf unverständliche Weise mit den Armen.
» Ja, also ich werde dann, wie meinst du? «, hakte Nadia panisch nach.
Finn ließ sich unbeholfen auf das Bett zurückfallen und schüttelte den Kopf. »
Also, was ich ursprünglich sagen wollte: Da ich ja weiß, dass du dein Quartier
nicht besonders magst und es ist ja auch schon spät. Wir können nur ein paar
Stunden schlafen und du willst ja auch nicht … «, sagte er und sah fragend zu
dem Mädchen auf.
» Ja – Ja, ja. Meinetwegen. Es ist ja nicht so, dass ich nicht mit dir, also nicht
so, aber nicht wahr? «, sagte sie und eine gesunde Röte begann sich in ihrem
Gesicht breit zu machen.
» Ja, da hast du recht. Also – Es ist ja groß genug. Außerdem wird Lexa dich
als erstes hier suchen, wenn sie
zurückkommt. «
Nadia nickte heftig mit dem Kopf und blickte auf das ungemein schmale Bett.
Worauf hatte sie sich nur eingelassen und vor allem warum hatte sie sich wie
der letzte Volltrottel dem Nox gegenüber verhalten?
Es war ihr unwahrscheinlich peinlich und doch gab es nun wohl keine andere
Lösung mehr.

Finn ließ sich zurückfallen und machte es sich auf dem Bett bequem, jedoch
drängte er sich mit größter Anstrengung an die Wand, sodass noch weiterer
Platz blieb.
Nadia dachte nicht einmal daran nur eines ihrer Kleidungsstücke abzulegen.
Das lag natürlich daran, dass, wie Finn schon festgestellt hatte, nur noch einige
wenige Stunden Schlaf übrig blieben.
Zaghaft ließ auch sie sich auf das Bett niedersinken und streckte sich lang aus.
Obgleich ihre Blicke immer wieder in eine andere Richtung drifteten, starrte sie
stur die kahle Decke des Raumes an.
» Ich habe einen Siya aufgespürt. «, sagte Finn.

Sofort sah Nadia zu ihm hinüber. » Wirklich? Was wirst du unternehmen? «, fragte sie neugierig.
Finn seufzte laut und griff sich an seine Brust, wo eine Stelle besonders zu schmerzen schien. » Ich habe ein Treffen in einem Monat vereinbart. Er ist noch sehr jung und muss sich erst seiner Sicherheit überzeugen, bevor er aufbrechen
kann. «, erklärte der Ältere und gähnte erneut.
Nadia sah, wie dieser seine Augen schloss, aber noch immer ein sanftmütiges Lächeln auf den Lippen trug.
Es war wohl der schönste Augenblick der letzten Monate oder gar ihres Lebens?
Finn hatte seine Gefühle nicht noch ein weiteres Mal verloren, doch nun musste er es, genau wie seine Schwester, geheim halten. Würde er es dieses Mal bewältigen und nicht wieder seinem Vater zum Opfer fallen?
Bald würden sie einen weiteren Siya auf die Brax holen und dann hätte Nadia sicher genug damit zu tun sich um diesen zu kümmern, schließlich war er noch recht jung, wie Finn gesagt hatte.

Sie blickte zu dem Nox hinüber und sah plötzlich, dass sich sein Brustkorb gleich mäßig hob und wieder senkte. Sein Mund war einen kleinen Spalt breit geöffnet und seine Augen waren geschlossen.
Sie schmunzelte und drehte sich auf die Seite um ihn besser mustern zu können.
Vollkommen abwesend strich sie ihm einige schwarze Strähnen aus dem Gesicht und überlegte, ob sie wohl näher an ihn heranrücken könnte, war auf der Bettkante doch wirklich nur sehr begrenzter Platz.
Nachdem sie nun einige Zentimeter weiter in der Mitte ihres Nachtlagers lag, schloss auch Nadia ihre Augen und dämmerte langsam weg.
Nach einigen Minuten folgte auch sie Finn in das Land der Träume.

4
Das Ende

Nadia riss die Augen auf und schon spürte sie, wie zwei feste Hände ihre Knöchel umschlossen und sie fest aus dem Bett rissen. Sie versuchte sich im Halbschlaf noch im Laken festzukrallen, doch Sekundenbruchteile später schlug sie mit ihrem Rücken fest auf den kalten Stahlboden und wurde herumgeschleudert, sodass sie mit ihrem Oberkörper fest gegen die Wand schlug.

Was passierte nur? Sie blickte sich panisch um und versuchte aufzustehen, doch ein fester Fußtritt trieb sie erneut gen Boden, wo sie mit schmerzenden Knochen liegen blieb. Ein Fuß stellte sich auf ihre Brust und drückte sie beständig nach unten.

» Was zum Teufel … « , keuchte sie, doch sofort wurde sie unterbrochen.

» Schweig! Du verdammte Siya Schlampe! Schweig! «, brüllte eine Gestalt, dessen Oberkörper in der Dunkelheit verschwand.

Nadia versuchte sich krampfhaft zu orientieren und erkannte vier weitere Personen in dem kleinen Quartier.

Doch urplötzlich fuhr sie herum, als der Fuß von ihr verschwand und die dazugehörige Person so fest gegen die Wand geschlagen wurde, dass sämtliche Knochen splitterten.

Das Mädchen blickte auf und sah Finn, dessen Augen blau waberten.

Sie versuchte aufzustehen, jedoch schmerzte ihr Körper noch immer ungemein. Nach einigen Sekunden schaffte Nadia es jedoch und stellte sich neben Finn um sich erst einmal einen Überblick zu verschaffen.

Im Raum standen vier übermächtige Noxkrieger, die zornig zu Finn herübersahen, da er wohl ihren fünften Mann soeben umgebracht hatte.

Finn hatte beide Hände zu Fäusten geballt und sah wütend zu den Kriegern hinüber.

Obwohl sich Nadia selbst hätte verteidigen können, trat sie hinter dem Nox Jüngling zurück und genoss es zum ersten Mal in ihrem Leben von jemandem beschützt zu werden und nicht jemanden zu beschützen.

» Was soll diese   Aktion? «, fragte Finn, dessen Augen noch immer bedrohlich strahlten - hasserfüllt.

Einer der Krieger trat vor und hob ein Stück Papier empor.

» Nach sofortiger Anordnung des allmächtigen Führers der Nox sind die Personen Finn D'Arc, La Lexa D'Arc und Nadia Scarbodia, nach Nox-Recht in Gewahrsam zu nehmen und sie dem hohen Rat der Nox zu überstellen. Ihr seit festgenommen, mein Prinz. «, sprach er kalt und mit leerem Blick.

Nadia verstand noch immer nicht, was gerade geschah, sie wusste nicht einmal wie lange sie geschlafen hatten.

Als sie jedoch unsanft aus den Träumen gerissen wurde, hatte sie die letzten Sekundenbruchteile gespürt, in denen sie auf dem Bett lag, dass Finn seinen Arm im Schlaf um sie gelegt hatte.

» Der Anweisung ist sofort Folge zu leisten. Handeln sie aus freiem Willen oder müssen wir Gewalt anwenden? «, fragte ein anderer der Krieger, die allesamt schwer bewaffnet waren. Doch trotz ihrer Überzahl und ihrer

Bewaffnung wäre es für die Beiden möglich gewesen, sie in Grund und Boden zu weisen.

Nadia machte sich bereit dem ein für alle Mal ein Ende zu setzten. Sie würden die Unterdrückung nicht länger dulden und sich nun endlich den Nox widersetzen.

» Nun gut. Wir werden uns der Gewalt beugen. «, sagte Finn bestimmt.

Nadia sah schockiert zu ihm auf.

» Was bitte? «, sagte sie.

Finn jedoch antwortete nicht und ging einen Schritt nach vorn, wobei sich seine Augen wieder normalisierten.

» Ich sagte: Wir werden der Anordnung folge leisten. «, sagte er erneut und funkelte einen der Krieger zornig an.

» Eine äußerst kluge Entscheidung, mein Prinz. «, sagte er, verbeugte sich und ließ Finn den Vortritt.

Dieser sah kurz zu Nadia zurück und setzte sich dann in Bewegung. Obwohl Nadia noch immer verwirrt und entsetzt war, folgte sie dem Älteren ohne ein Widerwort.

Gemeinsam betraten sie den Gang, wo schon weitere Krieger mit erhobenen Waffen auf sie warteten.

Eingekesselt von den Kolossen liefen Siya und Nox schweigend die langen Flure entlang.

Immer wieder wurden sie von anderen, stehen bleibenden Nox, gemustert und verständnislos angeblickt.

Noch immer konnte Nadia nicht begreifen, worauf Finn sich einließ. Was wurde ihnen überhaupt vorgeworfen und was würde nun mit ihnen geschehen?

Die Krieger schlugen ein recht strammes Tempo an und die noch verschlafene Nadia hatte Mühe ihnen nachzukommen.

Wenn sie ihr Tempo verlangsamte, so wurde sie unsanft in den Rücken gestoßen, was ihr nach einer Weile die Zornesröte ins Gesicht trieb.

Finn blickte nicht ein einziges Mal zu ihr hinüber und ging bereitwillig die Gänge entlang, bis sie nach einer Ewigkeit endlich die großen Flügeltüren erreichten, die Nadia noch von ihrer Ankunft auf der Brax nur all zu gut kannte.

Die Krieger traten zurück und die Türen öffneten sich Unheil ankündigend.

Nadia blickte kurz zurück und betrat dann kopfschüttelnd und gemeinsam mit Finn den Saal, der sie erneut mit seinen strahlend weißen Wänden blendete.

In ihrem Inneren baute sich eine Angst auf, die sie zuvor nicht gekannt hatte, denn es war wohl nicht die Angst um ihr eigenes Leben, sondern eine Verlustangst, die sich um La Lexa und vor allem um Finn drehte.

Die Türen wurden geschlossen und noch immer schweigend gingen sie mit gesenkten Köpfen den langen Weg, neben den Statuen, entlang zum Rat, der auf dem halbkreisförmigen Podest thronte.
Erneut spürte Nadia die Blicke der Männer, die an den Flanken saßen, doch dieses Mal waren sie absolut kalt, als kämen sie aus den leblosen Gesichtern von Puppen.
Kurz sah sie auf und erkannte Lexa, die bereits vor dem übergroßen Wall stand und ebenfalls zu Boden sah.
Nadia spürte in der gesamten Ratskammer keine Emotionen und selbst Lexa schien vollkommener Leere zu sein.
Sie kamen neben Finns Schwester zum Stehen, wagten es jedoch noch immer nicht aufzublicken. Hätte Nadia doch nur reinen und vollendeten Hass für jenen empfunden, den sie vor Augen gehabt hätte.
Es herrschte Stille.

» Mein Sohn, es bringt nur Unheil über dich, wenn du dich gegen mein Handeln wehrst. «, seufzte der Führer der Nox, dessen Stimme reichte um in Nadia ein Gefühl des Ekels hervor zu rufen.
Finn blieb stumm, jedoch sah Nadia, wie er seine Hände zu Fäusten ballte.
Sie wusste, dass es nun ohnehin zu spät war – Zudem war es ihr gleichgültig, was alle Anwesenden von ihrer Geste denken würden - War ihr in diesem Moment doch nur eines wichtig.
Zaghaft streckte sie ihre Hand zum Nox herüber, berührte ihn und bahnte sich mit ihrer Hand einen Weg in die feste Faust. Als Finn diese endlich lockerte, legte sie ihre Hand in die seine und schloss sie fest darum.
Hilfe suchend sah er zu Nadia hinüber, war es ihm doch völlig fremd mit einer solchen Geste umzugehen.
Nadia wollte gerade lächeln, als sie von einer unheimlich grollenden und donnernden Stimme aus ihren Gedanken gerissen wurde und zusammenzuckte. » Fass meinen Sohn nicht an, du Siya Schlampe!!! «, brüllte der Führer der Nox. Nadia jedoch blickte voller Stolz auf und antwortete nicht. Noch immer hielt sie Finns Hand fest umschlossen, wollte ihm die Wut und die Angst nehmen – Emotionen mit welchen er noch nicht umgehen konnte.
Die Augen des Nox Führers flammten auf und er fokussierte Nadia genau.
» Was wird uns vorgeworfen? «, fragte Finn plötzlich und wollte seinem Vater den Wind aus den Segeln nehmen.
Dieser fing sich kurz darauf wieder und blickte erneut seinen Sohn an. » Ich sagte bereits, dass du dich nicht hättest widersetzen dürfen. Wofür hältst du mich, dass ich deine erneuten Emotionen nicht erkennen würde?

Ich war recht überrascht, dass du dich dieses Mal hast widersetzen können, doch du hast einen gewaltigen Fehler gemacht, mein Sohn.

Deine Gefühle haben dich verraten und haben mir einige Details offenbart, die ich selbst wirklich nicht von dir erwartet hätte. «, sagte er hämisch und sofort wusste Nadia, dass ihr Vorhaben nun keinen Sinn mehr hatte.

Finns Vater war tatsächlich in seinen Geist eingedrungen und hatte ihren Plan bis ins kleinste Detail, wie ein offenes Buch, vor sich liegen.

Finn riss seine Augen weit auf und konnte nicht glauben, was ihm sein Vater offenbart hatte.

All sein Leiden und all die Unterdrückung waren umsonst gewesen. Das Schlimmste jedoch war, dass er Nadia umsonst auf die Brax gebracht hatte und sie umsonst hatte leiden müssen.

Erneut sah er zu Boden und Nadia spürte, wie er ihre Hand fester umschloss.

» Es tut mir leid, Nadia. «, flüsterte er. Er hatte seinen Mut und seine Macht verloren, die ihn sonst vor all dem beschützt hatten.

Obgleich sie etwas unbeschreiblich Schönes waren, so waren Emotionen auch eine Schwäche, da das übliche Schutzschild aus Kälte und Unbarmherzigkeit nun nicht mehr existierte.

» Nun denn, mein Sohn. Dein Plan ist gescheitert. Das primäre Ziel der Nox wird es nun sein, die restlichen Siya endgültig auszurotten.

Deine kleine Freundin hat keine Chance mehr zu entkommen und du und deine Schwester – Ich werde euch wohl nicht länger als Thronfolger akzeptieren können. «, sagte er und es kam Nadia vor, als wäre er sichtlich gelangweilt.

Nadia ging einen Schritt zu Finn hinüber, umfasste fest seinen Arm und zog ihn zu sich, doch in diesem Moment erbebte der Hallenboden.

Nadia wirbelte herum und sah zu Lexa hinüber. Die sonst so reservierte und äußerst zurückhaltende Nox hatte sich verändert. Sie war leicht geduckt und ihre goldenen Augen glimmten gefährlich auf und waren blutrot leuchtend. Ihr immerzu sanftes Gesicht war zu einer unheimlichen Fratze geworden, die Hasserfüllt aufblickte.

Sie umgab ein Wirbel, der ihre tiefroten Haare umher rissen und ihr jeden Funken der höflichen und anständigen Lexa ausgesaugt hatte.

» Wofür hältst du missratenes Wesen dich eigentlich? «, brüllte sie und sah ihren Vater an.

Dieser wollte gerade antworten, doch die junge Frau kam ihm zuvor. » Was glaubst du eigentlich von mir? Auch ich bin eine Nox und ich hatte weiß Gott genug Zeit um meine Fähigkeiten zu erforschen.

Nie hast du mich beachtet, war doch immer nur der männliche Thronfolger
von Bedeutung. Du hast nie gewusst, dass ich Emotionen hatte und dabei habe
ich sie nicht einmal vor dir versteckt – Vater! «, schrie sie.
Finn, an dem sich noch immer Nadia schutzsuchend festkrallte, sah zu seiner
Schwester hinüber, verzog jedoch keine Miene.
» Du hast mich nach deinen Wünschen erschaffen und trotzdem bin ich immer
ein Niemand gewesen.
Meine Fassade der ach so zurückhaltenden und perfekten Nox Prinzessin hast
du nie durchschaut und nun bekommst du die Rechnung dafür. «, sagte sie,
jedoch sprach sie diesmal recht leise.
Nadias Blicke wanderten zwischen der Nox und ihrem Vater und sie war sich
sicher, dass jeden Moment etwas geschehen könnte, das alles verändern würde.
» Sei still, sei still, verdammt noch mal! Du bist meine Tochter und hast mir
nichts entgegen zu setzen! «, brüllte der Führer und erhob sich erneut. Diesmal
jedoch strahlten auch seine Augen gefährlich auf und der Saal wurde von
seiner übermächtigen Aura erschüttert.
Nadia zuckte zusammen, krallte sich noch immer an Finns Arm fest und ging
in Gedanken alle möglichen Fluchtwege durch, doch falls sie tatsächlich von
Finns Vater angegriffen werden sollten, hatten sie wohl keine Chance.
Für Nadia blieb die Zeit in diesem Moment stehen und begann dann in
Zeitlupe weiterzulaufen.
Nach und nach erhoben sich alle Mitglieder des Rates und stemmten ihre
Hände wütend ins Gestein des Halbkreises.
Sofort erkannte Nadia, wie sich verschieden farbige Aura um die Nox Ältesten
materialisierte und sie zu rasenden Ungetümen wurden, die nur darauf
warteten einen vernichtenden Schlag gegen die kleine Gruppe zu
unternehmen.
Noch immer vibrierte der Boden und das Licht, welches die weißen Wände aus
ihrem Inneren erhellte, begann zu flackern.
Als die Braunhaarige nun in das Gesicht des Nox Führers blickte, erkannte sie
Hass.
Obgleich sie wusste, dass er keine Emotionen haben konnte, erkannte sie die
Essenz des reinsten Hasses.
Finn jedoch schien von all dem immer noch kalt gelassen. Selbstbewusst und
stark wie er war, stand er stumm da und sah auf.
Er hatte noch immer nicht gesprochen, doch schien ihm etwas eine gewisse
Sicherheit zu geben.

Nadia schrak zusammen, als urplötzlich ein roter Blitz durch die Ratskammer zuckte und laut donnernd in den Boden einschlug, wo eine dunkle Stelle auf dem sterilen Weiß zurückblieb.

Lexa hatte ihre Arme zu beiden Seiten weit von sich gestreckt und sie waren umgeben von eben den gleichen Spannungen, wie eine solche eben niedergeschlagen war.

Wie feine Ranken schlangen sich die Blitze um ihre Arme und entluden sich funkend in ihren Fingerspitzen.

Von der zurückhaltenden La Lexa D'Arc war nichts mehr zu erkennen, denn sie hatte sich zu einer Nox gewandelt, die bereit war, jeden Augenblick zu zuschlagen und all ihre Wut und ihren angestauten Zorn auszulassen.

Nun wusste Nadia also welcher Gattung der Nox die junge Frau angehörte. Sie war eine Nox energetis, fähig energetische Ströme zu erzeugen und ihre Kraft aus dem Nichts heraus zu erzeugen.

Es war also endgültig so weit und Nadia würde erneut ihre Siya Fähigkeiten bis an deren Grenzen treiben müssen.

Endlich mischte sich auch Finn in das Geschehen ein und löste sich von dem Mädchen, deren Angst sie mittlerweile überwunden hatte und bereit war sich der Gefahr zu stellen.

Erneut funkelten Finns Augen strahlend blau auf, wobei Nadia auffiel, dass sie bisher keinen anderen Nox gesehen hatte, dessen Aura eine bläuliche Farbe annahm.

Er ballte beide Hände zu Fäusten und in seiner Hand manifestierte sich aus dem Nichts heraus ein Schwert.

Es war eine Waffe, die sie noch nie zuvor gesehen hatte, verjüngte sie sich doch zur Spitze nicht, sondern blieb gerade und war ein perfektes Rechteck.

Die Klinge glitzerte im hellen Licht des Raumes und schien die Vibration und die Erschütterungen des Raumes in sich aufzunehmen.

» Ihr habt uns lang genug unterjocht! «, schrie La Lexa und formte mit ihren Händen eine rote Sphäre, die ausschließlich aus kleinen, umher jagenden Blitzen bestand.

Sie nahm das Projektil in eine Hand, holte weit aus und schleuderte es schließlich mit ganzer Kraft in Richtung der Ratsmitglieder.

Angespannt verfolgte Nadia das Geschoss, das Sekundenbruchteile später einen der Ältesten traf und diesen in gewaltige elektrische Spannungen hüllte, die ihm wohl jeglichen Lebensgeist aushauchten.

Ein Gegenangriff ließ jedoch nicht lange auf sich warten. Einer der Nox war von dem übergroßen Podest herunter gesprungen und hatte sich einer der

Stahlkolosse an den Flanken gegriffen. Mit bloßer Hand hielt er die Skulptur und warf sie schließlich der Nox entgegen, die jedoch mit Leichtigkeit auswich.
Nun hatten sie es also mit jeglicher Art von Nox zu tun, dachte Nadia und sah dem Nox physicales zu, wie dieser dabei war, eine weitere Skulptur anzuheben.
Gerade wollte sie ihre Kräfte entfachen um dem Nox Einhalt zu gebieten, als ein markerschütternder Schrei ihren Kopf mit unvorstellbarem Schmerz füllte.
Sie schrie auf und griff sich an ihre Ohren, schien der Ton doch ihr Trommelfell jede Sekunde zum Platzen zu bringen.
Nie zuvor hatte einen solchen Schmerz gefühlt, war er doch vollkommen anders, als alles was sie bisher wahrgenommen hatte. Sie brach zusammen und sackte zu Boden, wo Nadia mit schmerzverzerrtem Gesicht niederkniete und sich noch immer den Kopf hielt, der partout nicht aufhören wollte diesen pfeifenden Ton wiederzugeben.
Als sie jedoch einen kurzen Moment aufsah, erblickte sie einen der Ratsmitglieder, der sie mit seinen Blicken fixiert hatte und einige unverständliche Worte murmelte.
Sofort verstand sie und die Wut quoll in ihr hinauf. Ein Nox spiriti wagte es also tatsächlich sie auf ihrem stärksten Gebiet anzugreifen?
Trotz der unerträglichen Schmerzen rappelte Nadia sich auf und sah den Nox an, der sie noch immer fixierte.
Er schien verwirrt darüber, dass sich das Mädchen ein weiteres Mal aufrappeln konnte.
Nadia blickte kurz zu Finn hinüber, der gerade in einen Kampf mit Zweien der Ältesten verwickelt war und dem sichtlich die Anstrengung ins Gesicht geschrieben stand.
Wenn er so weitermachen würde, dann hielte er nicht mehr lange durch, war er doch durch die viele Wunden, die seine Brust noch immer trug, noch zu sehr geschwächt

Ein erneuter stechender Schmerz holte Nadia zu ihrem eigentlichen Problem zurück.
Sie versuchte sich trotz der unerträglichen Geräuschkulisse kurz zu konzentrieren und schließlich gelang es ihr, ihre Kräfte zu mobilisieren.
Ihre Augen flammten in den wärmsten Rot- und Orangetönen auf und sofort verfinsterte sich ihr Gesichtsausdruck zunehmend.
Sie verschloss ihren Geist und sofort versiegte der schrille Ton und der damit verbundene Schmerz im Nichts.
Wütend und doch mit einem Lächeln auf den Lippen, wandte sich die Siya dem Nox zu und sah ihn an.

Dieser wich einen Schritt zurück und begann sich panisch umzublicken. Doch kurz bevor er die Flucht antreten konnte, streckte Nadia ihre Hand nach ihm aus und vollführte das Gleiche mit dem Nox, was sie vor einiger Zeit bei ihrer Flucht von dem kyrianischen Schlachtschiff mit der Tür ihrer Gefängniszelle getan hatte.

Mit ganzer Wucht wurde der Älteste durch den Raum geschleudert und schlug gegen die gegenüberliegende Wand, wo er regungslos liegen blieb.

Sofort wandte sie sich erneut Finn zu, der noch immer in den Kampf vertieft war.

Immer wieder griff er sich an seinen Bauch oder seine Brust, die mittlerweile wieder stark schmerzen mussten.

Nadia sah kurz auf und erkannte, dass der Führer der Nox noch immer nicht eingeschritten war, doch genoss er das Schauspiel in vollen Zügen.

Verwirrt sah das Mädchen wieder zu Boden. Es konnte nicht sein, dass sie vorhin Hass in seinem Gesicht gesehen hatte. Es war einfach unmöglich, dass er Emotionen empfand.

Zeit zum Nachdenken hatte sie in diesen Augenblicken wirklich nicht. So schnell sie konnte sprintete die Kopfgeldjägerin zu Finn hinüber und streifte sich dabei die Armreifen ab, die sie achtlos und nacheinander auf den Boden fallen ließ.

» Finn, hinter dir. «, rief sie und sah zu, wie sich dieser in Windeseile umdrehte und sein Schwert in einen herannahenden Ältesten rammte.

Als Nadia die zwei Angreifer, die sich um Finn tummelten ansah, kamen ihr die Bilder ihres Scanners erneut in den Kopf.

Zwei rote und ein blauer Punkt waren zu sehen, sowie eine unglaubliche Stimme zu hören war.

Obgleich es der Situation nicht entsprach, musste sie einen Moment schmunzeln.

Finn zog das Schwert aus dem leblosen Körper heraus und stieß in von sich.

Nadia sah den zweiten der Ratsmitglieder auf Finn zu eilen und formte innerhalb weniger Fragmente einer Sekunde eine kleine Kugel, die flammend heiß von ihr auf den Nox losgelassen wurde.

Sie traf ihn inmitten seines Rückens, was ihn vorerst handlungsunfähig machte.

Kurz darauf erreichte Nadia den in Mitleidenschaft gezogenen Finn, der sie jedoch tapfer anlächelte. Noch immer hielt er sich die Brust und hatte ein Auge geschlossen.

Schweißperlen rannen sein Gesicht hinab und Nadia wusste genau, dass sie nicht mehr viel Zeit hatten, da Finns Körper nicht mehr lange mitspielte.

» Nadia, verschwinde. Das ist alles zu gefährlich für
dich. «, keuchte er und sah sie noch immer voller Stolz und übermäßig tapfer
an.
Nadia schüttelte den Kopf und legte eine Hand vorsichtig auf Finns Wange.
Dieser wich jedoch zurück und sah Nadia etwas verlegen an.
» Ich bin es nicht, die verschwinden sollte. Du hast gesehen, dass ich mich
selbst verteidigen kann. Finn, du brichst gleich zusammen. Du hattest beinahe
keinen Schlaf und dein Körper macht diese Anstrengung nicht lange mit. «,
sagte Nadia, die ihre Hand mittlerweile wieder eng an ihren Körper gezogen
hatte.
Finn schüttelte wütend den Kopf und erhob erneut sein Schwert, wobei er ein
weiteres Mal zusammenzuckte. » Ich bin ein Nox. Ich breche nicht zusammen!
«, raunte er das Mädchen an.
» Bist du darauf stolz? «, fragte Nadia und auch ihre Miene verfinsterte sich
erneut.
Finn antwortete nicht, grummelte stattdessen etwas Unverständliches vor sich
hin und wandte sich erneut den anderen Nox zu.

Nadia schüttelte sauer den Kopf und zerbrach sich erneut den Kopf darüber,
ob es überhaupt noch eine Möglichkeit gab zu entkommen.
Wäre doch Noa bloß hier, so könnte er in das Zeitgefüge eingreifen und ihnen
einige Minuten Vorsprung verschaffen, die für ihre Flucht eine Ewigkeit
waren.
So mussten sie wohl ohne ihn auskommen und einen Ausweg finden, bevor
der Kampf ausarten würde.
Der Rat der Nox war den Dreien nicht gewachsen, doch falls der Führer der
Nox eingreifen würde, konnte in wenigen Sekunden alles vorbei sein.
Nadia sah zu Lexa hinüber, die bereits seit einigen Minuten damit beschäftigt
war, gegen einen der Ältesten anzutreten, doch konnte sie einfach nicht die
Oberhand gewinnen.

» Lexa, was sollen wir tun? Finn hält nicht mehr lange
durch. «, rief das braunhaarige Mädchen zu der rothaarigen Naturgewalt
hinüber.
La Lexa wandte sich um und sah Nadia an. » Ich habe einen Plan, aber dazu
brauchen wir Finns Kräfte. Ihr müsst euch zusammenschließen und dann
haben wir möglicherweise eine geringe Chance noch zu entkommen, Nadia «,
sagte sie, wurde jedoch in diesem Moment hart an der Schulter getroffen.

» Verstanden. Was soll ich machen? «, fragte Nadia, die mittlerweile beinahe neben der Älteren stand und sich ebenfalls gegen eine der Wachen zur Wehr setzte.

Es dauerte einige Minuten bis La Lexa den Ältesten endlich besiegt hatte und antwortete. » Ihr beide seid zusammen stark genug um den Rat zu verwirren. Ihr müsst eure Kraft einsetzen und ihnen ein Trugbild vor Augen führen. Wenn ihr euch zusammenschließt und euch konzentriert, dann könnte es funktionieren. Dann bleibt nur noch unser Vater übrig, der wohl zu mächtig für eine solche Illusion sein wird. Ich werde ein energetisches Schutzschild errichten, sodass wir fliehen können. Ich habe mich um ein Transportmittel gekümmert. «, sagte Lexa.

Nadia nickte und wenn sie bedachte, wozu Finn in der Lage gewesen war, als er mit ihrem Geist verschmolzen war, so schien ihr die Idee gar nicht einmal so abwegig.

Lexa hatte sich um eine Fluchtmöglichkeit gekümmert? Plötzlich erinnerte sie sich an Lexas letzte Worte, die sie gesagt hatte, bevor sie aus Finns Quartier verschwunden war.

Juni – Lexa hatte von einer Juni gesprochen, die sie kontaktieren wollte. Möglicherweise würde diese ihnen bei der Flucht behilflich sein.

Nadia war entschlossen all ihre Macht einzusetzen und sich mit aller Gewalt gegen die Nox aufzulehnen.

Sie würden es schaffen – Ja sie würden es schaffen!

Sie wirbelte herum und sah Finn mit ihren noch immer in Flammen gehüllten Augen an.

Sie fixierte ihn und rief nach ihm, ohne dass sie ihre Lippen bewegt hatte.

Immer lauter begann ihr Geist nach dem jungen Mann mit den strahlend blauen Augen zu schreien, bis dieser endlich herumfuhr und sie ebenfalls ansah.

Die Anstrengung stand ihm vollends ins Gesicht geschrieben, doch Nadia wusste, dass er nun noch einmal sein Bestes geben musste.

Eine flüsternde Stimme erfüllte ihrer beider Sinne, die sich in sich selbst widerspiegelte und leise hallte.

Nadia öffnete ihre Gedanken und ließ den Nox in ihren Geist eindringen, sodass er den von Lexa ausgeheckten Plan auch für sich erschließen konnte.

Obgleich es nur wenige Sekunden gedauert hatte, so verstand Finn nun und sah glasklar vor sich, was er zu tun hatte.

Die Zeitlupe, die Nadia zuvor noch geblendet hatte, wandelte sich nun in eine unglaubliche Geschwindigkeit.

Sie hatte das Gefühl, dass jegliches Handeln an ihr vorbeirasen würde, als sie plötzlich Finn neben sich wahrnahm, der seine Hände an seine Schläfen gelegt hatte. Das Mädchen sah zu dem älteren der Beiden hinüber und tat es ihm sofort gleich.
Sie versuchte sich zu sammeln, was ihr zunächst jedoch nur bruchstückhaft gelang.
Sie blendete das Geschehene aus und begann sich nur auf das Hier und Jetzt zu konzentrieren.
Nadia fühlte Finn, dessen Gedanken sich wie eine Schablone über sie legten und ihr den Weg wiesen, den sie nun zu beschreiten hatte.
Fest kniff sie ihre glimmenden Augen zusammen und mit einem Mal war es ruhig.

Vollkommene Stille erfüllte die Ratskammer.

Nach einer Weile öffnete sie vorsichtig die Augen, war sie doch nicht darauf gefasst, was inzwischen von Statten gegangen war.
Die Nox waren in unnatürlichen Posen stehen geblieben und verharrten ohne Bewegung mit teilweise seltsam verzogenen Gesichtern.
Einer der Wesen schien gerade auf sie zu springen zu wollen, doch war dessen Körper einfach inmitten der Luft stehen geblieben und verharrte dort.
Nadia löste sich aus ihrer Starre und blickte sich verwirrt um. Alles was sie sah, war in einen dezenten, rötlichen Schimmer getaucht, der alles und jeden zu bedecken schien.
Erst nach einigen Sekunden sah Nadia die angespannte Lexa, die ihre Hände weit von sich streckte.
Sie schien ein Energieschild um die drei jungen Abtrünnigen gebildet zu haben.
Hatte Nadia dies etwa bewirkt? Hatte sie die Zeit angehalten oder war es Finn?
» Wir haben es geschafft, Nadia! «, schnaubte er und atmete schnell.
» Das war ich nicht! Ich kann nicht in das Zeitgefüge eingreifen! «, sagte sie noch immer verwirrt und ängstlich.
Finn wandte sich ihr zu und lächelte mit letzter Kraft. » Das hast du auch nicht. Es ist alles nur eine große Illusion, die du mit deiner Gedankenkraft geschaffen hast. Du bist wirklich eine großartige Telepathin, Nadia. «, sagte er und wandte sich dann seiner Schwester zu, doch in diesem Moment wurde der Saal erneut erschüttert und Nadia wirbelte herum.
Der Führer der Nox, Finns und La Lexas Vater, war aus dem Stand von der mehrere Meter hohen, halbkreisförmigen Mauer herunter gesprungen und stand nun nur noch wenige Meter vor ihnen.

Noch nie zuvor hatte Nadia jemanden gesehen, der ihr als eine solch
übermächtige Bedrohung erschien.
Der Mann war ihnen bei weitem gewachsen und doch erhielt Lexa anmutig das
Energieschild aufrecht.
» Ihr seit kraftvoller und beeindruckender als ich gedacht hätte. «, sagte der
Mann leise und schritt einen weiteren Meter auf sie zu.

Nadia baute sich auf und blickte den Führer, den König, den Imperator, den
Tyrannen – den absoluten Herrscher der Nox und Herr über Leben und Tod
voller Stolz und Anmut an.
Nun war ihr jeder Umstand gleichgültig, gab es doch kein Zurück mehr. » Es
ist vorbei! Ihr habt vor Jahrtausenden die Menschen erschaffen. Ihr habt sie zu
eurem Vergnügen aus eurem Erbmaterial reproduziert.
Habt ihr Nox denn keine Ethik? Seid ihr wirklich so
kalt? «, fragte sie, ließ jedoch nicht die Spur eine aggressiven Untertons
hindurchsickern.
» Wir Nox besitzen keine Emotionen! Emotionen sind eine Krankheit, die
auszumerzen ist. Wir sind nahezu perfekt und das liegt an unseren nicht
vorhandenen Gefühlen, Siya
Balg. «, antwortete er.

» Nein – nein, ganz sicher nicht. Jeder Nox besitzt Emotionen, doch sind sie
gezwungen diese zu verbergen. Seht euch euren Sohn und eure Tochter an.
Euer eigen Fleisch und Blut – Sie fühlen Freude und Leid, Schmerz und Liebe
und Unzähliges mehr. Wie konntet ihr es nur verantworten sie nach euren
Vorstellungen zu erschaffen? Jedes Lebewesen ist durch sein Äußeres ein
Individuum und eine einzigartige Persönlichkeit durch seine Gefühle, die jeder
für sich selbst entdeckt und entwickelt.
Ihr werdet bald zu Grunde gehen und eure eigene Schöpfung wird
triumphieren. Die Menschen und die Siya. «, sagte Nadia wütend.
Erneut glühten die Augen des großen Herrschers auf. » Du weißt doch gar
nicht wovon du redest, Kind! «
Nadia schüttelte den Kopf und lächelte mitleidig. » Ich habe in meinem Leben
Erfahrungen gesammelt, die wohl kein Anderer vorweisen kann. Ich weiß, was
es bedeutet allein zu sein und ich weiß, was bedeutet mit seiner Andersartigkeit
allein zu stehen, doch wir werden nun in eine Welt kommen, die wir ändern
werden.
Wenn die Menschheit erfährt, wodurch sie erschaffen wurde und vor allem
wozu ein solches Leben, das sie nun fristeten, führt, so wird sich einiges

ändern. Man wird verstehen wozu ein Leben führt, das die Menschen einst auf der Erde führten.

Kriege und Korruption – Machtgier und Kapitalismus – Verfolgung und Verachtung von Minderheiten – Ausbeutung und Klassenunterschiede – Hass und Laster, all diese Verbrechen sind nur eine Vorstufe von dem, was ihr schon seid.

Die Nox sind eine Rasse, die aus unglaublicher Logik heraus die wohl größte Tyrannei des Universums betreibt.

Doch denkt man darüber nach, so wird einem klar, dass die Nox durch das Leid, das ihnen die Unterdrückung ihrer Emotionen beschert wurde, zu kranken Dienern eines armen, alten Mannes geworden sind.

Siya und Menschen sind die Kinder der Nox. Sie sind die nächste Generation und eine jüngere Generation überlebt die Ältere immer – Das ist die Kausalität des Universums und daran könnt auch ihr nichts ändern, mein Führer. «, sagte Nadia und drehte sich um.

Sie hatte soeben gesagt, was ihr nun schon seit einer Ewigkeit auf dem Herzen lag. All das, was sie in ihrer Kindheit hatte erfahren müssen, hatte sie zu einer jungen Frau gemacht, die das soziale Leben und den Umgang zwischen den verschiedensten Lebensformen verstand.

Sie war glücklich und hatte dem Nox vor Augen geführt, was aus ihnen geworden war.

Sie waren nicht länger die wohl mächtigste Rasse der Galaxie – Sie waren es nie gewesen. An jenem Tag, an welchem sie ihre Gefühle ablegten, wurden sie wohl zu einer noch mehr geschundenen Spezies, als die Siya oder die Menschen es waren.

Es war Nadias Aufgabe der Menschheit die Augen zu öffnen und ihnen die Wahrheit zu enthüllen.

Das gesamte Leben der Menschen war eine einzige Lüge, doch so würden sie möglicherweise verstehen, worin ihr Leben enden würde, falls sie nicht endgültig einlenkten.

5
Die Flucht

Ohne ein weiteres Wort hatte sich das Mädchen umgedreht und sich in Bewegung gesetzt. La Lexa und Finn schienen von ihren Worten gefesselt und doch folgten sie ihr lautlos.

Die Rothaarige hielt noch immer das Schild aufrecht, wusste jedoch nicht, ob sie einem Angriff ihres Vaters standhalten konnte.

Nadia wartete noch immer auf eine Reaktion des Nox Führers, doch diese schien tatsächlich auszubleiben.

Gemeinsam hatten sie beinahe den Ausgang der Ratskammer erreicht.

Unterbewusst hielten auch Finn und sie selbst noch die Illusion aufrecht, die den Rat der Nox handlungsunfähig machte.

Sie kamen dem Portal näher und näher, doch noch immer hatte der Führer nicht auf Nadias letzte Worte reagiert.

Sekunden bevor sie den Saal verlassen konnte, meldete er sich schließlich doch noch zu Wort.

» Ihr könnt gehen! Doch wohin ihr auch geht und eure Saat verbreiten wollt – Die Nox werden euch finden, also wiegt euch nicht in Sicherheit! «, rief er ihnen nach, doch Nadia ließ nicht von ihrem schnellen Schritt ab oder drehte sich um.

Sie schenkte dem Vater ihrer Mitstreiter nicht länger ihre Aufmerksamkeit, denn wenn es eine Eigenschaft gab, die in ihr übermäßig stark ausgeprägt war, so wäre es wohl ihr Stolz.

» Mach dich bereit, Lexa. «, zischte Nadia. Noch immer konnte sie ein letzter, vernichtender Schlag ereilen.

Doch die junge Nox schüttelte den Kopf. » Nein Nadia. Er wird nicht angreifen. DU hast ihn zu sehr aus der Fassung gebracht. Er weiß nicht damit umzugehen in die Schranken gewiesen zu werden. Unser Vater wird uns nun ziehen lassen, doch es wird ihn umso mehr befriedigen uns durch die Galaxie zu jagen und uns das Leben zur Hölle zu

machen. «, sprach sie und ließ mit diesen Worten den Schild fallen.

Die Umgebung nahm wieder die üblichen Farben an und verlor den sanften Rotschimmer.

Nadia drückte die große Flügeltür der Ratskammer auf und wollte gerade den Raum verlassen.

» Sobald eure Illusion keine Wirkung mehr zeigt, wird die Jagd beginnen! «, rief ihnen der Führer nach, doch Nadia schenkte ihm noch immer keine Aufmerksamkeit.

Auch Finn und Lexa taten es ihr gleich und so verließen sie gemeinsam die Halle, in welcher soeben noch ein wilder Kampf getobt hatte.

Finn lief unmittelbar neben ihr und sie spürte seinen Blick, der auf Nadia geheftet war.

Abwesend sah sie zu ihm hinüber und erkannte ein sanftes Lächeln in seinem Gesicht. » Was – Was ist denn? «, fragte sie und blickte ihn verblüfft an.

Finn schüttelte den Kopf und schmunzelte weiterhin.

» Nichts, nichts. Du warst mutig, Nadia. Ich bin beeindruckt von dem, was du über die Nox und über die Menschen gesagt hast. Nein – Ich bin wohl mehr stolz auf dich. «, lächelte er noch immer.

Nadia richtete ihren Blick wieder auf den Weg, der noch vor ihren lag. » Ich habe nicht überlegt. Es kam einfach aus mir heraus und ich musste mir Luft machen. «, erklärte sie sichtlich geschmeichelt von Finns Worten.

» Er hat gesagt, dass er die Jagd eröffnet, wenn die Illusion zusammenbricht. Doch er weiß nicht, dass wir beide das Trugbild unterbewusst aufrecht erhalten. Wir haben noch einige Zeit bis wir zu weit entfernt sind und erst dann haben wir keinen Einfluss mehr darauf. Unser Vater wird sein blaues Wunder erleben. «, sprach Finn mit erhobenem Haupt.

Nun grinste Nadia. » Eigne dir bloß nicht die falschen Emotionen an, Finn. Hochmut kommt vor dem Fall. «, sagte sie und entlockte auch Lexa ein kurzes Lachen.

Nadia atmete tief durch. » Sollten wir es denn tatsächlich schaffen? Sollte es uns gelingen zu fliehen? Dort vorn – Sind das nicht die Zugänge zum Hangardeck? «, fragte sie.

La Lexa nickte kurz und steigerte ihr ohnehin schon schnelles Schritttempo ein weiteres Mal.

Recht schnell erreichten sie das Schott zum Hangar und übertraten die Schwelle.

Erst nach einigen Schritten erkannte Nadia, dass sie in einen abgelegenen Teil des Hangars vorgedrungen waren, an dem für üblich nur Transporter oder Handelsschiffe andockten.

Dies war wohl der einzige Teil der Brax, der heruntergekommen wirkte.

Nicht ein Schiff hatte an den Docks festgemacht und so blieb Nadia stehen.

» Woanders hin! Von hier kommen wir nicht weg! «, sagte sie und machte auf dem Absatz kehrt.

Lexa und Finn jedoch liefen geradewegs weiter. » Komm Nadia. Wir werden erwartet. «, sagte Lexa und winkte abwesend und doch hastig.

Nadia blieb erneut stehen und sah sich um. » Womit willst du denn fliegen, Lexa? Sieh dich um – Hier ist kein Schiff, das wir nehmen könnten. «, sagte sie.

» Glaubst du! Wir werden erwartet. Also sprich nicht so viel und komm endlich! «, rief sie – War sie doch schon recht weit von der Braunhaarigen entfernt.

Trotz ihrer Zweifel setzte sie sich erneut in Bewegung, die bald schon zu einem Rennen wurde, da Nadia den Abstand so schnell wie möglich wieder aufholen wollte.

Lexa und Finn steuerten auf das Ende eines Peers zu, an welchem die Luft
plötzlich zu flimmern begann.
Nadia kniff ihre Augen zusammen und meinte sich zu täuschen, doch
tatsächlich flackerte es immer stärker.
Es knisterte laut und schließlich manifestierte sich ein
Wave-Fighter am Ende des Docks, wo zuvor rein gar nichts zu sehen war.
Je näher sie kam, desto sicherer wurde sie sich, dass der Fighter
überdurchschnittlich groß war. Schließlich erkannte sie, dass es sich um einen
kleinen Transporter handelte, der jedoch das gleiche Design und dieselbe
Bauweise eines Wave-Fighters hatte.
Nach einigen Sekunden erreichte auch sie endlich das Ende des Peers und
stand wieder neben den Nox Geschwistern.
Mit weit geöffnetem Mund starrte das Mädchen den futuristischen Transporter
an.
Lexa sah zu ihr hinüber und lächelte überlegen. » Die modernste
Tarntechnologie. Selbst für die Nox ist es unmöglich den Wave-Flyer
aufzuspüren. «, sagte sie und blickte erneut auf das Fluggerät.
» Wave-Flyer? Eine neue Generation des Fighters? «, fragte Nadia noch immer
ungläubig.
» Am besten ist es, wenn du Juni selbst fragst, Nadia. «, führte die junge Frau
weiter aus und betätigte ein kleines Nummernfeld an der Außenhaut des
Transporters. Kurz darauf entwich weißer Dampf einigen Schlitzen und ein
Schott in das Innere öffnete sich langsam.
Gerade wollte La Lexa den Flyer betreten, als Finn zusammenfuhr und sich
verkrampft an den Kopf fasste.
Nadia fuhr herum und blickte ihn an, wollte gerade fragen, was geschehen ist,
doch just in dieser Sekunde wusste sie, was in Finn vor sich ging.
» Die Illusion bricht in wenigen Minuten zusammen. Wir sollten verschwinden.
«, sagte er mit zusammengebissenen Zähnen und stützte sich an dem Stahl des
Transporters ab.
Lexa sah zu Nadia – diese nickte zustimmend. » Dann mal los. Juni wird uns
hier weg bringen. «, sagte sie angespannt und betrat den Flyer als Erste.
Nadia ging zum jungen Nox hinüber und beugte sich ein wenig zu ihm
hinunter, da er noch immer leicht gebückt an dem Raumschiff lehnte.
Vorsichtig legte sie eine Hand auf seinen Arm. » Alles in Ordnung? «, fragte
sie.
Sofort rappelte Finn sich auf und nickte hastig.

Endlich betraten auch die Nachzügler den Flyer und sofort wurde die Luke
nach Außen geschlossen.

Der Innenraum schien tatsächlich recht großzügig bemessen zu sein. Es waren zwei Türen zu sehen, von welchen eine in das Cockpit führte. Nun würde Nadia also Juni kennen lernen. Was hatte es wohl mit ihr auf sich, dass sie bereit war, zweien der Nox aus einer solch fragilen Situation zu helfen.
Finn blickte das Mädchen an und wies auf den Durchgang zur Kanzel der Pilotin. » Komm Nadia, ich stelle dir erst einmal Juni vor. «, sagte und ging leicht geduckt durch die Tür, welche in den vorderen Teil des Schiffes führte.
Nadia nickte kurz und folgte dem Nox. Kurz darauf betrat sie das Cockpit, welches aus einer gestreckten Glaskuppel bestand. Ein hoher Pilotensessel war gen Scheibe gerichtet.
Lexa stand neben diesem und sah hinaus, wie sich der Flyer langsam vom Dock des Hangars entfernte.
Nadia versuchte die Pilotin zu erkennen, doch die Lehne des Sessels war einfach zu hoch um etwas erkennen zu können.
Finn trat ebenfalls neben die Pilotin und sah hinab, worauf zunächst keine Reaktion folgte.
Doch plötzlich erklang eine helle Stimme, die freudig und zugleich verwundert klang. » Finn – Da bist du ja. Wie geht es dir? «, fragte die hohe Stimme und der Sessel drehte sich zur Seite.
Was Nadia nun sah, ließ ihr die Kinnlade weit herunterklappen. Auf dem Pilotensessel saß ein Junge, der höchstens vierzehn Jahre alt war. Er war klein und schmächtig. Seine Haut war sehr blass und sein Haar leuchtete in hellem Blond. Selbst die Kleidung des Jungen war schneeweiß und ließ ihn ungemein unschuldig und rein erscheinen.
» Mir ging es nie besser, Juni. Trotz der momentanen Situation. «, sagte Finn und lächelte sanft.
Obgleich sich der Pilot wieder dem Joystick zugewandt hatte, gluckste er leise.
» Hat er es also tatsächlich geschafft, La Lexa? Hat er es endlich begriffen und sich seine Gefühle
eingestanden? «, fragte er und das das Schiff drehte sich um seine eigene Achse um das Hangartor anzusteuern.
Die Angesprochene lachte. » Du sagst es Juni, doch war das weder mein, noch sein Verdienst. «, sagte sie und blickte nun zu Nadia hinüber, die zusammenzuckte, als sie von Lexas goldenen Augen getroffen wurde.
» Sondern wessen? Tarnvorrichtung aktiviert. «, sagte er kurz und drückte den Joystick ganz durch.
» Ich möchte dir jemanden vorstellen, Juni. «, sagte Finn und winkte Nadia zu sich.
Diese setzte sich nur widerwillig in Bewegung, war es ihr doch innerlich unangenehm, dass sie Juni für eine Frau gehalten hatte. Nichts

Ungewöhnliches – Was ihr jedoch noch immer zu schaffen machte, war sein ausgesprochen junges Alter, das sie jedoch erneut nur aus seinem Äußeren schloss.

Stumm sah sie den Jungen an und lächelte verhalten. » Hallo – Ich, ich bin Nadia Scarbodia. «, sagte sie und trat schnell wieder einen Schritt zurück.

Juni blickte auf und schmunzelte Nadia an. » Hallo Nadia. Du bist also das Schicksalskind, das es geschafft hat unserem Finn endlich seine Gabe nahe zu bringen. «, sagte er und wandte sich erneut der Steuerung des Flyer zu.

» So würde ich das nun nicht bezeichnen … «, sagte sie verlegen und sah zu Boden.

Wie es für den Nox üblich war, verschränkte er seine Arme vor der Brust und sah das Mädchen durchdringend mit seinen strahlend blauen Augen an.

Das Raumschiff verließ die breiten Hangartore der Brax und entfernte sich mit hoher Geschwindigkeit. Sofort erkannte Nadia die typischen Leistungsmerkmale eines Wave-Fighters.

» Woher zum Teufel hast du diesen Flyer? «, platzte es endlich aus ihr heraus.

Juni schmunzelte, hielt seine Augen jedoch weiterhin konzentriert auf das Instrumentenbrett gerichtet.

» Mein Vater ist der Entwickler und somit ist es natürlich kein Problem an einen solchen Transporter zu

gelangen. «, antwortete der kleine Junge mit den hellblonden Haaren, die ihm schlaff in sein Gesicht hingen.

»Dein Vater ist der Entwickler? Das kann nicht sein. Meines Wissens ist ein Mensch der Konstrukteur der Wave-Technologie. «, sagte sie.

» Richtig, richtig. Dieser Flyer wurde von einem Menschen, von Dr. Fluxx, entworfen. Er ist mein Vater. «

Plötzlich wurde Nadia so einiges klar und all die Puzzleteile schienen sich endlich zu einem Ganzen zusammen zu fügen. Dr. Fluxx war ihr befreundeter Raumschiffdesigner, von welchem sie einen Prototyp ihres Wave-Fighters erhalten hatte. Wenn Juni der Sohn von ihm war, so war es für ihn ein Leichtes an ein solch unglaubliches Raumschiff zu kommen. Selbst Finn musste seinen Wave-Fighter von ihm bekommen haben. Sie hatte sich ohnehin die ganze Zeit gefragt, woher er das Fluggerät hatte.

» Aber warum hilft ein einfacher Mensch zwei Nox? Woher kennt ihr euch überhaupt? «, fragte das Mädchen neugierig.

» Nun ja, es könnte daran liegen, dass ich einfach kein gewöhnlicher Mensch bin. Meine Mutter ist eine Nox und mein Vater ein Mensch. Ich besitze jedoch keine besonderen Fähigkeiten, welche die Nox vorweisen können. Ich kann nur mit meinem Wissen und meiner Intelligenz dienen, die wohl überdurchschnittlich ist. Muss eine Erbkrankheit sein oder so. «, lachte er.

Nadia trat wieder einen Schritt vor. » Deine Mutter ist also eine Nox? Dann solltest du trotzdem keinen Kontakt zu der Brax haben oder lebt deine Mutter etwa dort? «, fragte Nadia, die sich nicht sicher war, ob sie nicht möglicherweise mit ihrer Fragerei zu weit ging.

» Richtig. Meine Mutter, Maii Fluxx, lebt auf der Brax imperiales. Sie ist ... «, doch Nadia ließ Juni seinen Satz nicht beenden.

» Maii? Etwa die Maii, die ich auf der Brax kennen gelernt habe? «, unterbrach sie ihn.

Nun trat Lexa ebenfalls vor. » Eben diese Maii, Nadia. Wie du siehst – Alles hängt zusammen und ist doch so weit auseinander gedriftet. «, sagte sie ruhig.

» Ich möchte euch ungern unterbrechen, aber ich schalte gleich auf Wave-Antrieb um. «, warf Juni ein.

Finn und Nadia traten an die Wand zurück, an welcher sie nach einer eisernen Haltevorrichtung griffen um beim Sprung auf die Energiewelle keinen Schaden davon zu tragen.

Plötzlich fuhr Nadia zusammen und es kam ihr vor, als würde sie etwas verlassen, dass sich in ihrem gesamten Körper ausgebreitet hatte. Es war, als wären Nebelschwaden, die zuvor ihren Körper bedeckt hatten, von ihr gegangen.

Sie sah zu Finn hinüber, der sich mit schmerzenden Gesichtsausdrücken an die Brust griff.

» Du solltest dich beeilen, Juni. Die Illusion ist gerade zusammengebrochen. «, sagte er schließlich.

Er war blasser als sonst und schien vollkommen übernächtigt und seiner schmerzenden Brust erlegen.

Mit einem Mal verschwammen die Sterne und der Flyer machte einen gewaltigen Ruck nach vorn.

In der nächsten Sekunde startete der Wave-Antrieb und die Brax war wie vom Erdboden verschluckt.

Die Sterne rasten vorbei, wobei sie nur noch als feine, weiße Linien im weiten Schwarz zu erkennen waren.

» Wohin fliegen wir überhaupt? «, fragte La Lexa.

Juni schaltete auf den Autopiloten um und drehte sich im Pilotensessel um. » Ihr werdet nun eine ganz andere Welt kennen lernen, Finn und Lexa. Wir verlassen den Sin Mara Graben und werden das Valkyrium System besuchen. «, sagte er, worauf Nadia ihre Augen weit aufriss. Ihre Heimat? Sie wollten in ihre Heimat flüchten? Endlich würde sie ihre Freunde, Noa und Arcane, wieder sehen können.

» Das Valkyrium System? «, fragte Finn.

Juni nickte und schmunzelte Nadia an. » Das Valkyrium System ist ein anderer Teil des Universums, aber es existiert ein altes Sprungtor, mit welchem wir dort hin gelangen können, meine Freunde. «

Finn zog eine Augenbraue hoch und musterte den Jungen etwas missmutig. » Was ist so besonders an diesem System, dass wir ausgerechnet nach Valkyrium fliegen? «, fragte er.

Nadia die ihren Kopf gesenkt hielt, antwortete beinahe flüsternd.

» Das ist meine Heimat. Dort leben die Menschen. «, sagte sie.

Sie sah auf und lächelte Finn an, freute sie sich doch so unglaublich endlich zurückkehren zu können und Noa, der wie ein großer Bruder für sie war und Arcane, ihre beste Freundin und Seelenverwandte wieder zu sehen, doch Finn schien ihre freudige Erwartung nicht zu teilen. Erneut hielt er sich die Brust und seine Gesichtsfarbe schien immer blasser zu werden.

Sie realisierte sofort und ging zu ihm. » Juni, gibt es an Bord eine Möglichkeit, dass Finn sich etwas hinlegt? Er ist noch ziemlich mitgenommen. «, fragte sie.

» Ja, ja sicher. Bis wir am Sprungtor ankommen wird es außerdem noch einen halben Tag dauern. Finn kann sich in meinem Quartier ausruhen. Die zweite Tür, die du sicherlich gesehen hast. «, sagte er.

Nadia nickte und griff Nach Finns Handgelenk.

» Danke, Juni. «

» Lass mich los. Mir geht es gut. «, murrte der Nox und wollte sich losreißen, doch Nadia sah ihn tadelnd an.

» Du ruhst dich aus, verstanden? «, mahnte sie ihn.

» Mir geht es gut, verdammt noch mal! «, raunte er sie an.

Nadia jedoch schüttelte wild den Kopf und zog nun heftig an seinem Handgelenk, sodass sie den Schwarzhaarigen mit leichter Gewalt hinter sich her zog. » Keine Widerrede! Du brauchst die Ruhe! «, sagte sie und verließ gemeinsam mit Finn das Cockpit.

Kaum hatten sie den Raum verlassen, begann der Ältere erneut an seinem Arm zu ziehen. » Hör auf mich so zu behandeln! Ich weiß selbst, wann ich mich auszuruhen

habe! «, sagte er wütend.

Das braunhaarige Mädchen fuhr herum und funkelte ihn an.

» Anscheinend weißt du das nicht, Finn! Du brauchst uns nicht den ach so starken und unbesiegbaren Nox vorzuführen. «, sagte sie und zog ihn weiter zu der anderen Tür, die ihr bereits beim Betreten des Flyers aufgefallen war. Finn blieb stumm und folgte Nadia willig.

Bereits von dem Nox entnervt drückte Nadia den Türöffner, worauf der schmale Durchlass surrend nachgab und den Weg ein kleines Quartier freigab.

Es lag im Inneren des Flyers und hatte somit keine Fenster und war sehr schmal.

Nadia betrat den Raum und ließ Finn nun endlich los, der ihr nun bereitwillig hinterher trottete.

Nadia sah sich um und erkannte im Halbdunklen, dass sich wohl keine Möbel im Raum befanden.

In einer der Ecken der engen Kammer war lediglich eine Decke ausgebreitet.

» Jetzt erklär mir nur noch, wie hier schlafen soll. «, sagte Finn hämisch.

Nadia wandte ihm den Rücken zu und begann zu lächeln. Sie behandelt Finn wirklich wie ein kleines Kind und mittlerweile war es ihr unangenehm.

Sie drehte sich um und stieß ihn fest zurück, wobei beide laut zu glucksen begannen und durch den Raum wankten bis Nadia plötzlich in Finns Armen landete.

Es kehrte Ruhe ein und Finns strahlend blaue Augen fingen die Braunen Nadias ein, wollten sie nicht mehr freigeben.

» Danke für Alles. «, flüsterte er.

Nadia war nicht in der Lage zu antworten, hatte sie ihm doch eigentlich zu danken, dass er ihr die Augen geöffnet hatte.

» Nichts zu danken. «, sagte sie und beugte sich vor. Vorsichtig und zaghaft küsste sie den jungen Mann auf die Wange.

Er zuckte kurz zusammen und blickte Nadia Hilfe suchend an. Nadia lächelte sanft und strich ihm eine Strähne aus dem Gesicht. » Aller Anfang ist schwer. «, hauchte sie.

Finn blieb stumm und sah Nadia noch immer unverwandt an.

» Ruh dich wenigstens ein wenig aus, Finn. Deine Wunden sind noch nicht verheilt und du wirst die Ruhe
brauchen. «, sagte sie und löste sich vorsichtig aus der Umarmung.

Dieser nickte und löste sich ebenfalls von Nadia. Er ging zu dem Lumpen, der auf dem Boden lag und fragte sich ernsthaft, wo Juni wohl schlafen würde.

» Ich muss einsatzbereit sein, wenn uns die Nox
finden. «, sagte er und drehte sich erneut zu Nadia um.

» Es wird einige Zeit dauern, bis die Fortuna uns gefunden hat, Finn. Und eben weil du fit sein musst, solltest du ein bisschen Entspannung finden. «, sagte sie und wandte sich zur Tür.

Sie wartete auf eine Verabschiedung, doch diese kam nicht. Nadia drückte den Türöffner, worauf der Durchlass aufschwang und Licht in den Raum fiel.

» Warte Nadia! «, sagte Finn plötzlich. Das Mädchen wandte sich ein letztes Mal um und legte einen fragenden Ausdruck über ihr Gesicht. » Ich, also, ich wollte dich
fragen … «, sprach Finn, wobei er sichtlich nervös wurde.

» Willst du nicht noch hier bleiben? Ich habe unser Gespräch gestern Nacht so genossen und ich … - Ich mag deine Anwesenheit … «, sagte er verlegen.
Sprachlos wie sie war, konnte Nadia nur hastig nicken und die Tür so schnell es nur möglich war, wieder schließen.
» Ja. Ja natürlich können wir uns unterhalten. «, schoss es aus ihr heraus.
Sofort wurde Finns Gesichtsausdruck fröhlicher und er wies auf die Decke, die noch immer unverändert auf dem Boden lag. » Was Besseres finden wir wohl nicht. «, grinste er frech.
Nadia war zu perplex um antworten zu können. Stattdessen ging sie schweigend auf die Ecke zu, in welche sich Finn just in diesem Moment ächzend niederließ.
Das Mädchen trat vor und sank ebenfalls auf den Lumpen nieder, durch den man den kalten Stahl spüren konnte.
Sie rutschte zurück und lehnte sich an die ebenfalls kalte Wand und eine Gänsehaut jagte ihren Torso hinab.
Fest zog sie die Arme um ihren Körper und versuchte sich selbst zu wärmen.

Finn legte den Kopf zurück und seufzte laut auf. Er strich sich mir den Fingerspitzen abwesend über seine Brust und wandte sich dann wieder Nadia zu.
» Wir werden es unglaublich schwer haben, wenn sie uns finden. «, sagte er.
» Die Menschen werden uns helfen. Zumindest hoffe ich das. Wenn ich ihnen die Wahrheit über ihre Existenz erklärt haben werde, so werden sie mit großer Sicherheit einsehen, dass sie nicht so weitermachen können. Sie müssen nun einen anderen Weg einschlagen um nicht die gleichen Fehler wie die Nox zu machen «
Finn nickte, doch er hatte etwas anderes im Sinn gehabt.
» Nadia, wenn die Nox uns finden, so haben die Menschen keine Chance. Die Fortuna ist in der Lage all ihre Kolonien mit einem Mal zu vernichten, doch hier können wir unseren Trumpf ausspielen. «, erklärte er.
Nadia zog ihre Arme fester um ihren Körper und fröstelte noch immer.
» Es gibt ein Kriegsrecht der Nox, in welchem man einen solchen Angriff verhindern kann. Diese Klausel ist beinahe so alt, wie die Ernennung der Platina.
Eine der beiden Kriegsparteien kann beantragen den Kampf durch die alten Tugenden auszutragen.
Aus beiden Seiten werden vier Krieger bestimmt, die gegeneinander antreten. Jene Seite, auf welcher es keine Überlebenden gibt, hat verloren und hat sich der anderen zu unterwerfen. «, sagte er und sah die zitternde Nadia an.

» Aber was sollen wir schon ausrichten? Wir sind nur zu dritt und Juni kann uns bei einem solchen Kampf nicht helfen. Außerdem ist keiner von uns deinem Vater gewachsen und ich bin mir sicher, dass auch er einer dieser vier Krieger sein wird. «, stotterte das Mädchen.

Sie hatte das Gefühl, dass es beständig kälter im Raum wurde.

» Es gibt nur eine Möglichkeit einen Nox Führer zu stürzen. Es gibt eine Vereinigung, die sich die Nox Trienale nennt. Drei mächtige Nox müssen ihre Geister miteinander verschmelzen und eine Einheit bilden. Erst dann entwickeln sie eine Kraft, die in der Lage ist einen so übermächtigen Nox zu besiegen. «, erklärte Finn.

Nadia setzte sich wieder auf und starrte den jungen Nox an.

» Drei Nox? Wir haben Juni. Ist es nicht möglich, dass ihr drei diese Nox Trienale durchführt und dann eure Kraft gegen ihn einsetzt? «, fragte sie, doch Finn schüttelte nur den Kopf.

» Nein. Die Trienale ist kein Gewinn von Macht. Es ist schwer eine Trienale zu erklären. Es ist mehr ein Ritual, das durch verschiedene Formeln und Verse die Psyche der Nox stört und schließlich zerstört. Ein Nox Führer ist auch nur ein Nox und man kann ihn mit einer solch banalen Technik umbringen. Doch ich sagte ja schon, dass nur drei mächtige meiner Rasse zu einem solchen Ritual in der Lage

sind. «, führte Finn weiter aus.

Nadia sah auf und verwarf ihren Gedanken wieder. » Uns wird sicher noch etwas einfallen. «, sagte sie und schlang wieder ihre Arme um sich.

Erst jetzt schien Finn zu bemerken, dass Nadia gehörig zitterte und fror.

» Ist ... ist dir kalt? «, fragte er plötzlich.

Nadias Kopf schnellte zu Finn hinüber. » Nett, dass du es endlich auch mal merkst. «, raunte sie.

Finn zog eine Augenbraue hoch und lehnte sich an die Wand zurück. Seine Beine zog er näher zu sich und winkelte sie breitbeinig an. Schließlich überwand er sich und machte mit seinem Kopf eine Bewegung, die Nadia unmissverständlich klarmachen sollte, dass sie zu ihm kommen sollte.

Diese erkannte nicht sofort, was Finn von ihr wollte, doch letztendlich begriff sie und krabbelte auf allen Vieren zu ihm hinüber. Sie sah ihn kurz fragend an, als Finn jedoch nickte, setzte sie sich zwischen seine aufgestellten Beine und lehnte sich mit ihrem Rücken an seine Brust.

Sofort spürte sie die wohlige Wärme, die von Finns Oberkörper ausging und sie fühlte sich ungemein geborgen, als Finn noch seine Arme zögernd um ihren Bauch gelegt hatte.

Obgleich es zu seinem Äußeren nicht passte und sie immer das Gegenteil erwartete hatte, strahlte Finns Körper eine unglaubliche Wärme aus, die sie in diesem Moment unter keinen Umständen missen wollte.
Sie schmiegte sich eng an den Nox Jüngling und genoss die feste Umarmung. Es herrschte durchdringende Stille in der kalten und dunklen Kammer des Flyers. Das Einzige was Nadia vernahm, war das gleichmäßige Atmen von Finn. Sie spürte des Herz schnell gegen seine Brust schlagen, doch keiner der beiden wagte es, etwas zu sagen.

Nach ewiger Zeit, wie es Nadia schien, brach der Schwarzhaarige das Schweigen und begann ängstlich und zaghaft zu flüstern.
» Darf ich dir eine Frage stellen, Nadia? «
Diese schloss die Augen und legte ihre Hände auf die des Nox, die noch immer auf ihren Bauch ruhten. » Natürlich, Finn. «, antwortete sie, nicht wissend, was sie nun erwarten würde.
Erneut schwiegen beide, bis Finn sich überwinden konnte sein Anliegen vorzubringen.
» Nadia ... - Was ist Liebe? «, flüsterte er.
Sofort riss Nadia ihre zuvor geschlossenen Augen wieder auf und saß nun stocksteif vor Finn.
Sie wusste partout nicht, was sie ihm hätte antworten können, doch sie war ihm gegenüber verpflichtet zu antworten. Sie war es gewesen, die ihm geholfen hatte seine Emotionen wieder zu entdecken und nun hatte sie ihr Werk auch zu vollenden.
» Du warst doch schon mal verliebt oder etwa
nicht? «, stammelte sie.
» Hat Lexa dir das etwa erzählt? Aber, nein. Es war eine Schwärmerei und ich habe mich für das andere Geschlecht interessiert, allerdings war selbst das strengstens
verboten. «, sagte er.
Nadia strich mit ihren Fingerspitzen sanft über Finns Hände. » Ich weiß nicht, ob man Liebe erklären kann, aber es fühlt sich wundervoll an. Liebe ist etwas, dass deinen gesamten Körper und deinen Geist in Besitz nimmt. Zumeinst ist Liebe beständig und macht dich schier wahnsinnig.
Lieben lernen kann man nicht, Finn. Du spürst es und wenn du es erst einmal erkannt hast, so willst du die Liebe nie mehr aufgeben. «, sagte sie.

Plötzlich merkte sie, wie Finn sein Kinn von hinten auf Nadias Schulter legte. Es kratzte ein wenig und doch wollte sie nur seine Nähe – So viel sie davon bekommen konnte.

» Und - Kann ich lieben? «, fragte Finn weiter.

Nadia löste sich von ihm und drehte sich um, sodass sie den Blauäugigen ansehen konnte. Er sah so unglaublich hilflos aus und Nadia hätte beinahe schon wieder eine Träne vergossen.

Sie legte eine Hand auf Finns Wange und streichelte darüber. » Aber warum solltest du denn nicht lieben

können? «, flüsterte sie und riss sich zusammen.

Auch ihre zweite Hand folgte nun der Ersten und lag auf seiner anderen Wange.

Nie zuvor hatte der Nox sie so unglaublich durchdringend angeblickt. Seine Augen schienen nach der Braunhaarigen zu schreien. » Ich weiß es nicht «, hauchte Finn, sodass es kaum noch ein Laut, sondern nur eine unmerkliche Schwingung in der Luft war.

Zaghaft und doch bestimmt näherte sich Nadia dem Gesicht des Älteren. Millimeter für Millimeter driftete sie ihm apart entgegen und schien alles um sie herum zu vergessen.

Nicht den Bruchteil einer Sekunde ließ sie ihn dabei aus den Augen, doch irgendwann, nur noch wenige Zentimeter vor seinem Gesicht, schloss sie diese.

Es zerriss sie innerlich als ihre Lippen gegen die ihres Gegenübers stießen. Sie waren so unbeschreiblich weich und schienen auf eine Weise so schrecklich unschuldig zu sein.

Zunächst erfolgte keine Reaktion, doch nach einiger Zeit spürte sie einen Widerstand und ein weiteres Mal berührten sich ihrer beiden Lippen sanft.

Sie spürte Finns Atem auf ihrer Haut und in diesem Moment wusste sie, dass zwischen ihnen ein unglaubliches Band geknüpft worden war, das Finns Gefühle an die Oberfläche befördert hatte.

Kapitel 6

1
Ich selbst – Teil 3

Ist es wirklich geschehen? Was diese Reise mit sich bringen würde, konnte ich nicht ahnen und doch bin ich nun schockiert und glücklich zugleich.

Ich bin in den Sin Mara Graben gereist um einen anderes Siya zu retten, doch durch die Bekanntschaft des Nox Kriegers Finn D'Arc habe ich herausgefunden, dass dieser Siya, Harry, mein Bruder war.

Kurz bevor ich ihn aufsuchen konnte, wurde er von zwei Nox umgebracht. Bis heute habe ich diesen Verlust nicht überwunden, obwohl ich Harry nie gekannt habe.

Nacht für Nacht träume ich von ihm, doch es gibt eine weitere Person, die meine Träume für sich in Anspruch nimmt.

Finn ist zu etwas ganz Besonderem für mich geworden, war ich es doch, die ihm seine Emotionen gezeigt hat und die es geschafft hat, dass er diese nicht länger verleugnet.

Auch La Lexa, Finns Schwester, hat sich seit unserer ersten Begegnung sehr verändert.

Zu Anfang war sie stets zurückhaltend und immer darauf bedacht sich gewählt auszudrücken und zu verhalten.

Vor unserer Flucht jedoch hat sich all ihr aufgestauter Zorn, den sie gegen ihren Vater gehegt hatte, entladen.

Wir haben uns allesamt verändert, doch das alles kann nicht erklären, was heute Nacht geschehen ist.

Wie konnte ich diesen Schritt nur wagen? Ich habe Finn D'Arc, den wohl unglaublichsten Nox aller Zeiten, geküsst.

Ich habe mich einfach überwunden und ihn geküsst.

Doch habe ich mich überhaupt überwunden oder waren es nur Instinkte, die mich geleitet haben? Ich bin mir in allem was ich tue so schrecklich unsicher, doch bin ich fest davon überzeugt, dass dort eine starke und innige Verbindung zwischen Finn und mir ist.

Er vertraut sich keinem außer mir an und auch ich lasse mich in seiner Gegenwart einfach gehen und bin ich selbst.

Es ist ein gegenseitiges Geben und Nehmen, welches wir wohl beide ungemein genießen.

Seine Nähe ist ein unbeschreibliches Gefühl und doch weiß ich, dass noch ein sehr weiter Weg vor uns liegt, den wir gemeinsam zu beschreiten haben.

Ich sollte mich zunächst auf meine Aufgabe und mein Ziel konzentrieren,
denn die Nox machen vor keinem Halt.
Ich muss die Menschheit über die Wahrheit informieren und ihnen erklären,
wie die Menschen tatsächlich entstanden sind.

Nun konnte ich endlich meinen goldenen Käfig hinter mir lassen. Ich bin nicht
länger die Integra der Nox.

Nun bin ich wieder Nadia Scarbodia, die wohl tödlichste Elite-Kopfgeldjägerin
im Universum.

2
Der Sprung

Vorsichtig löste sich Nadia von Finn, behielt ihre Augen jedoch noch immer
geschlossen.
Sie hatte das Gefühl, als würde sie noch immer Finns Lippen berühren, was
wirklich atemberaubend gewesen war.
Sie war eine Kopfgeldjägerin, die sich nie viel aus Tradition oder Werten
gemacht hatte, doch ihren ersten Kuss hatte sie sich aufgehoben.
Sollte sie es bereuen, dass sie ihn an Finn verschenkt hatte?
Nadia öffnete ihre Augen und blickte einen vollkommen verstörten Nox an,
dessen Herz noch immer mit ganzer Kraft und ungebremst schlug.
Innerhalb weniger Sekunden fing sie sich wieder und wich zurück, sodass sie
nun wieder in einiger Entfernung vor dem Nox saß.
» Finn, ich wollte nicht … «, stammelte sie hastig.
Der Angesprochene antwortete jedoch nicht, sondern starrte Nadia noch
immer an.
» Es tut mir wirklich leid. «, sagte sie und rutschte einige Zentimeter näher an
ihn heran.
Finn jedoch ließ seinen Arm gen Nadia schnellen, umschlang sie fest und zog
sie in die vorherige Position zurück.
Erneut lehnte sie mit ihrem Rücken an seiner Brust, an der sie sein Herz nun
unglaublich stark spüren konnte.
» Was tut dir leid? «, fragte der Nox flüsternd.

Erst nach einer längeren Pause war das Mädchen in der Lage zu antworten. » Nichts. Mir tut wirklich nichts leid. «, sagte sie leise und schmiegte sich wieder enger an den Älteren.
Sollte sie verblüfft über seine Reaktion sein? Eigentlich war es eben diese Reaktion, die sie sich nun schon seit längerer Zeit herbei sehnte.

Nadia wusste nicht, wie lange sie einfach nur da saßen und die Gegenwart des jeweils Anderen genossen, doch es schien eine Ewigkeit gewesen zu sein.
Obwohl das Mädchen ursprünglich geblieben war um sich mit Finn zu unterhalten, sprachen sie kein Wort miteinander.
Sie wusste nicht, wie viel Zeit vergangen war, als Nadia das Schweigen brach.
» Meinst du, dass wir eine Chance haben? «, flüsterte sie mit trockenem Mund.
Finn beugte sich etwas vor und sofort spürte sie wieder seinen Kopf auf ihrer Schulter liegen.
» Ich weiß es nicht, aber ich habe nie zu denken gewagt, dass es eine Siya gibt, die so unglaublich mächtig sein kann, wie du es bist. Es ist etwas ganz Besonderes an dir, das ich nicht erklären kann. Du hast so viele verschiedene Fähigkeiten und bist beinahe unschlagbar. Dein Niveau ist dem Meinem ebenbürtig. «, antwortete der Nox.
Sie griff mit ihrer Hand nach hinten und fuhr mit den Fingerspitzen durch Finns Haare. » Aber du hast gesagt, dass wir deinen Vater nur mit einer Nox Triade besiegen können. Ist es nicht möglich, dass wir unsere Kräfte vereinen und dann gegen ihn antreten? «, fragte sie.
Finn allerdings schüttelte den Kopf. » Nein, Nadia. In der Defensive haben wir gegen ihn eine Chance. La Lexas Schutzschild hätte uns tatsächlich das Leben gerettet, falls er angegriffen hätte, doch einen Angriff können wir nicht wagen. Er würde keine Wirkung zeigen. «, sagte er und knurrte wohlig.
Wütend stand Nadia auf und fuhr sich aufgebracht durch die Haare.
Vollkommen Angespannt ging sie einige Schritte durch den kleinen Raum und sah sich um. » Wir brauchen einfach einen dritten Nox, doch wer würde sich schon gegen den Führer stellen? «, sagte sie.
» Mach dir keine Sorgen. Uns fällt schon noch was ein. «, erwiderte Finn und stand ebenfalls auf.
Er streckte sich und seufzte laut. » Gehen wir erstmal ins Cockpit und gucken, wie weit wir es noch haben. «, schlug er vor.
» Du hast bestimmt Recht. «, sagte Nadia und öffnete die schmale Tür.
» Wie ist deine Heimat denn so, Nadia? «, fragte Finn.
Nadia drehte sich um und sah den Nox an. » Meine Heimat? Interessiert dich das? «, fragte sie erstaunt.
» Natürlich. Schließlich werde ich dort nun wohl

leben. «, lächelte er.

» Das Valkyrium System ist eigentlich nichts Besonderes. Der zentrale Planet ist natürlich Valkyrium, die Heimatwelt der Kyrianer. Die meisten Menschen leben in den Kolonien, manche aber auch dort «, erklärte das Mädchen.

» Und wo lebst du? Auch in einer Kolonie? «

Nadia nickte und schloss die Tür, als auch Finn das kleine Quartier verlassen hatte. » Ich lebe mit meinen Freunden in einer Randkolonie. New Berlin ist ihr Name. Sie wurde nach einer Stadt auf der Erde benannt. «, sagte sie.

Finn zog eine Augenbraue hoch und musterte das Mädchen verwundert. »Du lebst dort mit deinen Freunden? «

Erneut nickte Nadia und erklärte weiter. » Ja. Ich bin mit ihnen seit meiner frühesten Kindheit zusammen. Arcane le fey und Noa a Zee.

Arcane ist ebenfalls so alt wie ich und Noa ist neunzehn. Er ist auch ein Siya und wir haben gemeinsam unsere Kopfgeldjägerausbildung absolviert. «, sagte Nadia. Sie freute sich nun immer mehr, ihre Freunde endlich wieder sehen zu können.

» Was ist dieser Noa denn für ein Kerl? «, fragte Finn missmutig.

Nadia begann zu lachen und tätschelte ihm die Wange, worauf er sich beleidigt weg drehte. » Bist du etwa eifersüchtig? «, lachte sie.

» Ich? Worauf sollte ich denn eifersüchtig sein? Ich weiß ja nicht mal was Eifersucht ist! «

Nadia schmunzelte nun verhaltener. » Tu mal nicht so. Kaum Gefühle und dann schon ein typischer Kerl. Kaum zu glauben! «, sagte sie und wandte sich erneut dem Durchlass zum Cockpit zu.

Sie schritt hindurch und betrat den Flugstand, welcher durch die Glaskuppel vom Weltall getrennt war.

Lexa, die sich zuvor noch mit Juni unterhalten hatte, drehte sich um und blickte Nadia mit hochgezogener Augenbraue schief an.

» Wo wart ihr denn die ganze Zeit? «, fragte sie und sah abwechselnd Finn und Nadia an.

Finn drängte sich vor und stand nun, wie seine Schwester, neben dem jungen Piloten.

» Ich hatte noch einige Fragen an Nadia. «, sagte er kalt.

La Lexa stutzte noch immer, doch wollte sie wohl nicht weiter fragen. » Wir haben gerade den Wave-Antrieb deaktiviert. Dort vorn ist das Sprungtor in das Valkyrium System «, erklärte sie.

Auch Juni meldete sich nun zu Wort und erhob sich.

» Allerdings haben wir ein Problem. Da das Sprungtor schon lange Zeit deaktiviert ist, benötigen wir Zugangsdaten. «, sagte er niedergeschlagen.

» Kein Problem. «, sagte Nadia und trat vor um sich auf den Pilotensessel nieder zu lassen.

Sie spürte die erstaunten Blicke der Anderen in ihrem Rücken und begann zu erklären. » Irgendwie muss ich ja schließlich in den Sin Mara Graben gekommen sein, oder? «, sagte sie und wandte sich den komplizierten Armaturen zu.

Konzentriert beugte sie sich über die Monitore und studierte kurz die Steuerung des Flyers, fand sich jedoch recht schnell in dem System zurecht, sodass sie beginnen konnte, die Sprungkoordinaten in den Hauptrechner zu übertragen.

» Also gut. Ich werde die Koordinaten zum Valkyrium System nun in den Navbot laden und dann den Zugriffscode in das System speisen. «, murmelte sie angestrengt und begann wilde Kombinationen auf dem Touchscreen zu kreieren.

Immer wieder löschte sie, schrieb neu und kombinierte verschiedene Sätze der Zahlen. Nach einigen Minuten speicherte sie die Wegpunkte im Navbot ab und öffnete ein anderes Fenster, in welches sie ihren Zugangscode eingab, den sie trotz der langen Zeit auf der Brax nicht vergessen hatte.

Weitere Sekunden später speicherte sie auch diese Informationen und drehte sich samt dem Sessel um und blickte freudig in die Runde.

» Ich wäre dann soweit. Wir können starten. Was mir noch eingefallen ist: Die Nox haben den Code zum Sprungtor in das Valkyrium System nicht und eine Reise bei normaler Geschwindigkeit würde Jahrzehnte dauern. «

Die Gruppe blickte sie verdattert an und antwortete nicht. Erst nach einer Weile meldete sich Juni zu Wort.

» Wenn du mit dem Sprungverfahren so vertraut bist, solltest du vielleicht den Sprung durchführen. «, schlug er vor.

Diese nickte im Gegenzug freundlich und drehte sich ohne auf eine weitere Reaktion von Finn oder seiner Schwester zu warten wieder um und umschloss mit beiden Händen fest den Joystick des Transporters.

» Ich würde mich hinsetzen, da so ein Sprung ziemlich unangenehm werden kann. «, sagte sie und legte die Gurte des Sitzes um ihren Oberkörper.

Ohne Worte gehorchten die Anwesenden und nahmen auf den anderen Plätzen des Cockpits Platz. Auch sie legten Sicherheitsgurte an und blickten anschließend erwartungsvoll durch die Kuppel auf das Sprungtor in Nadias Heimat.

Nachdem sich das Mädchen versichert hatte, dass alle bereit waren, startete sie den einfachen Antrieb. » Nun gut, dann werde ich nun also die Daten an das Tor übermitteln. «, sprach sie und drückte einige farbige Felder auf dem Touchscreen.

Wie von Geisterhand richtete sich das Schiff dem Sprungtor entgegen, dessen runde Schotts sich grollend zu öffnen begannen.

Erneut konnte sie die Anfänge eines violetten Tunnels erspähen, der sich tief in das Innere des Tores ausdehnte.

» Also gut. Die Koordinaten sind gesetzt. Es kann ziemlich ruppig werden, also haltet euch gut fest. Vielleicht verliert ihr auch das Bewusstsein. Es geht los! «, sagte sie und initiierte den Raumsprung des Flyers.

Urplötzlich dehnte sich der Tunnel aus und schien nach ihnen zu lechzen.

Nach einigen Sekunden schon befanden sie sich im Inneren des Tores und der Flyer begann unkontrolliert zu rütteln. Der Stahl ächzte laut unter dem Druck und die Vibration wurde stetig stärker. Nadia wusste, dass gleich der Moment des Übertritts kommen würde, bei dem sie bei ihrem letzten Sprung ohnmächtig geworden war. Dieses Mal wollte sie es eigentlich vermeiden das Bewusstsein zu verlieren, doch das lag nicht in ihrer Hand.

Rasend schnell breitete sich gleißend helles Licht aus, sodass sie nicht mehr erkennen konnte, was passierte, doch ebenso schnell wie es gekommen war, verschwand das Licht.

Der Flyer wurde langsamer und das Rütteln hörte mit einem Mal auf. Völlige Ruhe erfüllte das Cockpit und tatsächlich erkannte das Mädchen wieder den normalen Raum.

Sofort überprüfte sie die Scanner und versuchte sich zu orientieren. Dort war tatsächlich Valkyrium zu sehen und in einer Entfernung war ein weiterer Punkt, der Angel's Gate – der Hauptkolonie der Menschen - verdächtig ähnlich war.

Sie hatten es tatsächlich geschafft und waren zurück im Valkyrium System – ihrer Heimat.

Was sie jedoch überraschte war, dass sie noch vollkommen munter war. Sie drehte sich um und wollte gerade voller Freude aufschreien, als sie sah, dass ihre drei Mitreisenden bewegungslos und mit geschlossenen Augen in den Sitzen hingen.

Als sie den mächtigen Nox schlafend sah, musste sie schmunzeln. Er sah unglaublich friedlich und unschuldig aus, auch wenn sie wusste, dass er genau dies bei Gott nicht war.

Sofort schossen dem Mädchen abertausende Gedanken in den Kopf, doch zunächst griff sie nach dem Headset und setzte dieses auf. Verzweifelt suchte sie nach jener verschlüsselten Frequenz, die sie nur all zu gut kannte.

» Operator, bitte kommen. «, sagte sie laut und lächelte.

Ein Rauschen, ein Knistern – Stille.

Es erklang ein weiteres Rauschen und schließlich meldete sich eine verstörte Stimme.

» Wer, wer ist da? «, stotterte sie.

» Operator, erkennst du etwa deine beste Freundin nicht mehr? «, sagte Nadia mit geschwollener Brust.

Wieder herrschte Stille bis eine zittrige und schluchzende Stimme erneut erklang. » Nadia? Bist du es, Nadia? Das kann doch nicht … «

» Ja natürlich bin ich es, Arcane. Ich war doch höchstens zwei Monate weg. «, lachte die Kopfgeldjägerin, die sie nun wieder war.

Nadia hörte ein lautes Weinen von der anderen Seite, doch auch sie musste sich gehörig zusammenreißen nicht vor Freude zu weinen.

» Nadia, meine Nadia – Wir dachten dir wäre etwas zugestoßen. Wir haben sich tot geglaubt. «, sprach Arcane.

» Was denkst du denn von mir? Ich bin eine Kopfgeldjägerin und eine Siya – Ich sterbe nicht, damit das klar ist. «, sagte sie mit glasigen Augen.

» Wo zum Teufel bist du, Nadia? Beweg deinen Hintern verdammt noch mal sofort nach New Berlin! «, weinte Arcane noch immer.

Nadia lächelte ein weiteres Mal und nickte.

» Ich bin in einer Stunde bei dir. Wo ist Noa? «, fragte sie aufgeregt.

» Er ist vor fünf Minuten gelandet. Er müsste jeden Moment herein kommen. Er hat am meisten darunter gelitten, dass du weg warst … «, sagte sie und verstummte.

Ohne zu antworten setzte Nadia das Headset ab und blickte sich ein weiteres Mal um. Noch immer waren ihre Mitreisenden nicht bei Bewusstsein.

Der Flyer hatte inzwischen wieder auf den Wave-Antrieb umgeschaltet und schoss durch das schwarze All – Immer nur ein Ziel vor Augen.

Nadia hingegen stand leise auf und tapste vorsichtig zu Finn hinüber, der seine Augen auch weiterhin friedlich geschlossen hatte.

Das Mädchen kniete sich neben ihn und musste bei dem Anblick des Älteren vor sich hin schmunzeln.

Sanft strich sie über seine Wange und versuchte ihn zögerlich aufzuwecken, was ihr nach einigen Minuten auch zu gelingen schien.

Lautstark brummte der schwarzhaarige, junge Mann und öffnete schließlich ein Auge.

» Was ist los? «, murmelte er grummelnd und schloss das Auge wieder.

Nadia lächelte und strich ein weiteres Mal über dessen Wange. » Hey, du ach so mächtiger Nox – Aufwachen. Kaum zu glauben, dass ausgerechnet DU ohnmächtig geworden bist. «

Wieder öffnete er ein Auge und sah Nadia beleidigt und missmutig an. » Ach sei ruhig. «, sagte er, was Nadia nur ein weiteres Lachen ins Gesicht trieb.
Schließlich setzte sich Finn auf, brummte laut und streckte sich. » Wo sind wir überhaupt? «, fragte er und beugte sich vor.
» Wir haben den Sprung gut überstanden und sind im Valkyrium System angekommen. Wir befinden uns mit Höchstgeschwindigkeit auf dem Weg nach New
Berlin. «, sagte sie und folgte Finn mit ihren Blicken, der gerade das All erkundete und sich dabei auf dem Pilotensessel niederließ.
Nadia trat neben ihn und wies auf einen großen Himmelskörper in weiter Entfernung, der hell leuchtete.
» Siehst du? Das ist Valkyrium. «, sagte sie und blickte zu Finn hinüber.
» Das sieht vielmehr aus, als wäre es ein Stern. «, sagte er ungläubig.
» Du kennst Valkyrium nicht. Eine einzige, mit Elektrosmog verseuchte Großstadt. Der gesamte Himmelskörper ist eine einzige Stadt geworden. «, sagte sie und legte ihre Hand in Finns Nacken.
Dieser jedoch umfasste Nadias Hüfte und zog sie zu sich, sodass das Mädchen unsanft auf dem Schoß des Älteren landete. Sofort schlang er seine Arme um ihren Bauch, worauf Nadia laut lachen musste.
» Kaum hast du Emotionen und gleich so gierig. «, sagte sie und schmunzelte den vollkommen beleidigten Finn an.

Doch just in diesem Moment erklang eine recht verwirrte und doch provokante Stimme. » Habe ich was verpasst? «, fragte La Lexa.
Sofort fuhr Nadia herum und sah die junge Frau, die breit grinste und die Arme vor der Brust verschränkt hielt.
Kaum hatte Nadia ihr Gesicht gesehen, war sie auch schon von Finn herunter gesprungen und mit voller Wucht auf den Boden aufgeschlagen. Sie fasste an ihren Rücken und schrie auf, da es doch ziemlich weh tat auf einem solch harten Stahlboden zu landen.
» Hast du nicht! «, brüllte Nadia und wagte es nicht mehr Finn anzusehen, der jedoch auch angestrengt zu Boden blickte und sich schier weigerte seine Schwester in die Augen zu blicken.
Doch wofür schämte sich Nadia eigentlich? Gab es etwas, was sie vor Lexa verheimlichen sollte?
Sie hatte keinen Grund dazu, denn schließlich war sie mit Finn gut befreundet und daran würde sich auch nichts ändern.
In einer Sache war sie sich seit ihrer Ankunft auf der Brax sicher – Niemals würde sie dem makellosen Nox verfallen, dessen Augen sie bisher nicht nur einmal in ihren Bann gezogen hatten.

Eine Beziehung, wenn sie nicht platonisch war, hatte in dem Leben einer Kopfgeldjägerin absolut nichts zu suchen und darüber war sie sich zu einhundert Prozent im Klaren.

Sie würde sich unter keinen Umständen auf etwas einlassen, dass ihre Karriere gefährden könnte – Falls es überhaupt noch von Bedeutung war, dass sie über ihre Karriere nachdachte.

Schnell rappelte sich das Mädchen wieder auf und sah, wie nun auch der blonde Junge langsam aufwachte.

Er war also tatsächlich der Sohn einer Nox und eines Menschen. Was sie an der ganzen Sache jedoch am meisten verblüffte, war, dass sie beide Elternteile kannte und schon mit ihnen gesprochen hatte.

» Wir werden in wenigen Minuten meine alte Heimat erreichen. Wirst du uns auch begleiten, Juni? «, fragte sie und setzte sich erneut das Headset auf, obwohl Finn den Platz des Piloten eingenommen hatte.

» Nein, leider nicht. Mein Vater hat einen Auftrag für mich. Ich muss so schnell wie möglich nach Valkyrium und ihn dort treffen. Danach werde ich wohl in den Sin Mara Graben zurückkehren. «, sprach er.

Gerade als Nadia ihm antworten wollte, verlangsamte sich der Flyer rapide und fiel schließlich unter Wave-Geschwindigkeit.

Kaum hatten die Reisenden die Energiewelle verlassen, tauchte auch schon ein Stahlkoloss vor ihnen auf, der sich jedoch noch mit einigen Blicken einfangen ließ und nicht, so wie die Brax, astronomisch groß war.

» Da ist sie! «, rief Nadia und drückte sich förmlich an die Glaskuppel. Es tat ihr ungemein gut ihre Heimat endlich wieder zu sehen.

So schrecklich lang hatte sie auf diesen Moment warten müssen, doch nun war es geschafft und es war ein überwältigendes Gefühl.

Obgleich New Berlin kein Vergleich zur Brax war, verband sie mit Haufen von altem Stahl unzählige Erinnerungen.

»Finn, du musst die Tarnung deaktivieren, sonst werden sie uns nicht kontaktieren. «, sagte Juni und beugte sich vor um eine Felder auf dem Touchscreen zu berühren.

Die Außenhaut der Transporter begann zu flackern und wenige Sekunden später fand er sich in der Leere des Weltalls wieder. Kaum hatten sie die Tarnvorrichtung deaktiviert, meldete sich auch schon die Anflugkontrolle.

» Welcome at New Berlin. Please Select Language! «, sprach die ihr bestens bekannte Chefin der Anflugkontrolle. » Ich bin es verdammt noch mal! Die Integra der … Ich meine, Nadia Scarbodia bittet um Landeerlaubnis. « sagte sie und sah verwirrt zu Boden.

War es schon so sehr in ihre Fleisch und Blut übergegangen, dass sie sich noch als die Integra der Nox ansah?

Wie stark hatte sie diese Bezeichnung doch verurteilt und verabscheut.

Sie war in einer Position gewesen, in welcher sie andere Lebewesen hatte unterdrücken müssen, obwohl sie ihnen gleichgestellt war. Sie hatte Befehle in einem Krieg geben müssen, der unzählige Opfer gefordert hatte.

Fest schüttelte sie ihren Kopf und kniff kurz ihre Augen zusammen.

» Sie haben uns lang nicht mehr besucht, Miss Scarbodia. «

» Ich hatte einen Auftrag. Teilen sie Sean Faris bitte mit, dass ich zurückgekehrt bin. Er möchte sich in einigen Stunden in meinem Quartier melden. «, sagte sie und sah, wie sich eines der Tore öffnete.

» Sie meinen? «, fragte die Frau erneut und sichtlich verwirrt.

» Sie haben schon richtig verstanden. Faris soll sich in meinem Quartier melden. «, sagte sie und wusste genau, dass die Frau diese Information niemals weitergegeben hätte, wenn Nadia nicht mit einigen geistigen Tricks nachgeholfen und ihre Telepathie benutzt hätte.

Mittlerweile waren einfache Manipulationen Kleinigkeiten für sie, die sie selbst aus solcher Entfernung durchführen konnte.

Als sie New Berlin verlassen hatte war sie eine einfache Siya, die ihre Kraft zwar einzusetzen wusste, damit jedoch nie etwas so Unglaubliches erreichen hätte können.

Ihre Reise – ihr Abenteuer – hatte ihr tatsächlich auch positive Aspekte beschert.

Dort war einmal ihre unglaubliche Macht, die sich nun entwickeln konnte; Sie hatte La Lexa kennen gelernt, die eine nun eine gute Freundin von ihr geworden war und vor allem hatte sie die Bekanntschaft des Prinzen der Nox gemacht.

Finn umfasste den Joystick und steuerte langsam auf die Öffnung in der Stahlhaut der Kolonie zu. » Ich nehme an, dass wir dort andocken werden «, fragte er und wartete auf ein zustimmendes Nicken, dass Nadia ihm auch sofort bot.

» Dann werden nun wohl wir beide eine neue Welt kennen lernen, nicht wahr Lexa? «, sagte er und lächelte verhalten.

Nadia legte wieder ihre Hand in seinen Nacken und begann den Nox liebevoll mit ihren Fingerspitzen zu kraulen.

Dieser schnurrte wohlig und steuerte die Raumähre mit ausreichendem Sicherheitsabstand zu den Seiten in den Hangar hinein.

Nach einigen Minuten dockte der Transporter, beinahe ohne jegliche
Bewegung an eine der Gangways an und Finn schaltete den Hauptgenerator
ab.
Sie hatten es tatsächlich geschafft.

3
Noa a Zee und Finn D'Arc

Nachdem sie sich von Juni, dem kleinen Blondschopf, verabschiedet hatten,
verließen sie den kleinen Raumtransporter und betraten die Gangway vierzehn
des New Berlin Hangar one.
Nadia sah, wie der Wave-Flyer schon wieder seine Motoren aufheulen lies und
sich allmählich vom Peer des Hangars fort bewegte.

Die Kopfgeldjägerin klatschte kurz in ihre Hände und wandte sich dann den
Geschwistern zu, die neugierig das Innere der menschlichen Kolonie
musterten.
» Also dann, das hier ist dann wohl meine Heimat. Ich bin hier vielleicht nicht
ganz so bekannt, wie ihr es auf der Brax seid, doch einen Namen habe ich mir
hier auch schon gemacht.
Ich bin in der Welt der Menschen als die wohl beste Kopfgeldjägerin der
Nachzeit bekannt. «, sagte Nadia, doch Lexa hakte nach.
» Die Nachzeit? Was ist das? «, fragte sie.
» Als Nachzeit bezeichnen die Menschen jenen Zeitabschnitt seit der
Vernichtung der Erde.
Ich muss euch noch bitten niemals auf meine Siya Fähigkeiten zu sprechen zu
kommen, denn hier ist es ein Verbrechen ein solcher – Anderer – wie sie es
nennen, zu sein. «, warnte die Braunhaarige.
» Aber willst du ihnen denn nicht alles erklären? «, fragte Finn ungläubig.
Nadia jedoch schüttelte den Kopf. » Nein, Finn. Sie werden es nicht verstehen.
Menschen sind einfache Wesen, die ihr Leben jedoch unglaublich kompliziert
machen. Ich habe etwas ganz anderes vor. Ich werde meine neuen Fähigkeiten
einsetzen und ihnen Zugang zu meinen Gedanken verschaffen. Es wird für sie
sein, als hätten sie all dies miterlebt und als hätten sie all dies schon ihr ganzes
Leben gewusst. «, erklärte Nadia stolz.

» Hast du diese Technik denn schon einmal eingesetzt? Denn falls es nicht funktioniert, solltest du dir immer eine Hintertür offen halten. «, mahnte Finn.
» Keine Sorge, ich werde es an meinen Freunden testen, bevor ich ganz New Berlin mit meinen Erlebnissen konfrontiere. «, sagte sie und setzte sich langsam in Bewegung.
Sie war überglücklich nicht mehr kilometerlange Wege zurücklegen zu müssen, sondern jegliche Ziele auf der Kolonie in wenigen Minuten erreichen zu können.
» Kommt mit, es sind nur wenige Meter bis zum Lift, der uns auf die Wohnebene bringen wird. «, sagte Nadia und wies den beiden Nox den Weg.
Als sie Finn beobachtete, fiel ihr auf, dass dieser ohne seinen für Nox üblichen Schmuck noch makelloser aussah. Jede Strähne seines Haares schien von seinem Vater entworfen und geplant worden zu sein.
Wie sehr tat ihr der junge Mann leid, der innerlich eigentlich noch ein Junge war, doch durch seine unvorstellbare Stärke bestach.

Nach einigen Minuten erreichten die drei Abtrünnigen den Lift, der sie auf die Wohnebene bringen sollte.
Bei jedem Meter, den das Mädchen ihren alten Freunden, vielmehr ihrer Familie näher kam, schlug ihr Herz schneller und fester gegen ihre Brust.
Die Aufregung stand ihr ins Gesicht geschrieben und so stieg sie vom einen auf den anderen Fuß, während sie im Lift standen, der mit rasender Geschwindigkeit in die Höhe schoss.
Finn lehnte an der Wand und funkelte Nadia mit seinen blauen Augen an, sichtlich wütend darüber, dass er nicht im Mittelpunkt ihrer Gedanken stand.
La Lexa verfolgte die Blickwechsel der Beiden amüsiert, verkniff es sich jedoch nur ein Wort verlauten zu lassen.
Endlich öffneten sich die Türen und sie betraten das Deck, auf dem Nadia zu Hause war. Es war tatsächlich ihre Heimat. Sie roch den Moder und die feucht warme Luft schlug ihr ins Gesicht. Doch es war genau diese Luft, die sie so unglaublich vermisst hatte. Sie liebte es einen oder hunderte von Gerüchen in ihrer Nase zu haben.
Es herrschte geschäftiges und wildes Treiben auf den breiten Korridoren und so wurden sie kaum von jemandem wahrgenommen.
Nadia fühlte sich unglaublich befreit und sie freute sich innerlich wie ein kleines Kind.
Sie ging zu Finn hinüber und griff nach seiner Hand, die sie dann festhielt.
Zunächst wollte er nicht darauf eingehen, schien es dann aber selbst viel zu sehr zu genießen.

Seine Stimmungsschwankungen kamen momentan noch sehr häufig vor, doch
was konnte man von einem jungen Mann, der gerade seine Emotionen
entdeckte, schon anderes erwarten?

» Nadia, meine Schülerin … Gehst du jetzt anschaffen oder wer ist der junge
Mann? «, erklang eine Stimme, die auch aus dem gehässigen Maul einer
Schlange hätte kommen können, die gerade das tödliche Nervengift in ihre
Drüsen pumpte.
Sofort blieb das Mädchen stehen und sie wusste, dass es diesmal kein Bluff
sein würde, wenn sie ihrem alten Lehrer sagen würde, dass er ihr nichts mehr
entgegen zu setzen hatte.
So langsam es ihr nur möglich war, drehte sie sich um und blickte in das
verkerbte Gesicht des hageren Mannes.
» Hallo Zais. «, sagte sie und ging einige Schritte auf ihn zu. Sie hatte sich
davon zu überzeugen, dass wirklich niemand hinsah, bei dem was sie nun
vorhatte.
Sie stellte sich so nah sie konnte vor ihren alten Lehrer und ihr Kopf schob
sich neben den Seinen, sodass sie mit ihren Lippen unmittelbar an seinem Ohr
war.
Sie begann mit größter Eiseskälte zu flüstern. » Mein lieber Zais – Du hast
keine Ahnung, wo ich mich die letzten zwei Monate aufgehalten habe, doch
lass dir gesagt sein, dass ich mehrere Millionen Krieger habe sterben sehen.
Ich habe mich sehr entwickelt und nun bin ich das, wovor du immer Angst
hattest.
Ich bin eine Killerin, eine Köpfgeldjägerin – Ich bin die wohl tödlichste Frau
des Universums.
Also lass dir eins gesagt sein, mein liebster Zais: Falls du mich noch ein
einziges Mal ansprechen solltest, so wirst du nicht mit solchen Verletzungen
davon kommen. «, hauchte sie.
Ihr Lehrer begriff den Ernst der Lage und wusste, dass er jene Erzählung ernst
zu nehmen hatte.
» Welche … welche Verletzungen? «, fragte er uns sah das Mädchen an,
welches einen Kopf kleiner war, als er selbst.
Nadia holte weit aus, griff den Kopf des Mannes und schmetterte ihn gegen
die Stahlwand, in welcher in tiefes Loch zurückblieb.
Zais blieb regungslos am Boden liegen, was auf dem breiten Korridor jedoch
keinen zu interessieren schien, da niemand von dem bewusstlosen Körper am
Boden Notiz nahm.
Sie drehte sich um und blickte plötzlich in die vollkommen entsetzten
Gesichter von La Lexa und ihrem Bruder.

» So geht man hier miteinander um? «, fragte Lexa.

» Dann wären wir ja nicht besser als die Nox, nicht wahr? Nein, üblicherweise geht man hier nicht so miteinander um, doch das hier war mein Ausbilder. Er hatte es dringend nötig. Ich werde euch später alles erklären. Nun möchte ich euch endlich meine Freunde vorstellen. «, sagte die Kopfgeldjägerin und schenkte Zais keine weitere Beachtung mehr.

Schnellen Schrittes lief sie den Gang entlang, bis schließlich jene Tür in Sichtweite kam.

Es war diese Tür, durch die sie schon so oft gegangen war um zu einem neuen Auftrag aufzubrechen. Das letzte Mal ist es ziemlich knapp geworden und so wäre es beinahe das letzte Mal gewesen, dass sie New Berlin hinter sich gelassen hatte.

Nun endlich stand sie davor und drehte sich ein letztes Mal um. Finn lächelte sie verständnisvoll an und sie wusste, dass er nicht von ihrer Seite weichen würde – Komme was wolle.

Sie hatte in La Lexa und Finn D'Arc neue Freunde gefunden, den sie zu einhundert Prozent vertrauen konnte.

» Ich möchte euch für alles danken, was ihr für mich getan habt. Ich habe eine neue Welt kennen gelernt und obwohl es manchmal eine grausame Zeit war, bin ich daran

gewachsen. «, sagte sie und gab sowohl Finn, als auch seiner Schwester La Lexa einen flüchtigen und doch herzlichen Kuss auf deren Wangen.

Sie lächelte und drehte sich wieder in Richtung der Stahltür um. Kurz atmete das Mädchen tief durch und betätigte den Türöffner, worauf das Schott zischen in der Wand versank und den Blick auf das Quartier freigab.

Ihre Blicke schweiften sofort durch den Raum, der ihr mit einem Mal so vertraut und doch so schrecklich fremd vorkam. Hatte sie sich denn so unglaublich verändert, dass dies nun nicht mehr ihre Heimat war? Hatte sie einen anderen, einen falschen Weg eingeschlagen?

Auf einem der Betten saß ein Mädchen, dessen krauses und hellrotes Haar sie in die Realität zurückkriss.

Nadia sah Arcane an, doch ihr Gesichtsausdruck blieb leer.

Sie betrat den Raum und spürte, dass ihre Begleiter zunächst in der Tür stehen blieben, wollten sie jenen Moment doch nicht stören.

» Hallo Arcane. Ich … ich bin zurück. «, sagte Nadia leise und erblickte im gleichen Moment einen braunhaarigen, jungen Mann in einer der Ecken des Raumes.

Sofort wandte sie sich um und blickte in die schokoladenbraunen Augen, die sie so sehr vermisst hatte. Noa war ihr immer wie ein großer Bruder gewesen, auch wenn er es wohl anders sah.

Sekunden der Stille brachen an und keiner der jungen Kopfgeldjäger bewegte sich nur einen Zentimeter, bis einer von ihnen schließlich die Situation erkannte und dem entsprechend handelte.

Noa a Zee stieß sich von der Wand ab und stürmte förmlich auf Nadia zu. Als er schließlich vor dieser stand, umarmte er sie fest und drückte das erschrockene Mädchen an sich.

Noa löste sich wieder von ihr und sah sie an. Sofort verstand Nadia, wollte ausweichen, doch waren ihre Reaktionen in diesen Sekunden nicht schnell genug.

Noa legte plötzlich seine Lippen auf die Ihren und begann die Kopfgeldjägerin zu küssen.

Nadia seufzte zunächst, legte dann aber ihre Hände auf die Brust des Älteren und drückte gegen diese um sich aus der Situation zu befreien.

Endlich schaffte sie es und stieß Noa von sich, der sie darauf ungläubig ansah.

» Noa, was soll das? «, raunte sie ihn an.

Dieser jedoch sah sie unverwandt an und musterte sie freudig. » Nadia, ich habe dich so unglaublich vermisst. Was hast du denn? Freust du dich denn gar nicht? «, fragte er und musterte die Braunhaarige.

» Das ist noch immer kein Grund mich zu küssen. Wir haben darüber gesprochen und wollten die Sache dabei belassen, also halt dich gefälligst zurück! «, fauchte sie und spürte urplötzlich wie ihre Finger mit denen einer anderen Hand fest verflochten wurden. Sie sah neben sich und erkannte Finn, der sich neben ihr aufgebaut hatte und ihre Hand fest ergriffen hatte und Noa böse anfunkelte.

Aber auch dieser hatte die rasante Wendung bemerkt und blickte den Nox zornig an.

Er hob seinen Arm und strich mit diesem durch die Luft, jedoch waren anstatt seiner einfachen Konturen weitere, sehr verschwommene Linien in der Luft zu erkennen, die erst nach einigen Sekunden im Nichts entschwanden.

Erneut wandte sich der Siya zu Nadia um, die gespannt die anderen Personen im Raum beäugte. Sie waren inmitten ihrer Bewegungen erstarrt und verharrten dort stumm und karg.

» Jetzt können wir ungestört reden, Nadia. «, sagte Noa wütend.

Nadia erkannte sofort, dass Noa wohl seine Siya Fähigkeiten eingesetzt hatte und in das Zeitgefüge eingegriffen hatte.

Da sie diese Technik jedoch nun verstand, wurde ihr klar, dass sie keinesfalls ungestört waren – Dies war jedoch in jenem Moment mehr als Recht.

Noas Fähigkeit basierte ebenfalls auf einer telepathischen Veranlagung, die den Anwesenden eine Fiktion und eine Illusion vorgaukelte, sodass sie in dieser gefangen waren. Anderen gegenüber schien es, als bliebe die Zeit stehen. Sie selbst hatte diese Maskerade den Nox gegenüber eingesetzt und ihnen so eine Fluchtmöglichkeit verschafft.

» Nein, ihr seit nicht ungestört. «, sagte Finn kalt.

Eben dies war der Punkt, den Noa außer Acht gelassen hatte, konnte er ihn doch bei bestem Willen nicht erahnen.

Finn verschloss seinen Geist um sich vor Übergriffen anderer Telepathen zu schützen und so war es auch nicht möglich ihn mit einer solch komplexen Illusion zu täuschen.

Noa fuhr zusammen und tat einen Schritt zurück. » Was zum Teufel bist du, dass du dich meiner Macht entziehen

kannst? «, brüllte er erschrocken.

Nadia wollte gerade beginnen zu erklären, als Finn ihr ein weiteres Mal zuvor kam. » Ich – Bin kompliziert. «, sagte er und sah den Siya noch immer kalt an.

Nadia kam dieser Gesichtsausdruck bekannt vor und sie wusste, dass es jener Ausdruck war, den in Finns Gesicht gelegen hatte, als sie sich das erste Mal begegnet waren.

Sie sah die Angst und Verwirrung in Noas Augen und griff sofort ein, wobei sie jedoch noch immer keine Anstalten machte sich von Finns Hand zu lösen.

» Noa, es ist alles in Ordnung. Finn ist ein Nox und hat sehr ähnliche Fähigkeiten, wie sie auch die Siya haben. Er ist ein Freund. «, beschwichtigte sie.

» Ein Freund? Du solltest dir besser überlegen, was du dir für Freunde aussuchst! «, fluchte er und wischte erneut durch die Luft.

Arcane und La Lexa gewannen ihr Leben zurück und verhielten sich als wäre nichts geschehen.

Noa drehte sich hastig um, wollte noch etwas sagen, doch er riss sich zusammen.

Auch Arcane, die seit ihrer Kindheit mit Nadia befreundet war, erkannte die Situation sofort und sprang vom Bett auf. Bisher hatte sie sich zurückgehalten, doch nun ging sie langsam auf Nadia zu, blickte sie traurig an und umarmte sie fest.

Obgleich sie kein Wort sagte, spürte Nadia die ersten Tränen auf ihre Schulter niedergehen.

Obwohl Arcane sich wohl ungemein freute ihre beste Freundin wieder sehen zu können, liefen ihre Tränen unaufhaltsam ihre Wangen hinab.

Was hatte sie wohl die ganze Zeit über gemacht?

Nadia war beinahe zwei ganze Monate im Sin Mara Graben gewesen und hatte sich nicht ein einziges Mal gemeldet.
Andererseits war ihr dies auch nicht möglich gewesen, da sie sich den Nox gegenüber unter keinen Umständen hätte verraten dürfen.

» Ich habe mir wirklich Sorgen um dich
gemacht. «, schluchzte sie und umarmte die Braunhaarige noch immer so fest sie nur konnte.
» Hast du etwas geglaubt, dass mich jemand töten
kann? «, sagte Nadia und schmunzelte sanft.
» Wie kommst du denn darauf? Ich weiß doch, dass dich niemand töten kann.
Du bist eben meine Nadia und ich würde dich niemals aufgeben. «, sagte Arcane und begann nun ebenfalls, noch immer unter Tränen, zu lachen.
» Ich werde euch meine Geschichte erzählen, denn sonst werdet ihr mich wohl nicht verstehen. Viel zu viel ist passiert um es in einfache Worte fassen zu können. Ich werde euch meine Geschichte zeigen – Ich werde euch viel mehr mit in meine Geschichte nehmen. Ihr werdet alles miterleben, was ich in den letzten zwei Monaten gesehen, gerochen und gefühlt habe. «, erklärte Nadia, während sie sich allmählich aus der Umarmung löste und den noch immer zornigen Noa mit ihren selbstbewussten Blicken fokussierte.
Auch dies war eine positive Eigenschaft, die sie von ihrer Reise mitgenommen hatte.
Ihr Selbstbewusstsein hatte sich entwickelt und sie war zu einer starken, jungen Frau geworden.
Noch immer war sie selbstsicher, doch nun betrachtete sie ihre Umgebung aus ganz anderen Blickwinkeln.
 » Wie meinst du das? «, fragte Noa, der sich in eine Ecke des Raumes zurückgezogen hatte und dort an der Wand angelehnt stand.
» Wenn ich dir nun sage, dass ich ganz neue Fähigkeiten entwickelt habe, so wirst du mir wahrscheinlich nicht glauben, aber ich werde es dir ein wenigen Momenten hautnah beweisen. «, sagte sie und funkelte den braunhaarigen Siya noch immer eiskalt an.
Ohne auf eine weitere Reaktion ihrer Freunde zu warten, legte sie ihre Hände auf die Schläfen und schloss ihre Augen.
» Sei vorsichtig! «, sagte Finn besorgt und strich kurz über ihren Rücken, was ihr eine Gänsehaut über diesen laufen ließ.
Doch Zeit auf ihn einzugehen hatte sie nicht mehr. Zu tief war sie schon in ihren Gedanken versunken und bahnte sich einen Weg durch all das Erlebte.
Recht schnell hatte Nadia alles in ihren Gedanken geordnet und machte sich bereit diese Geschehnisse nun mit Noa und Arcane zu teilen.

Sie stieß ein Tor auf und sofort zuckten die Körper ihrer Freunde zusammen.
Ihre Augen trübten sich und nahmen eine fahle, weiße Färbung an.
Nadia raste durch die vergangene Zeit, erlebte alles ein weiteres Mal, doch war
es nun um einiges schneller, sodass sie sich nicht sicher war, ob ihre Freunde
all dies zu verarbeiten in der Lage waren.
Die Erinnerungen schossen durch ihren Körper, bahnten sich ihre Wege durch
Raum und Zeit und erreichten Noa, sowie Arcane, die nun all ihre Gefühle
und intimsten Erlebnisse mit ihr teilen konnten.
Obwohl sie noch immer geschockt von Noas Kuss war, vertraute sie ihm und
wusste, dass er sie verstehen und ihr immer zur Seite stehen würde.

Beinahe hatte sie in ihren Gedanken die Ankunft auf New Berlin erreicht, als
der Kontakt zu Arcane abriss.
Sofort unterbrach das Mädchen die Übertragung und zog sich aus den
Gedankenwelten der Anderen zurück.
Sie öffnete ihre Augen und blickte sich erschrocken um.
» Arca, ist alles in Ordnung? «, fragte sie und lief zu ihr hinüber.
Diese hielt sich leicht benommen die Stirn, nickte dann jedoch hastig.
Auch Noa schien von der Übertragung mitgenommen, doch Nadia erkannte,
dass ihre entsetzten Gesichter wohl von etwas ganz Anderem zu kommen
schienen.
» Macht euch keine Sorgen, mir geht es gut und sowohl Finn, als auch Lexa
haben mich unglaublich unterstützt. «, sagte sie und lächelte gespielt, wollte sie
ihren Freunden wenigstes die Angst nehmen.
» Die Menschen sind gezüchtet … «, hauchte Arcane abwesend und sah zu
Boden.
» Sie sind aus selektierten DNS-Stämmen der Nox entstanden, Arcane. Du
heißt doch Arcane, nicht
wahr? «, sagte Finn.
Nadia blickte ihn ungläubig an und war verwundert darüber, dass er tatsächlich
mit ihren alten Freunden sprach.
» Du bist doch auch einer dieser Tyrannen. Wie konntest du Nadia nur so
etwas antun und sie an einen solchen Ort bringen? «, brüllte Noa.
» Lass dir Zeit und denk über all das, was du soeben erfahren hast in Ruhe
nach. Mit der Zeit wirst auch du verstehen. Nadia hat es mittlerweile auch
begriffen und sieht all das als eine positive Erfahrung an. Schließlich hat sie
Unglaubliches erfahren, dass ihr Leben für immer verändert hat. «, sagte Finn
und lächelte Noa an.
Tatsächlich lächelte er und war sich dessen bewusst, dass es eine freundliche
Geste war zu lächeln.

Er fand sich erstaunlich schnell in das soziale Gefüge ein und verstand wie man mit anderen Menschen, Siya und Nox umzugehen hatte.

Außerdem war Nadia erstaunt, dass Finn sie doch wirklich schon so gut kannte. Sie empfand die Reise in den Sin Mara Graben und den Aufenthalt als eine Bereicherung ihres Lebens, doch bisher hatte sie gemeint, dass Finn dies wohl nicht erkennen würde.

Der Nox Jüngling kannte sie eben besser, als sie zu denken gewagt hätte. Unangenehm war es ihr nicht, es war wohl eher beruhigend, dass es jemanden gab, der sie ausnahmslos verstand und ihr den Rücken stärkte.

Erneut verflocht sie ihre Finger mit denen des Nox und stellte sich nah neben ihn. » Finn hat Recht, Noa. Lass dir einfach ein wenig Zeit und denke noch mal in aller Ruhe darüber nach. Ich werde dem Senat von all dem berichten müssen und ich glaube nun fest daran, dass sie ihre Ansichten ändern werden. Möglicherweise kann ich die Menschen davon überzeugen, dass die Siya keinesfalls ihre Feinde, sondern vielmehr ihre Verbündeten im Kampf gegen die Nox und somit gegen die Unmenschlichkeit sind. «

Nur gemeinsam könnten sie es schaffen sich gegen das imperialistische Regime des Wahnsinns, den die Nox betreiben, zur Wehr zu setzen.

» Warte Nadia! «, sagte Arcane und beugte sich über ihr kleines Tischlabor, welches gleich neben ihrem großen Terminal stand.

» Ich möchte die Nox unbedingt untersuchen. Vielleicht haben sie sogar noch genetische Gemeinsamkeiten mit den heutigen Menschen. Meinst du, dass das in Ordnung

geht? «, fragte sie und lächelte etwas peinlich berührt.

Die braunhaarige Siya schüttelte den Kopf. » Bin ich ein Nox? Frag doch Finn oder seine Schwester. «, sagte sie.

Sofort wandte sich Finn ihr zu und schmunzelte. » Ich nehme an, dass du eine Hautprobe brauchst? «, sagte er und streckte ihr seinen Arm entgegen.

» Genau richtig. Vielen Dank, Finn. «

3
Roter Alarm in der Senatskammer

Nadia wandte sich zu Finn um und küsste ihn auf die Wange. » Bleib am Besten hier und lass dir von Arcane etwas über die Menschen erzählen. Vielleicht erklärt sie dir und Lexa auch wie mein Job als Kopfgeldjägerin aussieht.

Ich werde nun zum Kommandanten der Kolonie gehen und mit ihm über
unsere Situation sprechen. «, sagte sie und blickte noch einmal kurz in die
Runde, bevor sie erneut die Schwelle der Tür nahm und sich wieder auf den
Weg machte.
Die Tür schloss sich hinter ihr und sie betrat erneut den überfüllten Korridor
der Wohnebene. Sie schritt zu den Türen des Liftes hinüber und betrat diesen,
mit welchem sie auch damals, kurz vor ihrem Auftrag, auf die
Kommandoebene gefahren war.
» Kommandodeck. Autorisierung Nadia Scarbodia. «, sagte sie, obwohl sie
wusste, dass es wieder einmal nicht funktionieren würde.
Doch unglaublicher Weise schlossen sich die Türen des Aufzugs und er setzte
sich rasend schnell in Bewegung. Die übliche aphrodisische Stimme begrüßte
Nadia mit der rauchigen Stimmlage. » Willkommen, Nadia
Scarbodia. «, hallte es leise aus den Wänden.
Das Mädchen zuckte mit den Schultern und lehnte sich lässig an die Wand, wo
sie ihre Arme vor der Brust verschränkte.
Nach einigen Sekunden öffneten sich die Türen und Nadia betrat das
Kommandodeck, auf welchem, wie immer, reges Treiben herrschte.
Schnell bahnte sie sich einen Weg durch die herumirrenden Operator, die mit
den verschiedensten Schiffen kommunizierten, bis sie letztendlich vor dem
Schreibtisch des Kommandanten Sean Faris stand.
Dieser war vollkommen in seine Arbeit vertieft und hatte sich inmitten
tausender Anflugkarten vergraben, die die neuen Korridore zu den Docks
markierten.
Nadias Gesicht war überdurchschnittlich kalt und sie wusste, dass sie nun ihre
Gestik und Mimik unter Kotrolle halten musste.
Ihr Anliegen war unbeschreiblich wichtig und einen Fehlschlag konnte und
durfte sie sich einfach nicht erlauben.

» Faris, der Senat soll zusammentreten, ich habe ihm etwas mitzuteilen! «, sagte
sie bestimmt und ließ keinen ihrer Gesichtsmuskeln nur ein Zucken von sich
erahnen.
Faris fuhr erschrocken hoch und blickte in Nadias Gesicht. Einige der Karten
fielen zu Boden oder wirbelten kurz auf.
» Nadia? Was machst du denn hier? «, fragte er und versuchte sich seine
Uniform zu richten. Zunächst blieb sie still und wollte nicht antworten, doch
dann entscheid sich die Kopfgeldjägerin ihrer Forderung mehr Nachdruck zu
verleihen. Sie schlug fest auf die Tischplatte und schrie drohend. » Der Senat
soll sofort zusammen treten. Verstanden? «

Faris zuckte ein weiteres Mal zusammen und beäugte Nadia misstrauisch. » Ich kann nicht ohne einen Grund eine Sitzung des Senats einberufen. «, sagte er und versuchte das Mädchen zu beruhigen.

» Es gibt einen Grund. Wenn der Senat in spätestens einer halben Stunde nicht zusammengetreten ist, so werde ich ganz New Berlin vernichten. «, flüsterte sie. Noch immer war ihr Blick voller Eiseskälte.

Faris lachte vergnügt und klopfte Nadia freundschaftlich auf die Schulter. » Nadia, ich bitte dich. Hast du auf der Kolonie eine Bombe versteckt? «, fragte er und lachte freudig weiter.

Die Angesprochene reagierte nicht und funkelte den Kommandanten, den sie sonst sehr respektierte, wütend an.

» Schlimmer. «, hauchte sie und breitete ihre Arme aus. Sofort loderten ihre Augen flammend auf und der Raum wurde in heftige Vibrationen versetzt. Blätter, Karten, wichtige Unterlage und all das, was recht leicht war, wurde in die Luft gerissen und in einen Strudel gesogen, der sich im Luftzug des Raumes gebildet hatte.

» Nadia! «, brüllte der Kommandant der Kolonie und sein Gesicht verfinsterte sich.

» Rufe den Senat zusammen! «, wiederholte sie erneut.

» Verdammt sie ist eine Andere! «, brüllte einer der Offiziere und wollte gerade nach seiner Waffe greifen, als Faris ihn zurück wies. » Nein! Ich werde den Senat sofort in das Parlament beordern. Wie du aber wissen musst, ist auf New Berlin nur ein Teil des menschlichen Senats untergebracht. «, sagte er, machte jedoch keine Anstalten sie in Gewahrsam nehmen zu lassen.

Das Mädchen nickte kurz uns lies dann wieder gelassen ihre Arme sinken. Die friere Situation entspannte sich sogleich und der Luftwirbel, den sie mit ihrer Willenskraft erzeugt hatte, versiegte stumm im Nichts.

Das wirre Treiben auf der Brücke der Kolonie war vollständig zum Stillstand gekommen und all die Anwesenden sahen das Mädchen entsetzt an.

» Gafft nicht so, sondern macht euch an die Arbeit! Ihr werdet New Berlin bald verteidigen müssen! «, rief sie in den Raum, doch keiner schien von ihren Worten Notiz zu nehmen.

Faris hatte inzwischen zu einem Headset gegriffen und war dabei den Senat auf die schnellst mögliche Weise zu einer Sitzung zu bewegen.

Immer und immer wieder schweiften die Blicke der Siya durch den Raum. Sie wusste, dass hier wohl jeder in der Lage dazu gewesen war sie zu ermorden.

Nach einigen Minuten endlich legte Sean Faris das Headset wieder ab und wandte sich der Kopfgeldjägerin zu. » Also gut. Die Sitzung ist einberufen. Die

Abgeordneten werden in den nächsten Minuten im Sitzungssaal eintreffen,
Nadia. Du weißt wo sich dieser befindet. «, sagte der Kommandant getroffen.
Er schien von ihr enttäuscht und gleichzeitig über ihre Wandlung erschrocken.
» Ich danke dir. «, sprach sie ein wenig wehmütig und setzte sich vorsichtig in
Bewegung, immer darauf bedacht einem Schuss oder einem anderem Angriff
auszuweichen.
Nach einigen Schritten jedoch hatte sie einen stillen Gang betreten, in welchem
sich niemand außer ihr selbst aufhielt. Allmählich versiegte ihre Anspannung
und ihre verkrampften Muskeln entspannten sich.
Hatte sie nun den ersten Schritt getan? Nadia hatte es geschafft den Senat zu
einer außerordentlichen Sitzung zusammen zu rufen. Nun lag jedoch die
nächste Hürde vor ihr.
Sie war sich sicher, dass es die beste Möglichkeit wäre auch die Abgeordneten
auf ihre Reise mitzunehmen, doch wusste sie nicht, wie diese auf das
Geschehene reagieren würden.
Nach einiger Zeit fiel ihr auf, dass sie sich auf dem Kommandodeck kaum
auskannte und nicht wusste, wo sich der Plenarsaal exakt befand. Zwar hatte
sie eine Vorstellung, welche Richtung sie einzuschlagen hatte, allerdings meinte
das Mädchen schon jetzt sich verlaufen zu haben.
Nach einer geschlagen Viertelstunde jedoch erreichte sie eine große und
doppelflüglige Tür, die den Eingang zu der Ratskammer der Nox unglaublich
ähnlich sah.

Erneut stand sie nun vor einer solchen Tür, von welcher sie wusste, dass sie
sich dahinter beweisen musste und ihre ganze Stärke zeigen musste. Waren die
Nox den Menschen überhaupt so unähnlich?
Es gab viele Übereinstimmungen, aber insgeheim wusste sie, dass diese wohl
auf der ähnlichen Entwicklung der beiden Rassen basierten.
Fest stieß sie gegen die Tür und betrat den großen, runden Saal, an dessen
Flanken gerade einige der Abgeordneten Platz nahmen und das Mädchen
verwundert und verärgert ansahen, als sie den Raum betrat.
Zunächst wartete Nadia, doch nach einigen Sekunden der Stille setzte sie sich
ein weiteres Mal in Bewegung und ließ auf das Zentrum des runden Raumes
zu, wo sie beabsichtigte inne zu halten.
Sie wartete bis sich alle Männer und Frauen gesetzt hatten und sie teilweise
bedrohlich und auch manchmal verständnislos musterten.
Sie nahm jeglichen Mut zusammen und holte tief Luft um mich voller Stimme
sprechen zu können.
» Abgeordnete des menschlichen Senats. Mein Name ist Nadia Scarbodia und
wie sie sicherlich schon zu Ohren bekommen haben, bin ich eine der Siya.

Doch nicht nur das, denn in der Welt der Menschen habe ich mich als Elite Kopfgeldjägerin hervorgetan und bin nun weitgehend bekannt.
Bisher haben sie die Siya verfolgt und versucht diese systematisch auszurotten.
Ich wäre nun in der Lage das Selbe auch mit diesem Senat zu tun, aber heute ist kein Tag der Sühne sondern der Reue.
Ich werde ihnen nun eine Wahrheit zeigen, die sie erschüttert wird und von dem Weg, geprägt von Laster und Gewalt, abbringen wird – So wünsche ich es zumindest
sehnlich. «, sagte sie und versuchte sich ein gekünsteltes Lächeln abzugewinnen.
Die Abgeordneten des Senats sagten noch immer nichts und der Saal war in bedrückendes Schweigen gehüllt. Doch Nadia hatte keine Zeit ihr Anliegen aufzuschieben. Sie musste sofort handeln, koste es was es wolle.
Wieder breitete das Mädchen ihre Arme weit aus und legte ihre Kopf in den Nacken. Ihre Augen flammten rot leuchtend auf und ihre Haare wurden von dem jeweils entstehenden Wind in die Höhe gerissen.
Eine mächtige und zu gleich anmutig wirkende Aura bildete sich um sie, in welcher sie ihre ganze Kraft bündelte.
Die Siya wusste, dass sie nun deutlich mehr Kraft aufbringen musste um all die Abgeordneten des Senats mit in die Vergangenheit zu nehmen.
Als diese jedoch erkannten, dass Nadia sich veränderte, sprangen sie auf.
Unruhe kam auf und die Ersten versuchten den Saal zu verlassen, ja eher zu fliehen.
Nadia war schon in Gedanken versunken und versuchte jeden der Anwesenden zu fokussieren.
Mit einem Mal war sie bereit und entlud ihre gesamte angesammelte Kraft in den Raum, der von einer Druckwelle erschüttert wurde, die jedoch für keinen der Person spürbar war, da alle in einen tranceähnlichen Zustand fielen und mit getrübten Augen auf ihren Sitzen liegen blieben.
Die Reise führte die Abgeordneten jedoch weiter zurück, als Nadia es zuvor bei Arcane und Noa versucht hatte.
Um den Senatsmitgliedern ein vollständiges Bild präsentieren zu können, nahm sie diese an jenen Tag mit, an welchem sie ihre Eltern verloren hatte.
Gemeinsam erlebten sie ihr gesamtes Leben ein weiteres Mal.
Sie rasten durch Raum und Zeit und ließen alles an sich vorbeiziehen. Für Nadia jedoch war es nur abermals ein intensives Déjà vu. Nach einer Zeitreise von annähernd zehn Minuten kappte Nadia die Verbindung und riss ihre Augen auf. Sie atmete ungemein schnell und ungleichmäßig, doch hatte sie bis zum Ende durchgehalten.
Keuchen fiel sie auf ihre Knie und stützte sich auf dem Boden ab.

Im Plenarsaal herrschte tödliche Stille – Beinahe alle Abgeordneten saßen schweigend auf ihren Plätzen und sahen zu Nadia hinab, die noch immer mit rasselndem Husten im Zentrum des Raumes kniete.

» Eine billige Illusion! «, brüllte einer der Männer und stand empört auf.
Kaum hatte Nadia diese Worte vernommen, schloss sie ihre Augen und hörte auf zu keuchen.
Immer hatte sie an das Gute im Menschen geglaubt, doch nach dem, was auf der Erde geschehen war, stand eigentlich schon fest, dass sie unverbesserlich waren.
» Schweigt, Gabriel! «, rief eine Frau und erhob sich ebenfalls.
Sie trug eine andere Uniform als alle anderen Senatsmitglieder und stieg langsam die vielen Treppen der Ratskammer zu Nadia hinab. Sie blickte das Mädchen mit leeren Augen an und schwieg benommen, bis sie schließlich unmittelbar neben der zusammengesackten Nadia stand.
» Erhebe dich, junge Siya! «, sagte sie und blickte zu der Braunhaarigen hinab.
Nadia sammelte ihre ganze Kraft und erhob sich um der Aufforderung der Präsidentin des New Berlin Senats Folge leisten zu können.
» Verurteile sie nicht für das, was in ihren Köpfen so sehr festgefahren ist. Ich habe die Anderen, verzeih, die Siya, bisher nur als Bedrohung angesehen. Wir haben falsch gehandelt. Falls all dies der Wahrheit entspricht, was du uns soeben gezeigt hast, bin ich entsetzt.
Habe ich es richtig verstanden, dass die Menschen von jener Rasse, von den Nox, geschaffen wurden? «, fragte sie.
Nadia baute sich anmutig auf und nickte stumm. » Sie haben uns geklont.
Auch wenn sie die letzten Schritte nicht selbst geleistet haben. Die Evolution hat den Rest für die Nox erledigt. «, sprach das Mädchen.
» Wenn diese Umstände bekannt werden, so ist das gesamte Weltbild der Menschheit zerstört.
Wir sollten uns alle darüber im Klaren sein, dass wir mit einer Publikation dieser Situation etwas Schreckliches in Gang setzen können. «, sagte sie.
» Oder etwas Schreckliches aufhalten können. «, sagte Nadia.
» Wie meinst du das, Nadia Scarbodia? «, fragte ein anderer Senator.
» Wenn die Menschen tatsächlich ihren Weg weiter auf eine solche Weise beschreiten sollten, so ist eine Entwicklung, die uns den Nox immer ähnlicher macht, nicht mehr aufzuhalten. So versteht doch, werte Abgeordnete, die Menschen und die Nox sind sich so schrecklich ähnlich. Der einzige Unterschied ist, dass die Nox in ihrer Entwicklung weiter voran geschritten sind. Haben die Menschen denn nicht schon die ersten Schritte zum Verlust

der Emotionen getan? «, fragte sie in den weiten Saal hinein und sofort brach wildes Getuschel aus.

» Sie hat Recht. «, sprach die Präsidentin. » Wir müssen intervenieren und dem Verlust der Moral endlich Einhalt gebieten. Haben wir unsere Werte nicht schon über Bord geschmissen mit der Jagd auf die Siya, wie auch die junge Nadia eine ist?

Erinnert euch an unsere Ahnen auf der Erde. Im zwanzigsten Jahrhundert hat ein Mann schon einmal die Jagd auf eine Gruppe von Menschen eröffnet. Sie waren alle gleich und doch hat man sie auf Grund geringster Unterschiede verurteilt und geächtet. Million sind schon damals gestorben und in einer Sache bin ich mir sicher:

Eine solche Missetat darf nicht noch ein weiteres Mal geschehen – Nicht durch Menschenhand. «, sagte sie Senatorin stolz.

Nadia nickte und begann plötzlich wieder Mut zu fassen. Ihre Zukunft schien noch nicht besiegelt und sie hatte eine weitere Chance erhalten.

» Nadia, falls ich deine Erinnerungen richtig gedeutet habe, befindet sich Finn D'Arc, dein Freund, ebenfalls hier auf New Berlin? «, fragte sie.

» Er ist ein Bekannter. Seine Schwester und er selbst sind bereit an der menschlichen Front gegen ihre eigene Spezies zu kämpfen. «, sagte Nadia.

Ein Scheppern und die Flügeltür wurde donnernd aufgestoßen. Sean Faris kam völlig außer Atem in den Plenarsaal gerannt.

Er war hochrot und Schweiß rann seine Stirn hinab. » Frau Senatorin, Frau Senatorin. «, raunte er wild und blieb stehen.

» Frau Senatorin, eine unglaublich riesige Armada von Schiffen ist auf den Langstreckenscannern aufgetaucht. Sie sind durch das alte Sprungtor in das Valkyrium System gelangt, aber es ist mir nicht möglich zu erklären, wie sie den Zutrittscode ermitteln konnten.

Sie haben allesamt ihre Waffensysteme aktiv und wir erwarten einen Angriff. «

» Wann werden sie uns erreichen? «, fragte die ältere und hagere Frau.

» In weniger als einer halben Stunde. «, sagte Faris betroffen.

» Informieren sie die zentrale Leitstelle auf Angel's Gate und Valkyrium. Warnen sie außerdem die Kyrianer.

Es ist also nun schon so weit. Der Krieg hat begonnen und die Menschen haben sich gegen eine Übermacht zu behaupten. Ihre Schöpfer.

Auf der Erde hatte man diesen Krieg wohl anders genannt – Uns steht der Krieg bevor – Der Krieg gegen Gott. «, sagte sie und wandte sich zu Nadia.

» Geh zu deinen Freunden, junge Siya. Wir werden eure Hilfe brauchen. «, sprach sie weiter.

Doch Nadia schüttelte vehement ihren Kopf. » Es gibt eine andere Lösung. «,
sagte sie schnell.
» Faris, nimm mit den Schiffen Kontakt auf und sag ihnen, dass die Menschen
wissen, dass es die Nox sind, die sie angreifen wollen.
Sag dem Führer der Armada, dass wir auf ein uraltes Nox-Recht bestehen. Der
Krieg soll in einer einzigen Schlacht ausgetragen werden – Der Kampf Mann
gegen Mann. «
Faris fuhr herum und sah das Mädchen entsetzt an. » Wie meinst du das? «,
fragte er.
Auch die Präsidentin des Senats sprach Nadia aufgebracht an. » Das ist
unmöglich. Nach dem was wir gesehen haben, ist es unmöglich gegen die Nox
zu bestehen. «, sagte sie.
» Wir stellen vier Krieger. Zwei Nox und zwei Siya. Auch mein Bekannter,
Noa a Zee, wird uns unterstützen. Er ist in der Lage das Zeitgefüge zu
kontrollieren und nur äußerst mächtige Telepathen können ihm widerstehen.
Wir sind bereit. Am besten wählt ihr Nym als
Austragungsort. «, sagte sie und blickte auf eine Sternenkarte des Valkyrium
Systems, die auf einer Plexiglasscheibe an der Wand eingekerbt war.
Nym war ein kleiner und recht abgelegener Planet im Valkyrium System und
zu ihrem Vorteil handelte es sich um eine unbewohnte Welt.

Faris blickte ein letztes Mal zögernd die Präsidentin des menschlichen Senats
an und verschwand dann wieder aus dem großen Plenarsaal.
Doch auch Nadia verweilte nicht mehr lange bei den Abgeordneten. Sie wollte
ihren Freunden so schnell nur irgend möglich von dem bevorstehenden
Angriff berichten.

Letztes Kapitel

1
Vier Krieger von Anmut und Glauben

Es waren unzählige Stunden vergangen, so schien es Nadia, in denen sie hatte nichts tun können, als auf die Nox zu warten.

Das Warten war immer das Schrecklichste an einem Krieg, wusste man doch genau, dass es irgendwann losgehen würde, doch den genauen Zeitpunkt kannte keiner der Krieger.

Schon seit über einer Stunde hatten sie eine Position im Orbit über Nym bezogen und warteten bis die Schiffe der Nox endlich in Sichtweite kommen würden.

Nachdem sie den Senat der Menschen von ihrem Vorhaben überzeugt hatte, war sie zurück zu ihren Gefährten gegangen und hatte sie von der nahenden Bedrohung in Kenntnis gesetzt.

Finn und Arcane schienen nicht überrascht zu sein, war ihnen doch klar gewesen, dass es früher oder später zu jenem unausweichlichen Kampf kommen würde.

Noa jedoch weigerte sich zunächst sich dem Kampf anzuschließen. Er wusste mit der Situation nicht umzugehen und Nadia spürte große Angst in ihrem Mitbewohner.

Das Mädchen hatte sich Vorwürfe gemacht ihn überhaupt mit hineingezogen zu haben, doch blieb ihnen eine andere Wahl?

Hätte Noa sie nicht unterstütz, so hätte er ohnehin sein Leben lassen müssen – Die Nox hätten sämtliche Kolonien der Menschen radikal dem Erdboden gleich gemacht und sie allesamt vernichtet.

Selbst die wenigen Schlachtkreuzer der anderen Kolonien umkreisten nun den kleinen Planeten Nym und warteten auf das herannahende Unheil aus dem Sin Mara Graben, das bereits bis in ihr eigenes Sonnensystem vorgedrungen war. Einige kyrianische Schlachtschiffe trafen ebenfalls ein und nahmen defensive Positionen in einer Entfernung ein, ging es hier schließlich um das System ihrer Heimatwelt.

Nadia legte ihren Kopf auf Finns Schulter und schloss ihre Augen. Sie waren an Bord eines Schlachtschiffes der Menschen, das jedoch trotz allem sehr klein und mager bewaffnet war.

Die Krieger befanden sich in der Beobachtungslounge des Kreuzers und hatten es sich bequem gemacht, falls man dazu bei einem solch grausamen Kampf, der ihnen bevorstand, überhaupt in der Lage war.
Noa ließ nicht eine Sekunde von der Fensterfront ab und behielt die Sterne genau im Auge, wollte er die Ankunft der Armada doch miterleben.
Finn hingegen hatte sich vor einigen Minuten auf den stählernen Boden niedergelassen und sich an die Wand gelehnt.
Nadia hatte es ihm unmittelbar danach gleich getan und war eng an ihn herangerutscht.
Warum genau sie in diesen Minuten die Nähe des Älteren suchte, wusste sie nicht, doch sie hatte das Gefühl, dass sie nichts verpassen durfte, könnte sie bei dem bevorstehenden Kampf doch alles verlieren.
Mit Noa hatte sie seit sie New Berlin verlassen hatten nicht mehr gesprochen, da er noch immer verletzt zu sein schien.
Doch was sollte die Kopfgeldjägerin schon anderes tun? Noa war ihr ein Freund, viel mehr ein Bruder und sie liebte ihn wirklich ungemein stark, doch auf etwas anderes konnte sie sich bei bestem Willen nicht einlassen.

Keiner von ihnen sprach nun miteinander und eine ungeheure Stille hatte sich in den kalten Stahlwänden ausgebreitet.
Die Stimmung war gedrückt und traurig. Noch immer hatten sie keine Möglichkeit gefunden eine Strategie gegen den Führer der Nox zu entwickeln. Stumm warteten sie auf einen Kampf, von dem sie keine Ahnung hatten, wie sie ihn gewinnen sollten.
Finn blickte zu Nadia hinüber und lächelte sanft und zum ersten Mal erkannte das Mädchen tiefe Trauer in seinen Augen.
Auch er schien sich ihrer Situation genau bewusst zu sein, doch ließ er Nadia noch immer nichts davon spüren, spendete ihr stattdessen Trost und Mut.
Er griff nach der Hand des Mädchens und umschloss diese fest mit der Seinen. Nadia schmiegte sich enger und immer enger an den Nox und legte ihren Kopf nun gegen seine Brust.
Sofort spürte sie, wie sich die kräftigen Arme des Kriegers um sie schlossen und sie wusste, dass es wohl die letzte Umarmung war, die sie in solcher Zweisamkeit erleben konnte.
» Hab keine Angst. «, flüsterte Finn leise und strich über ihr Haar.
» Ich habe keine Angst vor dem Tod. Schon vor Jahren habe ich die Angst vor dem Sterben verloren, hatte ich doch keinen Sinn mehr in meinem Leben gesehen. Ich möchte aber Angst haben können. Ich möchte mich der Angst hingeben können, doch es bleibt mir verwehrt. «, sagte die Braunhaarige leise.

Nun wandte sich auch La Lexa um, die zuvor allein in einer Ecke des Raumes gestanden hatte und in Gedanken versunken war.

» Alles hat ein Ende und auch dieser Krieg wird ein Ende nehmen – ob er die Nox nun endgültig in ihre Schranken weisen oder die Menschen das Leben kosten wird, das Leben im Universum wird weitergehen.

Doch ist ein Traum in Erfüllung gegangen. Mein Bruder hat endlich zu sich selbst gefunden und wenn ich euch beide sehe, wird mir warm ums Herz und ich vergesse alles

andere. «, sprach die junge Frau mit den rubinroten Haaren und den goldenen Augen.

Nadias Gesicht wurde plötzlich heiß und schnell sah sie zu Boden. Sie wusste genau, wovon Lexa eigentlich sprach und was sie mit ihren Worten hatte sagen wollen.

Doch auch diese Tatsache hielt sie nicht davon ab sich von *ihm* zu lösen. Von *ihm*, dem jungen Mann, für den sie außergewöhnliche Gefühle entwickelt hatte.

» Bitte, lasst uns nicht verzweifeln. Vielleicht gibt es einen Weg diesen Krieg zu gewinnen und die Tyrannei zu besiegen.

Es darf nicht so weit kommen, dass ein Imperium, wie es die Nox geschaffen haben, das Universum regiert.

Die Menschen haben vor Jahrzehnten noch eine übermenschliche Macht geglaubt. Sie haben viele Dinge, die sie nicht verstanden, durch diese Macht erklärt.

Gott, nannte man diese Macht und Jahrtausende lang hielt man an diesem Glauben fest.

Auch wenn es nie Beweise für oder gegen eine Existenz eines Gottes gab, hielten die Menschen doch daran fest und beteten für Beistand und Hilfe in ihrem Leben.

Vielleicht gab es nie einen Gott oder eine übernatürliche Macht, doch vielen Menschen hat der Glaube ungemein geholfen ihr Leben zu meistern.

Glaube – ob nun an eine Macht, eine Person oder ein Artefakt – kann übermenschliche Kräfte in einem hervorrufen und unglaubliche Kraft spenden.

So sollten auch wir in dieser Situation nicht verzweifeln und an etwas glauben. Ich glaube daran, dass wir es schaffen, die Nox zu besiegen und somit glaube ich an den Willen etwas zu tun.

Möglicherweise gibt es sogar einen Gott oder ein unglaublich mächtiges Etwas in den Weiten des Weltraums, das uns in den nächsten Stunden zur Seite stehen wird und an das wir uns in der größten Not doch klammern können. «, sagte Noa und wandte sich von dem großen Fenster ab.

Nadia lächelte sanft und sah zu dem Braunhaarigen auf, der jene weisen Worte gesprochen hatte und trotz seiner großen Angst versuchte ihnen Mut zu machen.

Doch urplötzlich wurde der Raum von einem strahlenden Lichtblitz erfüllt und sofort wirbelte Noa wieder herum und sah aus dem Fenster.
Kurz wich er einen Schritt zurück, als er gesehen hatte, was dort plötzlich vor ihnen aufgetaucht war.
» Sie sind da. «, sagte er karg und sein Gesicht verfinsterte sich zunehmend.
Finn und auch Nadia standen nun auf und gingen schweigen zur Fensterfront.
Wie nicht anders erwartet, erkannten sie dort die übermächtige Armada der Nox, sie soeben den Hyperraum verlassen hatte und nun einen Quat vor Nym Halt gemacht hatte.
Sofort ergriff Nadia wieder Finns Hand und klammerte sich an ihm fest.
» Dann ist es nun wohl endgültig soweit. Der letzte Kampf beginnt. «, sagte Lexa.
Nadia wandte sich zu Finn und umarmte ihn fest. Sofort legte auch er wieder seine Arme um sie. » Gemeinsam sind wir stark, nicht wahr? «, fragte sie.
» Du hast in den Monaten eine Kraft entwickelt, die der meinen ebenbürtig ist, Nadia. Ich kann dich nichts mehr lehren. «, sagte er und küsste das Mädchen sacht auf ihre Stirn.

2
Die Letzte Schlacht

Nadia hatte ihre Haare streng zurückgebunden und trug nun wieder ihre Kopfgeldjägerkleidung, die sich seit ihren jungen Jahren nur recht geringfügig verändert hatte.
Das Top bestand aus einem zweigeteiltem Schal, der an ihrem Hals mit einem engen Band befestigt war.
Ihre enge, schwarze Lederhose hatte sie auch in Finns Gegenwart oft getragen.
Zu viert standen die Krieger, zwei Siya und zwei Nox, vor der großen Ladeluke, die sich gleich öffnen würde und die Sicht auf Nym freigeben würde.
Jeder von ihnen gab eine stolze und anmutige Gestalt ab, die darauf wartete in den Kampf zu ziehen.
Vor einigen Minuten hatte das Schiff auf der Planetenoberfläche aufgesetzt — so auch eines der Noxschiffe, die Fortuna.

Allesamt waren sie bereit sich dem Feind zu stellen und ihr Leben für eine gemeinsame Zukunft zu riskieren.

Allen voran Nadia, die dem Kampf nun entgegen fieberte, wusste sie doch, dass Finn immer an ihrer Seite war und sie niemals aus den Augen lassen würde.

Ein letztes Mal blickte sie zu ihm hinüber und musterte seine makellose Gestalt.

Sein schwarzes Haar war seidig glatt und fiel locker herunter. Durch das schwarze und vor allem enge Tankshirt konnte man jeden einzelnen seiner Muskeln erkennen. Am meisten jedoch war sie noch immer von seinen Augen fasziniert, die auch jede noch so große Dunkelheit erleuchteten.

» Seit ihr bereit? «, fragte Finn und steckte sich einen kleinen Ohrstecker in sein Ohr, mit welchem er, wie auch alle anderen, mit Arcane auf New Berlin verbunden war.

Jeder der übrigen Kämpfer nickte und ihre Gesichter verfinsterten sich.

Mit einem Mal erzitterte der Boden und das gewaltige Tor vor ihnen öffnete sich ächzend und gab langsam den Blick auf den Planeten Nym frei.

Gemeinsam setzten sich die Vier in Bewegung, schritten die lange Rampe hinunter und blickten sich um.

Von nun an schien die Zeit sich zu verlangsamen und in Zeitlupe weiter das Gefüge zu vervollständigen.

Nym war ein Planet mit grausamer Geschichte. Vor Jahrhunderten waren unzählige Völker auf der sandigen und rauchigen Oberfläche bei einer Schlacht gestorben.

Nadias Gesicht war nun bedrohlicher denn je und sie war fest entschlossen all ihre Macht einzusetzen.

Erst jetzt konnten sie erkennen, dass die Planetenoberfläche mit Menschen und Nox übersäht war.

Zu der einen Seite standen, so weit das Auge reichte, unzählige Menschen und auf der anderen Seite abertausende Nox.

Sie alle schienen dem Kampf entgegen zu fiebern, der ihr aller Schicksal besiegeln konnte.

Doch obgleich eine astronomisch große Anzahl von Zuschauern anwesend war, war es vollkommen still.

Keiner wagte es etwas zu sagen und blickte stattdessen die acht Krieger an, die sich nun einen Weg bis zu einer weiten, freien Fläche im Zentrum der Massen bahnten.

Neben den dumpfen und schweren Schritten war nur noch der Sand zu hören,
der hin und wieder von einem Windstoß gegen einen der Felsen geschlagen
wurde und dort hinunter rieselte.
Sofort erkannte die Kopfgeldjägerin den übergroßen Mann, der ins schwarze
Kutten gehüllt war und sie mit seinen violetten Augen zornig anfunkelte.
Nach wenigen Minuten des Weges standen sich schließlich acht Kämpfer
gegenüber und starrten sich unentwegt an.
Die Krieger der Nox waren sich bis auf den Führer jenes Volkes alle sehr
ähnlich – hoch gewachsene Männer, die Nadia allesamt wütend musterten.
Warum gerade sie in das Zentrum ihrer Begierde gefallen war, konnte sie sich
ausmalen.

» Das alte Ritual der Nox. Mein Sohn hat es euch also preisgegeben. «, sprach
der Führer der Nox grollend.
Nadia und ihre Gefährten jedoch blieben stumm. Ein leichter Windzug störte
die vollkommene Stille, der Nadia hin und wieder einige, doch feine Strähnen
ihrer wilden Mähne in ihr zierliches Gesicht wehte.
» Natürlich nehmen wir unsere Gesetze ernst und akzeptieren die
Bedingungen. Eine letzte Schlacht auf Leben und
Tod. «, sagte er und trat einen kleinen Schritt zurück.
Nadia bemerkte, dass sie den Führer noch nie in seiner normalen Gestalt zu
Gesicht bekommen hatte. Immerzu waren seine Augen violett flammend und
er strahlte eine ungeheure Energie aus.
Die junge Siya war sich bewusst, dass der Kampf nun in wenigen
Augenblicken beginnen würde und sie für das Leben all dieser Menschen, die
sie ringsum sah, verantwortlich war.
Doch mit einem Mal wurde die Stille gebrochen und sie fuhr herum.
» Los Siya! Kämpft für die Menschen und für euch! Denn wir sind Eins! Los
Siya, Nadia Scarbodia! «, rief ein Mann mit voller Stimme aus der Menge.
Sofort folgten weitere Rufe und Schreie. Ein gewaltiger Stimmentumult brach
aus und holte Nadia in die Realität zurück.
Sie wandte sich um, drehte sich im Kreis und sah all diese Menschen, die ihr
Mut zusprachen und ihr verkündeten, dass sie richtig gelegen hatte.
Sie war tatsächlich in der Lage dazu gewesen, ein ganzes Volk zu bekehren und
ihnen wieder Moral und Ethik zu schenken.
Eine Träne rann ihre Wange hinunter und sie blickte zu Boden. Es war ihr
Schicksal auf dem blutigen Boden Nyms eine weitere Schlacht auszufechten
und für den Untergang einer Rasse zu Sorgen.
All ihre Kraft, die sie aus Erinnerungen und Emotionen zog, würde ihr nun
beistehen müssen.

Sie war Nadia – Sie war Nadia Scarbodia – Nadia Scarbodia.

» Nadia Scarbodia!!! «, schrie sie.

Nun war sie bereit und sie wusste, dass sie alles geben würde um der Tyrannei, die den Maßstab des Grausamen hinaufgesetzt hatte, ein Ende zu setzen.

Kurz sammelte sie ihre Gedanken und erhob sich dann wieder, von dem Rufen der Massen gestärkt.

Sie breitete ihre Arme weit aus und ihre Augen flammten auf, heller und leuchtender als jemals zuvor. Ihre Haare wurden wild und voller Kraft in die Höhe gerissen.

Eine gewaltige orange-rote Aura bildete sich um ihren zierlichen Körper und eine flammende Welle breitete sich um sie aus.

Sie sah auf und blickte den Führer der Nox direkt in seine mordenden Augen.

» Nun gut, wir sind bereit und werden unsere Rasse mit aller Macht verteidigen! Ich bin Nadia Scarbodia, die Siya der Macht! «, schrie sie und nahm eine lauernde Angriffshaltung ein.

Nun schossen auch Finns schwarze Haare in die Luft und seine Augen strahlten überwältigend blau.

Auch um ihn herum materialisierte sich eine übermächtige Aura, die seinen ganzen Körper und leuchtendes Blau hüllte.

» Ich bin Finn D'Arc, der Nox der Rache! «

» Noa, lass deiner Kraft einfach freien Lauf und entfalte dich. «, rief Nadia und sah, wie auch Lexa all ihrer Macht Freilauf gewährte und ihre goldenen Augen rot aufleuchten ließ. » Ich bin La Lexa D'Arc, die Nox der Einsicht. «

Noa sah recht hilflos aus und schloss langsam seine Augen. Nadia hingegen hatte schon eine solche Macht angesammelt, dass sie nun in der Lage war Noa zu helfen, wie Finn es einst bei ihr fertig gebracht hatte.

Sie öffnete mit reiner Gedankenkraft auch die Seele Noas und sah, wie er plötzlich zusammenzuckte.

Unmittelbar danach flammten auch seine Augen leuchtend auf und er baute sich auf.

Er riss die Augen auf und sah zu Nadia hinüber, die provozierend lächelte.

» Und ich bin Noa a Zee, Siya der Zeit! «

» Nox – Das ist der Anfang von eurem Ende! «, brüllte Nadia.

Doch mit einem Mal wurde der Boden erschüttert und eine gewaltige Druckwelle brach heran, die Nadia den Angstschweiß auf die Stirn trieb.

Der Nox Führer riss seine Kutte weg, unter welcher er eine dunkle Kampfrüstung trug.

» Möge die Schlacht beginnen. «, brüllte er und stieß sich vom Boden ab.

Sofort wich Nadia zurück und sprang ebenfalls in die Luft. Alle anderen taten es ihr gleich und verharrten im Nichts. Voller Farbenpracht waren ihre Körper umhüllt und ein seichter Sandsturm brach heran.

Dies sollte ein Kampf voller Laster und Gewalt sein – Ein Kampf, der den Tod eines Tyrannen fordern sollte.

Die Kopfgeldjägerin krümmte sich zusammen, spannte all ihre Muskeln an und baute sich nun, noch immer in der Luft schwebend, auf.

Nadia schrie aus voller Seele und formte in ihren Händen eine blitzende und zugleich lodernde Sphäre, die sie sogleich in Richtung des Nox Führers schleuderte. Dieser jedoch fing das Projektil auf und leitete es gen Boden, wo es donnernd explodierte und einen tiefen Krater hinterließ.

Doch auch Finn richtete nun seine ganze Energie gegen die Noxkrieger und so entbrannte ein verhängnisvoller Kampf.

Um ihn herum manifestierten sich unzählige, blau strahlende und kleine Kugeln, die nach und nach auf seine Gegner zu rasten.

Innerhalb weniger Sekunden war jeder der acht mächtigen Krieger in den Kampf verwickelt und unzählige Energieladungen wurden über das Schlachtfeld geschleudert.

Nadia setzte ihre gesamte Macht ein und jagte von einem zum anderen Zweikampf, in denen sie nur wenige Sekunden verharrte, eher sie wieder energetische Entladungen generierte und gegen die Nox lenkte.

Noch nie zuvor hatte sie eine solche Kraft in sich gespürt, doch sie wusste, dass es nach mehr verlangte um den mächtigsten aller Nox auszuschalten.

Sie holte immer wieder weit aus und schleuderte mit nie da gewesener Geschwindigkeit ihre Ladungen gegen die Gegner, die aus den verschiedensten Arten der Nox zusammengesetzt waren.

Aus Finns Gedanken hatte sie erfahren, dass es sich bei den drei Nox um eine Elite-Truppe handelte, die nur die schwierigsten Einsätze auf sich nahm.

Immer wieder sah sie zu ihren Gefährten hinüber, die sich jedoch auch verdächtig gut schlugen.

Selbst Noa schien durch seine Fähigkeit gehörige Vorteile den Kämpfern gegenüber haben.

Während Nadia, Lexa und Noa zumeist gegen die Krieger antraten, war Finn in einen ständigen Kampf gegen seinen Vater vertieft. Wildes und ungezähmtes Geschrei machte den Kampf zu einer barbarischen und blutigen Schlacht.

Selbst Nadias Körper war schon über und über von feinen Schnittwunden übersäht.

Erneut formte die Killerin eine gewaltige Kugel in ihren Händen und formierte unglaubliche Kraft in jene hinein.

Mit ganzer Wucht jagte das Projektil auf einen der Kämpfer zu und traf ihn schließlich am Bauch, worauf dieser leblos zusammensackte und zu Boden fiel.
Die Leiche des Nox blieb stumm auf dem Boden und nach und nach bildete sich ein tiefrotes Rinnsal um ihren herum.
» Ja! «, sagte Nadia leise, widmete sich jedoch sogleich einem weiteren Angreifer, der gerade La Lexa angriff und sie schwer forderte.
Sofort ging das Mädchen dazwischen und ihre Augen flammten ein weiteres Mal lodernd auf - Sie rammte ihm ihre bloße, jedoch flammende Faust in den Torso.
Der Krieger riss seine Augen weit auf und sah Nadia mit schmerzverzerrtem Gesicht an – Diese ließ jedoch keine Gnade walten und riss dem Nox bei lebendigem Leib das Herz aus der Brust.
Ihr Hass war der einzige Antrieb, der sie in diesem Kampf nun noch leitete und sie wusste, dass sie nun einen gewaltigen Vorteil besaßen, wo doch schon zwei der Nox ausgeschaltet waren.
Die Siya wollte sich gerade dem letzten der Kämpfer zuwenden, als sie sah, wie Noa von einem hellen und schallenden Blitz getroffen wurde, der aus der Hand des letzten Kriegers entwichen war.
Noa riss seine Augen weit auf und sah an sich hinab, wo nun ein großes Loch klaffte. Blut quoll zwischen seinen Lippen hervor und seine Aura entschwand mit einem Mal.
» Nein!!! «, schrie das Mädchen und jagte zu Noa hinüber.
Unmittelbar neben ihm landete sie wieder auf dem festen Boden, doch Noa verlor den Halt und fiel auf den staubigen Untergrund.
» Noa, nein! Noa! «, schrie sie noch immer, doch der Ältere Siya hatte schon seinen letzten Lebensfunken verloren.
Nadia war nicht in der Lage zu realisieren, dass sie gerade hatte mit ansehen müssen, wie ihr bester Freund, den sie nun seit Jahren kannte, ermordet worden war.
» Noa, nein! Mein geliebter Noa, bitte nicht! «, sagte sie erneut, doch in just dieser Sekunde meldete sich plötzlich Arcane in ihrem Ohr.

» Hier Operator. Könnt ihr mich alle hören? «
» Ja. «, flüsterte Nadia weinend und sah zu Finn auf, der noch immer in einen Kampf mit seinem Vater verwickelt war.
La Lexa hatte inzwischen voller Wut den letzten der Nox Krieger niedergestreckt und ihn auf dieselbe Weise erlegt, wie auch er es mit Noa getan hatte.

» Es ist unglaublich. Ihr werdet es kaum für möglich halten. Nadia, aus deinen Gedanken habe ich ja erfahren, dass die Menschen aus der DNA der Nox geschaffen wurden.
Ich habe nun Finns Hautprobe mit der DNA der Siya verglichen und wisst ihr, was ich herausgefunden habe?
Sie ist identisch. «, sagte Arcane.
Nadia riss ihre Augen weit auf und sie sah wie Finn sich erschrocken zu ihr umwandte, sich dann aber wieder gegen seinen Vater zur Wehr setzen musste.
Doch nun setze sich das Puzzle endgültig vollständig zusammen. Nadia verstand sofort.
War es denn nicht von Beginn an, der einzig logische Schluss, dass Siya und Nox identisch waren?
Die Menschen hatten sich aus dem Erbmaterial der Nox entwickelt – aus den Stämmen der DNA.
Demnach begann die Evolution, welche auch die Nox hervorgebracht hatte, nun von neuem.
Zunächst mussten auch die Nox einfache Menschen gewesen sein. Dann hatte die Evolution ihnen besondere Fähigkeiten verliehen und sie waren zu den heutigen Nox geworden. Mit den Menschen war das exakt gleiche passiert, schließlich hatten sie dieselbe DANN, wie auch ihre Schöpfer. Als sich schließlich die Siya entwickelten, hatte sich auch hier die Evolution vervollständigt – Nur trugen die Endprodukte unterschiedliche Namen.
Es war eindeutig und logisch, Nox und Siya waren dieselbe Spezies.

Doch dieser Umstand tat ihnen ganz neue Möglichkeiten auf. Auch Finn musste realisiert haben, woran Nadia gedacht hatte, denn er schoss gleichsam auf sie zu und landete unmittelbar neben ihr.
» Lexa, los, komm her! «, schrie er und ergriff Nadias Hand.
Diese war vollkommen überwältigt und überrascht. Sie wusste nicht, wie es nun genau ablaufen würde, doch Finn würde ihr mit Sicherheit alles erklären.
Endlich erreichte auch La Lexa die beiden und umfasste mit der einen Seite Finns Hand, mit der anderen Nadias.
» Was muss ich tun? «, fragte Nadia.
» Lass dich einfach darauf ein, den Rest werde ich
erledigen. «, sagte Finn.
Sie standen nun in einem Dreieck und hielten allesamt die Hände ihres Nachbarn.
Finn und Lexa schlossen ihre Augen und Nadia tat es ihnen sofort gleich.
» Sie ist keine Nox, das hat keinen Sinn! «, brüllte Finns Vater erschrocken, doch keiner der Dreien antwortete.

Nadia spürte, wie Finn in ihren Gedanken herumgeisterte und ihr klar machte, dass sie sich nur auf seinen Vater zu konzentrieren hatte.
Mit aller Kraft fokussierte sie ihn mit ihren inneren Augen und spürte plötzlich, wie sie den Boden unter ihren Füßen verlor. Alle drei Nox oder viel mehr alle drei Siya hoben nun vom Boden ab.
Nadia hatte nicht mehr daran geglaubt, dass sie die Nox-Trienale wirklich einsetzen könnten, doch durch die Tatsache, dass sie nun auch eine dieser Rasse war, waren sie zu Unglaublichem fähig.
Fortan gab es eine weitere Nox imperiales – Nadia Scarbodia., die wohl mächtigste Frau im Universum.
» Nox – Nox – Nox. Mortem Dominum. Nox – Nox – Nox. Mortem Dominum. «, sprach Finn und Nadia spürte, wie sich ein unglaubliches Band zwischen ihnen knüpfte. Nun war sie zu etwas in der Lage, was sie zuvor nicht einmal in ihren kühnsten Träumen durchgespielt hatte.
Durch die Macht der Nox-Trienale war sie dazu fähig, in den Geist des Nox Führers einzudringen und diesen vollständig zu neutralisieren.

Sie umklammerte Finns Hand so fest sie nur konnte. Sie fühlte mit jedem ihrer Sinne den Nox Jüngling und es war das wohl meist erfüllte Gefühl, das sie jemals empfunden hatte.

Nun war sie sich sicher, dass dieser Krieg sein Ende gefunden hatte.

All ihr Lebensgeist entlud sich und eine gebündelte und doch so reine Macht der drei Nox vollführte ihr Werk.
Doch kaum hatte die konzentrierte Energie ihren Körper verlassen, spürte Nadia, wie sich La Lexas Hand von der Ihren löste.
Die Rothaarige fiel in die Tiefe und blieb regungslos auf dem sandigen Boden liegen – Nadia wusste sofort, dass es vorbei war.

Nun ist alles vorbei.

Mein Name ist Nadia Scarbodia und ich bin siebzehn Jahre alt.
Seit nun mehr als einem Jahr lebe ich wieder im Valkyrium System gemeinsam mit Finn und meiner Freundin Arcane.
Wir waren tatsächlich dazu in der Lage durch eine Nox-Trienale den Führer der Nox unschädlich zu machen, doch hat dies ein weiteres Opfer gefordert.
La Lexa D'Arc, die Schwester Finns hat der unglaublichen mentalen Belastung nicht standgehalten und hat die Trienale nicht überlebt.
Nur die mächtigsten Telepathen sind fähig in den Geist eines Führers der Nox einzudringen.
La Lexa jedoch war keine Solche und hat den Sieg gegen ihre eigene Spezies mit ihrem Leben bezahlen müssen.
Als ich jedoch die Seele des Führers sah, erkannte ich alles andere, als das, was ich erwartet hatte.
Dort war eine gefangene und gequälte Seele, die so voller Emotionen war.
Er hatte seine Gefühle nie verloren.

Finn trauert noch immer um seine Schwester, sowie auch ich und um Noa a Zee.
Beide wurden auf Nym beigesetzt. Nym – Ein Planet auf dem das Blutvergießen wohl nie ein Ende finden wird.

Das Universum, in dem ich lebe, hat sich seit jenem Tag verändert.
Heute gibt es keinen Unterschied mehr zwischen Menschen, Nox und Siya, denn es haben alle aus ihren Fehlern gelernt.
Viele der gefühlskalten Wesen haben ihre Emotionen Stück für Stück wieder entdeckt.

Ich weiß nicht, wie alles weitergehen wird, doch mein Glück werde ich wohl nie finden können.
Zu viel ist geschehen, dass ich wohl niemals verstehen werde, doch in einer Sache bin ich mir bis heute sicher.
Man kann Menschen und auch alle anderen Geschöpfe ändern, man kann ihnen ihre Fehler und Untaten aufzeigen und sie bekehren.

Wie wird sich mein Leben entwickeln? Werde ich weiterhin als
Kopfgeldjägerin arbeiten? Werde ich New Berlin möglicherweise verlassen und
mein Glück in der Ferne suchen?
Ich weiß es nicht und ich möchte es auch nicht wissen. Ich möchte noch nicht
über die Zukunft nachdenken, hänge ich doch noch so an dem Vergangenen.
Vor einigen Monaten noch habe ich gesagt, dass ich die Vergangenheit
vergessen will, doch würde ich vergessen, so verriete ich meine Freunde und
mich selbst.

Ich bin Nadia Scarbodia, ein Mädchen ohne Kindheit, eine Prinzessin ohne
Königreich und eine geächtete Siya ohne Angst, eine grausame Nox mit
Emotionen, eine kaltblütige Killerin mit größter Macht, eine Kopfgeldjägerin
ohne Überzeugung, eine Freundin mit einem toten Freund, eine Tochter ohne
Eltern - ein liebendes Mädchen.

Das Ende

Nadia lief die langen Flure der New Berlin Kolonie entlang und seufzte.
Sie war gerade bei einem der freien Händler gewesen und hatte für nur wenige
Credits einige Lebensmittel eingekauft.
Sie passierte jene Stelle, an welcher sie vor über einem Jahr ihren ehemaligen
Lehrer Zais niedergestreckt hatte. Dieser hatte die Kolonie kurz darauf
verlassen und war im Sin Mara Graben verschollen.

Jetzt wo sie zwei schwere Taschen zu tragen hatte, ärgerte sie sich doch, dass
sie Maiis Angebot nicht angenommen hatte. Sie hatte vorgeschlagen ihr beim
Tragen zu helfen, doch Nadia hatte dankend abgelehnt.
Sie hatte Maii zum ersten Mal auf der Brax getroffen, dort hatte sie noch vor
ihr niedergekniet. Heute jedoch war sie ihr beinahe eine zweite Mutter
geworden, die sie nach all dem Leid wirklich gut gebrauchen konnte.
Sie sprach häufig mit der Frau über die vergangenen Ereignisse. Auch Juni, ihr
Sohn und Dr. Fluxx lebten nun auf New Berlin.

Endlich stand das Mädchen vor der Tür zu ihrem Quartier. Sie betätigte den
Türöffner und sofort gab der Durchlass nach und öffnete sich.
Nadia betrat den Raum und ließ die Taschen erschöpft fallen.
Arcane drehte sich auf ihrem Stuhl um und lächelte die Braunhaarige an.
» Reichlich eingekauft Nadia? «, fragte sie und grinste.
» Du hättest mir ruhig helfen können. «, raunte das Mädchen.

Sie ging zum Bett hinüber und ließ sich darauf fallen. Aus dem Badezimmer hörte sie ein beständiges Plätschern, doch war es nicht ein einfaches Wasserrauschen.

Es war jenes Geräusch, das entstand, wenn Wasser auf einen Körper niederging und dann daran herunterperlte oder in größeren Mengen zu Boden fiel.

Nach einigen Minuten verstummte das Rauschen und Nadia richtete ihre Blicke auf die Tür zur Nasszelle, die sich wenige Augenblicke später öffnete.

Dampf quoll aus dem kleinen Raum und schließlich trat Finn heraus.

Er hatte ein Handtuch umgebunden und seine Haare hingen nass in sein Gesicht.

Noch immer konnte man die unzähligen Narben auf seinem Oberkörper erkennen.

» Finn, du tropfst den ganzen Boden voll. « sagte Nadia und seufzte genervt.

» Du kannst es ja gleich wegwischen. «, sagte er und grinste frech.

» Das hättest du wohl gerne. «, sagte sie und stand auf.

Sie ging zu ihm hinüber, griff auf dem Weg ein Handtuch aus dem Schrank und warf es ihm schließlich über den Kopf.

» Los, abtrocknen. «, mahnte sie.

» Ja, meine Königin. «, sagte Finn beinahe unterwürfig.

Nadia zog eine Augenbraue hoch und sah den Älteren an.

» Königin? «, fragte sie schließlich.

Finn nickte schnell, wobei erneut Wasser aus seinen Haaren zu Boden fiel.

» Offiziell bin ich nun der König der Nox und du die Königin. «

» Ich bin keine Nox! Ich bin eine Siya! «, sagte sie wütend.

Sie wollte gerade zornig zu Arcane hinübergehen, als Finn sie am Handgelenk griff und sie zu sich zog.

» Was soll das? «, meckerte sie.

Doch Finn blickte sie stumm an und Nadia verfiel schon wieder dem Schein seiner Augen.

Finn begann zu flüstern.

» Nadia, was ist Liebe? «

» Ich weiß es nicht. «, antwortete sie.

» Nadia, kann ich lieben? «

» Ich hoffe es … «, hauchte das Mädchen mit zittriger Stimme

» Nadia, ich liebe dich. «

<u>Danksagung</u>

Liebe Leser,
bei ‚Sin Mara – Eine gnadenlose Zukunft' handelt es sich um meinen Debütroman und einen Solchen kann man nur mit unglaublicher Hilfe fertig stellen und letztendlich veröffentlichen.
Zunächst möchte ich meiner Lektorin danken, die wirklich großartige Arbeit geleistet hat.
Meine inhaltliche Lektorin ist zugleich meine liebste Freundin und sie hat mich immerzu unterstützt und mir Mut gemacht.
Ständiges Korrigieren und Verbesserungsvorschläge haben Sin Mara erst zu dem gemacht, was es nun ist.
Ihr Antrieb und Zuspruch war unabdinglich und dafür danke ich ihr. Ohne ihre Hilfe wäre es nie zu einer Veröffentlichung gekommen.
Liebe Britta, vielen Dank.

Eine weitere Person, der ich danken möchte, ist meine Coverillustratorin.
Sie hat in tagelanger Arbeit dieses Meisterwerk nach meinen Vorstellungen entworfen und es mit unentgeltlich zur Verfügung gestellt.
Ich war sicher nicht immer einfach mit meinen Wünschen und doch hat sie sich niemals beschwert und ihr Talent zaubern lassen.
Liebe Isabelle, vielen Dank.

Als letztes möchte ich mich natürlich bei ihnen, liebe Leser, herzlich bedanken, dass sie sich dieses Buch gekauft haben und es bis hierher gelesen haben.

Mit herzlichen Grüßen,

Ihr Benedikt Schröder

Tod der Menschlichkeit

Es ist kalt um einen herum,
frieren,
obwohl es warm sein sollte.

Die Glieder werden steif,
Das Herz beginnt zu Frieren.
Es wird dunkel und finster um einen herum.

Es vermag einen nichts zu wärmen.
In einem Zustand stecken geblieben wo es nicht
Vorwärts und zurück geht.

Schmerzen halten bei Verstand
Und am Leben.
Der Tod rückt näher
Immer näher, bis er da ist. Qualen, ewige Qualen durchleidend.
Gründe sind nicht erkennbar, für den, der es nicht kennt.
Angst, Einsamkeit und Hass durchlebt. Überall Oberflächlichkeit, kein
Verständnis für anderes Denken .Die Kälte im Herz ist tief. Und da ist er auch
schon, der Tot der Menschlichkeit...

Alexander Carl